TYPES

ET

TRAVERS

PAR

LÉON BERNARD-DEROSNE

AVEC UNE PRÉFACE DE

SULLY PRUDHOMME

DE L'ACADÉMIE FRANÇAISE

PARIS

CALMANN LÉVY, ÉDITEUR

ANCIENNE MAISON MICHEL LÉVY FRÈRES

3, RUE AUBER, 3

1883

TYPES ET TRAVERS

Imprimeries réunies, **B**, Puteaux.

PRÉFACE

Les écrivains ont trois manières de nous intéresser, qui, diversement combinées et mesurées
dans leurs ouvrages, caractérisent les divers
genres littéraires. Les uns, tels que les savants,
les philosophes et les historiens, s'attachent surtout à nous apprendre des vérités ou des événements que nous pouvons ignorer, et font ainsi
prédominer en nous la jouissance de connaître.
D'autres, comme les moralistes auteurs de
maximes et de portraits, purement observateurs
d'eux-mêmes et de leur entourage, ne nous entre-

a

tenant que de choses dont nous avons pu acquérir
nous-même l'expérience, se bornent à nous pro-
curer la satisfaction de reconnaître. D'autres enfin, ce sont les poètes, les romanciers, les auteurs
dramatiques, s'adressent aussi à nos souvenirs
par des tableaux, par des traits de mœurs et de
caractères, dont nous avons déjà vu les modèles
et les exemples autour de nous, mais ils s'adressent en outre à notre imagination par les fables
qu'ils inventent; au plaisir de reconnaître ils
ajoutent ainsi en nous l'émotion de la surprise.

C'est le plaisir de reconnaître qu'on éprouvera
surtout à la lecture de ce livre dont plus de la
moitié se compose d'études de caractères. Ce plaisir, causé par la justesse d'observation, n'est pas
facile à définir; il nous semble d'abord tout
simple et naturel, mais, examiné de près, il nous
apparaît plus complexe et plus singulier que nous
ne l'avions cru. En quoi consiste-t-il en effet?
L'auteur ne nous apprend rien, puisque nous ne
faisons que reconnaître ce qu'il nous signale. Nous
sommes heureux, il est vrai, de voir notre propre

observation cnfirmée par la sienne et de trouvoer en lui un fin complice de notre malicieuse critique. C'est qu'au fond l'humeur moqueuse, qui naît en nous du sentiment de nos avantages sur l'objet de notre moquerie, s'accommode mal de la solitude ; il est doux de faire partager ce sentiment à autrui. Constater à deux un travers est plus amusant que de le remarquer tout seul ; on se rend un mutuel hommage de supériorité. L'auteur et le lecteur se flattent ainsi entre eux tacitement, car il est bien entendu que ni l'un ni l'autre ils ne s'attribuent à eux-mèmes les ridicules dont ils sourient ensemble. Ce ne seraitdonc pas la meilleure partie de nous-même, la plus généreuse et la plus modeste, qui se plairait à la lecture des La Rochefoucauld, des La Bruyère, et, en général, des moralistes observateurs. A part l'excellence du style, qui n'est pas le privilège des écrivains de ce genre, quel est donc leur mérite propre ? N'en auraientils par hasard d'autre à nos yeux que celui de caresser notre amour-propre avec les imperfections des autres ? Non, ce serait évidemment les calom-

nier que de réduire à si peu leur rôle. Remar-
quons d'abord que les défauts d'autrui ne sont
pas les seules choses que nous aimions à reconnaître. La description exacte de tout objet connu,
du lieu que nous habitons, par exemple, ne nous
agrée pas moins. Ainsi la reproduction de tout ce
qui nous est familier nous plaît par elle-même.
Mais s'il n'y avait dans la reproduction rien de
plus qu'une simple image, il serait certainement
impossible de concevoir d'où cette image tirerait
le charme que nous y trouvons. En vain dirait-
on que la description d'un objet par le langage
offre une difficulté dont la solution nous cause
une surprise agréable ; encore une fois l'habileté
du style si essentielle qu'elle soit spécialement au
moraliste appartient à tous les bons écrivains et
ne saurait spécifier certains d'entre eux. Quant
à la fidélité servile de la copie à l'objet décrit, les
enfants seuls et les gens sans culture s'en amusent comme d'un jeu. Ce qu'apprécient les lecteurs instruits et délicats, ce n'est nullement
l'aveugle copie du modèle, c'en est au contraire

l'interprétation par un choix conscient des traits qui le caractérisent. Nous avons été trop loin, en effet, en affirmant que l'observateur nous fait seulement reconnaître ce qu'il nous montre, sans rien nous apprendre. Il nous apprend à regarder pour discerner dans l'objet ce qui nous le rend reconnaissable. Nous avions confusément perçu la physionomie du personnage qu'il nous décrit, il en a dégagé pour nous les traits dominants et significatifs ; en les isolant, il nous en a révélé l'importance, il nous a révélé comment ils sont caractéristiques. Son mérite consiste donc dans sa perspicacité qui les découvre aussitôt à travers tous les autres, et dans sa sagacité qui les y démêle. Il fait avec sa plume ce que fait le peintre avec son pinceau, c'est-à-dire le portrait d'un homme dont notre perception trop passive n'était que la photographie. Or, ce qui distingue le portrait de la photographie, c'est que les seuls traits utiles à la ressemblance sont retenus et mis en lumière dans celui-là, tandis que dans celle-ci tous les traits sont indifféremment reproduits ; dans l'un les caractères expressifs ont été triés pour nous par l'artiste, dans l'autre le soin de les choisir nous est abandonné par l'inconscience du soleil. L'écrivain observateur peut donc, pour le service qu'il nous rend, être comparé au peintre de portraits; mais ses ressources sont différentes et lui permettent d'atteindre l'âme plus profondément et d'en exprimer l'essence intime avec beaucoup plus de précision. Il peut, grâce au langage, négliger la ligne et la couleur, toute la forme corporelle, dont l'expression est souvent indéterminée et trompeuse, et, au moyen des mots, signes conventionnels bien plus analytiques que les signes naturels fournis par la personne physique, définir uniquement la personne morale. C'est là le procédé le plus abstrait, celui des psychologues, qui étudient l'homme interne dans ses aptitudes et dans ses fonctions essentielles, tel qu'il est toujours et partout constitué, sans égard aux différences individuelles; cette étude, ils la font sur eux-mêmes en s'observant par la conscience. Immédiatement après ceux-ci se rangent les moralistes tels que La Rochefoucauld, Vauvenargues, Joubert, qui observent, non plus seulement sur eux-mêmes, mais aussi sur autrui, sur des âmes diverses, et dans les relations multiples de la vie sociale, le jeu des passions, la mise en œuvre des éléments psychologiques diversement dosés chez les individus pour composer les caractères. Leurs remarques se traduisent en maximes concises, exclusives encore de toute description pittoresque, car c'est encore aux états intérieurs qu'ils s'attachent, abstraction faite des dehors expressifs. Il serait curieux de suivre, dans les ouvrages, le progrès de l'incarnation des caractères à mesure que les observateurs ont par tempérament, à commencer par La Bruyère, une tendance plus accusée à soutenir la description du type moral par celle de son signe naturel, qui est la physionomie. On arriverait ainsi des simples maximes toutes nues aux drames actuels où la vie est rendue sous la forme la plus concrète, la plus matérielle, en passant par les romans d'abord tout idéalistes de madame de La Fayette, par exemple, puis beaucoup

plus imagés de Rousseau, enfin de plus en plus
colorés des romanciers d'à présent.

L'art de représenter par le choix et l'arrange-
ment des mots les dehors sensibles de toutes
choses de la nature vivante ou inanimée n'a
jamais été, croyons-nous, dans notre littérature
plus estimé ni poursuivi avec plus de volonté que
de nos jours. Certes, le vocabulaire descriptif de
Rabelais est prodigieusement riche, les épithètes
les plus imitatives y abondent, mais il peint
spontanément, sans prédilection consciente et
systématique pour la ligne et la couleur, sans
nulle apparence de recherche spéciale ; la langue
de Montaigne est pleine d'images puisées dans la
vie pratique, mais il ne les emploie qu'à titre de
symbole des idées ou de comparaisons, non pour
décrire ; ni l'un ni l'autre, d'ailleurs ils n'ont fait
école de style. Leur influence, du moins, n'a pas
été durable, car on voit le langage se dépouiller
de plus en plus des locutions pittoresques jusqu'au
XVIIIe siècle, à mesure que les mœurs plus raf-
finées et les doctrines plus spéculatives déshabi-

tuent les yeux du commerce avec le monde ma-
tériel, et concentrent l'attention sur le monde
spirituel. Plusieurs pages de Fénelon respirent
encore, dans certaines descriptions, le goût de la
forme sensible, discipliné par l'étude des anciens,
et très tempéré par l'esprit chrétien. La Fontaine,
Molière, et quelques autres écrivains moins illus-
tres, représentent encore l'élément gaulois du
génie français, et le mot, chez eux, est demeuré
vivant. Il se manifeste néanmoins à cette époque
une tendance générale à l'appauvrissement du
coloris et du relief dans le langage. Il fallait contre
le spiritualisme exclusif une réclamation des
sens, une réaction de la matière dont les droits
se sentaient méconnus, pour que l'expression
littéraire fût renouvelée par de nouveaux besoins. Le retour à la nature fut inauguré par le
xviiie siècle; Rousseau en donna le signal. Rousseau, dans le *Contrat social*, s'est montré puissant
logicien, mais il demeura étranger à la métaphy-
sique; les abstractions sont trop froides pour
l'avoir jamais attiré. Il était surtout passionné; sa

phrase est volontiers déclamatoire; mais en
échauffant les cerveaux et les cœurs il a réveillé
l'imagination assoupie. Il a regardé tout ce qu'il
décrit; il ne croyait pas avoir suffisamment défini la beauté d'un paysage en le déclarant « fait
à souhait pour le plaisir des yeux »; il était grand
marcheur; il herborisait; les épithètes vagues
et pâles ne pouvaient le contenter. Avec Bernardin
de Saint-Pierre, la plume trace des tableaux plus
précis encore. Les *Harmonies de la Nature* nous
font sourire aujourd'hui que la croyance aux
causes finales est battue en brèche par le Darwi-
nisme, mais dans cette sorte de poème où la
science est comme fourvoyée, les choses et les aspects terrestres que l'homme oubliait recon quiè
rent leur importance et leur intérêt. En poésie,
André Chénier rajeunit les épithètes et leur rend
la naïveté en les retrempant dans une exquise
imitationdu goût simple et juste des Grecs. On
pouvait penser que le sentiment de la nature et le
sens de l'expression plastique, qui l'accompa-
gne, étaient pour jamais ressuscités dans notre

littérature. Ce progrès n'était pourtant pas définitif encore, il avait une nouvelle vicissitude à
subir. En décapitant Chénier, la Révolution aveuglément trancha cet unique rameau où s'était
greffé le génie grec sur le vieux chêne gaulois qui
dépérissait. Ce fut surtout l'antiquité romaine
qui défraya le goût servile des imitateurs, et le
langage, loin de continuer à recouvrer la fleur et
la sève qu'il avait perdues, ne fit que se décolorer
et se dessécher davantage. Il devint sous le Direc-
toire aussi pauvre, aussi nu que possible, jusqu'au moment où domina l'influence de Chateaubriand, précurseur de l'école romantique.
Combien de noms omis dans cette revue préci-
pitée des écrivains qui ont reconstitué, en quelque sorte, la palette littéraire ! Mais nous ne
pouvons prétendre ici que tracer les grandes
lignes d'une histoire qui mériterait d'être faite.

Sentir et penser par soi-même, critiquer les
traditions classiques, remonter aux sources, et
les consulter directement, voir autant que possible par ses propres yeux, affronter le vrai, l'ex-

poser sans vergogne, et dans les œuvres d'imagination ne s'imposer d'autre règle que de ne
jamais ennuyer, enfin, dans l'expression, s'af-
franchir de toutes les formules conventionnelles
et consacrées, tel était en substance le pro-
gramme des novateurs de 1830. Ils se rattachaient
aux écrivains du XVIIIe siècle par leur esprit d'indépendance, par leur rebellion à tous les freins,
mais ils s'en distinguaient par une sensibilité
plus impressionnable. Ils étaient nés d'un sang
qui avait mouillé la guillotine et les champs
de bataille. Leurs nerfs étaient singulièrement
irritables, leur tempérament à la fois mélancolique et fougueux. C'étaient, pour la plupart, des
délicats passionnés. Musset devait haïr Voltaire;
mais il reniait en vain le père de sa liberté d'esprit. Dès le commencement du siècle, le *Génie du
Christianisme* avait trouvé dans les âmes, un
terrain bien préparé pour recevoir sa rosée. Le
mysticisme, en 1830, par une étrange anomalie,
s'alliait en elles à l'indiscipline. On voit la poésie
se ransfigurer. Ce sont, pour ainsi dire, les fibres

mêmes du cœur qui deviennent sonores dans la
musique religieuse des vers si nouveaux de La
martine. Alfred de Vigny renouvelle aussi la matière poétique, que d'autres vont exploiter et fa-
çonner avec un art de plus en plus hardi et
curieux. Sous la plume de Dumas, de Sue, de
Balzac, de Sand, le roman s'anime d'une vie qui
est faite, non plus seulement du jeu intérieur des
passions analysées avec finesse, mais surtout de
leurs tumultueuses rencontres dans le monde extérieur à travers toutes les aventures de l'existence réelle. A l'instigation de Victor Hugo, dont
l'essor intrépide fait éclater toutes les barrières
qui divisaient les genres, le théâtre est bouleversé
de fond en comble; un souffle shakespearien y
balaie les trois unités et toutes les entraves des
convenances classiques; le drame y triomphe,
fidèle écho des cris et des rires mêlés dans l'air
que tous les hommes respirent.

En histoire, Guizot étudie sur le vif les éléments
et les ressorts de la civilisation; Augustin Thierry
évoque les Mérovingiens avec les textes, comme un

zoologiste reconstruit une espèce avec des débris fossiles; Michelet ajoute une chair palpitante aux squelettes qu'il déterre, et galvanise par divination les personnages recomposés. En philosophie, Cousin fait accueil à tous les systèmes, il les explore tous pour en extraire les matériaux résistants dont il pourra bâtir son éclectisme, afin que rien de la pensée humaine ne soit entièrement perdu pour la vérité; mais c'est surtout par l'éloquence, par la vie du langage, que sa doctrine peu sûre ravit l'adhésion de ses disciples. Jouffroy, scrupuleux et inquiet, se livre à la plus minutieuse dissection de l'essence humaine pour y découvrir le point d'attache et d'appui de la morale et de l'esthétique; son cœur bat, il ne perd pas de vue la réalité et se garde des entités métaphysiques.

En résumé, la génération de 1830, dans les divers travaux de l'esprit, a continué le mouvement commencé à la fin du siècle dernier pour faire retour à la nature, c'est-à-dire à la réalité concrète, qui affecte les sens et le cœur, et qu'un abus de l'abstraction avait conduit à déserter.

Elle a opéré la réconciliation du monde des idées pures avec le monde des formes tangibles et visibles, elle en a fait cesser le divorce.

La littérature est redevenue chez nous ce qu'elle était à son origine : descriptive et imagée. Mais les conditions ont beaucoup changé : d'une part les écrivains de notre siècle ont trouvé dans la langue, depuis longtemps déjà refroidie et comme émaciée par l'abstraction, moins de ressources pour peindre qu'elle n'en offrait à Rabelais, par exemple; et d'autre part ils apportent dans leur peinture un souci d'exactitude et de précision inconnu aux écrivains d'autrefois, plus naïfs et d'ailleurs mieux servis par une langue plus concrète. Ils ont ainsi, à la fois, le sens plastique plus aiguisé, plus exigeant, et moins de moyens de le satisfaire. Aussi les voyons-nous lutter ardemment contre ce désavantage en faisant du glossaire français le dépouillement le plus complet possible. Victor Hugo y travaille avec une audace égale à son génie, qui lui crée d'impérieux et gigantesques besoins d'expression. Il confère à tous les mots doués de relief et d'éclat, dans quelque coin qu'il les ramasse, les titres de naturalisation littéraire. Théophile Gautier se compose un admirable vocabulaire approprié à son regard de peintre et de statuaire; et par le discernement le plus exquis, il applique infailliblement à la ligne et au ton qu'il voit le terme adéquat. Beaudelaire, dans le vestiaire des épithètes, fait des trouvailles surprenantes. Flaubert porte au comble la puissance et la fidélité du langage employé comme symbole des dehors de la matière et de la vie.

Après cette rapide mention des morts, nous pourrions citer, parmi les vivants, outre Victor Hugo qui touche aux deux extrémités du progrès que nous signalons, plusieurs maîtres éminents dans la poésie et le roman, dont les œuvres témoignent aussi d'une commune tendance à assimiler de plus en plus l'art d'écrire aux arts plastiques, et à rendre, par suite, le langage aussi représentatif que possible du monde extérieur, c'est-à-dire aussi concret qu'il le peut comporter.

Jusqu'à quel point le langage peut-il donc être

concret?·Quelles sont les limites au delà desquelles
on ne saurait demander à la plume ce que donnent encore le pinceau et l'ébauchoir ? la légiti-
mité, l'avenir de notre dernière école littéraire
dont le style descriptif est l'instrument essentiel,
dépendent de cette question.

Rappelons tout d'abord que les mots n'expri-
ment que des genres ; les épithètes, même les
moins générales, sont fort loin de spécifier ce
qu'elles qualifient. Quand on a dit que tel objet est
de telle couleur, qu'il est vert par exemple, on
peut qualifier ce vert lui-même, dire qu'il est clair
ou foncé, tendre ou intense, mais il faut évidemment renoncer à définir avec exactitude la nuance
qu'il représente dans la série continue des verts,
et, pour peu qu'il soit mélangé de quelque autre
couleur, il devient tout à fait impossible de rendre
par des mots la sensation que l'œil en perçoit. Il
semble donc qu'il y ait dans l'essence même du
langage une borne infranchissable imposée à la
description. Mais si l'on analyse plus attentive-
ment l'artifice du style, on trouve que cette borne

peut être presque indéfiniment reculée. Le mot, en effet, en tant que signe conventionnel, lors même qu'il n'est en rien imitatif de la chose signifiée, en suscite dans le cerveau du lecteur une image approximative. Le lecteur ne peut concevoir un genre quelconque, tel que le vert, sans qu'aussitôt sa mémoire lui fournisse le souvenir d'un vert qu'il a vu et qui lui sert de symbole du genre de couleur désigné par ce mot. L'homme peut concevoir une abstraction pure, mais ce concept éveille malgré lui, dans son imagination, quelque type concret sur lequel il opère. Quand on veut concevoir le cercle, par exemple, on évoque un certain cercle pour fixer la pensée, car rien n'est plus difficile que de contempler l'idée du cercle en général, c'est-à-dire d'une figure déterminée dont l'étendue est indéterminée.

L'écrivain peut donc, en ne se servant que de termes généraux, suggérer une image particulière, et tout son art consiste à solliciter en autrui la vision d'une image pareille à celle qu'il voit en lui-même et ne peut transmettre intégralement. Oi l prédispose le lecteur à cette vision par l'allure et l'harmonie de la phrase. C'est à proprement parler, la musique du style qui agit sur l'âme du lecteur pour la faire sympathiser avec celle de l'écrivain et lui en communiquer les impressions. On ne peut lire *Le Lac* de Lamartine sans voir par la pensée un lac aussi distinctement que si le poète eût pu le décrire avec précision au moyen des mots ; or, il ne l'a même pas tenté, il s'est adressé au cœur pour exciter l'imagination. Ainsi, par voie indirecte, par l'intermédiaire de la sensibilité morale, il y a, chez le lecteur, suggestion d'une image tirée de son propre fonds, qui vient compléter et spécifier la description nécessairement vague. L'écrivain ne peut donc rien représenter avec précision sans la collaboration du lecteur ; il faut que celui-ci lui prête le dernier trait des figures et l'indéfinissable nuance des tons. Il est évident toutefois que cette collaboration est d'autant plus réduite que l'écrivain, par un choix savant des mots, laisse moins à faire au capricieux concours de notre imagination; et qu'il nous oblige davantage à reconnaître l'objet décrit au lieu de nous laisser le composer arbitrairement sur d'insuffisantes indications. Certes, quelque habile qu'il soit, s'il pouvait voir ce qui se passe dans notre cerveau, il serait fort surpris de la différence entre l'image qu'il y éveille et celle qui, dans le sien, a servi de modèle à sa description; mais il peut rendre la première assez analogue à la seconde pour que l'expression en soit la même et qu'ainsi nous soyons affectés moralement comme il le veut.

Il résulte des observations précédentes que, pour l'écrivain, décrire c'est nous suggérer une image, non pas identique à sa propre vision, ce qui serait impossible, mais également expressive, et que le langage, par les mots concrets et par l'animation qu'ils empruntent au style, offre des ressources presque illimitées pour la description.

Les écrivains d'aujourd'hui, les romanciers surtout, s'appliquent à traduire les dehors sensibles et expressifs des choses, et plusieurs y excellent.

Ils rendent par là un signalé service à la langue française : le progrès des sciences tend à la convertir en un répertoire de notations abstraites, ils lui restituent ce qu'elle perd ainsi de substance et de coloris. Les sages craindront que ce bienfait ne soit peut-être moins dû à l'intention de sauver les qualités plastiques de notre langue qu'au besoin de descriptions né d'une sensualité croissante; quoi qu'il en soit, au point de vue purement littéraire où nous nous tenons, nous ne pouvons que nous réjouir du résultat obtenu.

L'enchaînement des idées nous a entraîné, et voilà que ces lignes, destinées tout au plus à recommander un livre, menacent d'en devenir un autre. Nous y aurons du moins gagné de pouvoir plus aisément marquer sa place à l'auteur de cet ouvrage. Il n'appartient pas tout entier à l'école de la littérature concrète ; il en a les instincts, mais après avoir satisfait ses yeux, il est obsédé du désir de contenter sa raison, il analyse ses impressions et cherche à se rendre compte de ce qu'il a observé. En lui, sans doute, l'observateur ne

sépare pas volontiers le fond de la forme, l'âme
étudiée du corps qui la rend visible. Le visage,
l'attitude, la démarche, le geste, l'habit, tout l'ap-
pareil de l'expression demeure, dans ses analyses,
attaché au caractère qu'il décrit. Après avoir con-
sulté la physionomie il ne l'écarte pas pour s'en
tenir au renseignement qu'il y puise sur la vie
morale du sujet; il ne se borne pas à fournir ce
renseignement abstrait au lecteur, il lui montre
tout l'homme en action et fait vivre devant lui les
qualités et les défauts qu'il lui signale. Sa tâche
quotidienne de journaliste ne lui a pas, jusqu'à
présent, laissé le loisir de pousser plus loin la
peinture de la vie et de mettre à l'épreuve, dans
un drame ou dans un roman, les types et les
travers qui l'ont frappé; nous doutons qu'il se
soucie jamais de le faire. Il faudrait pour cela
inventer un milieu, des circonstances, toute une
combinaison artificielle d'événements, supposer
enfin ce qui pourrait être, au lieu de constater ce
qui est. Or son tempérament ne s'y prêterait
peut-être pas volontiers. Il est disciple de La

Bruyère, il lui suffit de démonter la machine humaine, d'en examiner les ressorts ; il se ferait scrupule de les mettre en jeu à sa guise. Ainsi son respect du vrai importunerait sa fantaisie, et la sincérité même pourrait faire obstacle, chez lui, au libre essor de la fiction. C'est un analyste méticuleux, toujours en défiance de lui-même. On le sent aux précautions qu'il prend pour bien distinguer, pour atteindre, parmi les complications de la réalité, le point juste qu'il veut toucher. Son style, naturellement alerte et hardi, se fait, dans les questions épineuses, prudent et comme anxieux par le loyal effort de sa pensée pour les résoudre. Ce livre révèle, un esprit à la fois très vivant et très attentif; ces qualités sont rarement accouplées : l'alliance en est précieuse et ne peut manquer, croyons-nous, d'intéresser tous les lecteurs. curieux des productions originales.

SULLY PRUDHOMME.

TYPES ET TRAVERS

LA LIBERTÉ D'ESPRIT

Si l'on consultait chacun de nous sur le point de savoir s'il a l'esprit libre, on serait volontiers porté à croire que la liberté d'esprit court les rues. Ce serait une grave erreur. La liberté d'esprit est une espèce rare. Il ne suffit point de vouloir penser librement pour penser librement. Les meilleurs intentions, à cet égard, sont trahies, et il arrive tous les jours qu'en croyant avoir son opinion à soi on ne fait, à son insu, que reproduire l'opinion des autres. Ce n'est pas une petite affaire de penser pour son compte. D'abord il faut savoir penser, puis il faut encore être en état

1

d'éprouver toutes sortes de scrupules, dont le plus gros n'a jamais inquiété une conscience vulgaire. On n'est, c'est bien clair, un esprit libre, qu'à la condition d'être un esprit sincère ; mais la sincérité n'est point la liberté. Il y a des entêtés très respectables qui n'ont jamais pensé de leur vie. Ils ont bien le droit de dire : Je crois ; mais s'ils disent : Je pense, ils montrent que la foi peut faire bon ménage avec l'ignorance et qu'un certain aplomb ne lui messied pas.

L'homme dont l'esprit est libre est assez intéressant à regarder de près, car il ne ressemble guère à la plupart des hommes. Il n'est pas pour cela un héros. Il y a des héros qui pensent peu et vivent sans malice sur le fonds commun, et ce n'est peut-être pas un très bon moyen d'arriver à l'héroïsme que de prétendre avoir sur toutes choses son idée à soi. C'est le cœur et non pas la raison qui nous pousse aux actions héroïques. Pour consentir aux grands sacrifices il ne convient pas de trop raisonner. Le caractère par où se distingue d'abord l'esprit libre, c'est une certaine estime de soi. La confiance aveugle en son jugement est le contraire de l'indépendance intellectuelle, puisqu'elle la corrompt dans sa source même ; mais on n'imagine pas un homme pensant librement, s'il ne croit pas un peu à la valeur de sa pensée. Il se trouve donc nécessairement quelque orgueil dans le cas de cet homme-là, et il y a des chances pour que cet orgueil soit légitime. En effet, ceux qui ont l'ambition de comprendre et de savoir, en sont dignes le plus souvent, car cette ambition est de toutes la plus désintéressée et semble se justifier par son existence même.

Ce n'est point parmi les humbles qu'il faut chercher la liberté d'esprit, mais il serait plus imprudent encore de la chercher parmi les présomptueux et les infatués qui sont toujours des sots. Notre homme accordera donc de l'importance à sa propre pensée, mais il se gardera de croire qu'il est seul à penser juste. Il entend naturellement ne pas être dupe, et il n'y a pas de plus niaise façon d'être dupe que de l'être de soi-même. Ne pas abonder dans son propre sens, se défier de ses préférences, de ses passions, de ses goûts, ce doit être une des lois essentielles de l'homme qui prétend penser librement. Il n'aura ni aversion ni dédain pour les opinions d'autrui ; mais il ne les fera siennes que lorsque, en bonne conscience, sans se payer de mots, avec simplicité mais avec rigueur, il aura jugé qu'elles sont les meilleures possibles. D'ailleurs, la vérité n'étant jamais complète, il ne se hâtera pas de croire qu'il possède définitivement la vérité. Un esprit n'est libre, que s'il est constamment en éveil. Un esprit dont le siège est fait et se repose cesse d'être un esprit. A ce propos, il y a une observation assez curieuse à faire.

La liberté d'esprit suppose, nous l'avons dit, la sincérité d'esprit; mais, par une contradiction étrange, la forme la plus haute de la sincérité, qui est la foi, est l'opposé même de la liberté d'esprit. Le croyant, le fanatique, le sectaire, non seulement ne pensent pas librement, mais encore ils ne sont plus libres de penser. Leur situation offre une analogie frappante avec l'esclave qui, par un dernier acte de sa volonté, a renoncé à avoir désormais une volonté. Comme lui, ils ont dit : Je pense une dernière fois, mais je ne penserai plus jamais. L'esclave seulement est plus logique, et, à l'ordinaire, ne prétend plus être en possession d'une liberté qu'il a définitivement aliénée. Les croyants de tous poils sont moins dociles. Le mot intraitable semble même avoir été inventé pour eux, car on n'aperçoit guère de façon de leur faire entendre raison, quand ils se sont mis en tête de nous montrer qu'il faut être de leur avis ou ne pas être du tout.

L'esprit libre ne pourra donc point être celui d'un croyant. D'instinct, il se défie des opinions toutes faites, et si respectable fût-elle, la foi est, par excellence, une opinion toute faite. Puis, que deviendrait cette curiosité qui le pousse sans cesse à s'interroger sur la

véritable valeur des idées, à en faire le tour, à chercher la réalité sous l'apparence, à douter des plus
beaux systèmes et à découvrir le sens factice ou
banal des plus généreuses formules? Car l'activité, in-
cessante, attentive et scrupuleuse, est un des traits les
plus accusés de celui qui veut penser par soi-même et
n'accepter une vérité que lorsqu'elle lui est apparue
avec une évidence parfaite. Une telle évidence est bien
rare. La liberté d'esprit serait-elle donc alors inséparable du scepticisme, et doit-on conclure qu'il faut
pour conserver l'intégrité de son indépendance intellectuelle ne croire à rien?

Cette conclusion peut paraître excessive, surtout si
l'on se contente du sens courant du mot sceptique. Il
y a bien des sortes de scepticisme. A vrai dire, le
seul logique serait celui dont nous nous autoriserions
pour nous passer, sans exception, toutes nos fantaisies.
Quand on ne croit vraiment à rien, il n'y a aucune
raison pour être arrêté par rien dans la direction de sa
conduite. Si je nie, par exemple, la notion du devoir,
il est certain qu'en dehors de la crainte des gendarmes,
il n'existe pas pour moi de motif de ne pas commettre
tous les méfaits. Mais fort heureusement la logique
n'est guère de ce monde, et le sceptique est, par la force
des choses, obligé de se comporter à peu près comme
s'il ne l'était point. D'ailleurs, à le juger sur sa dispo-

sition d'esprit, indépendamment des conséquences
pratiques qui s'ensuivent, le sceptique n'est pas,
comme la foule est portée à le croire, un homme qui
ne demande qu'à rire. Il est souvent même tout le
contraire, car pour certaines âmes il n'y a pas de douleurs plus poignantes que l'impossibilité où elles sont
de concevoir la réalité des choses. Il existe même sur
ce sujet des pages célèbres de Jouffroy que l'on ne
peut guère lire sans un sentiment d'angoisse et par où
l'on voit bien que, lorsqu'un grand esprit cesse de
croire, ce n'est pas dans le seul dessein de passer un
bon quart d'heure. Le scepticisme, entendu de cette
façon, est certainement une expression aussi claire
que dramatique de l'amour du vrai, puisqu'il nous
révèle que, pour l'atteindre, tous les efforts possibles
ont été tentés. Or, la recherche de la vérité devant
être le premier souci de l'homme dont l'esprit veut
penser librement, il se pourrait bien que cet homme-
là fût entaché d'un certain scepticisme.

La conséquence est à retenir, et tout de suite il
nous faut remarquer qu'il ne saurait guère être un
homme d'action. L'action en effet suppose la conviction, et comme l'esprit libre est essentiellement un
esprit sincère, on ne se le représente pas feignant de
croire ce qu'il ne croit pas. Oui, s'il veut être conforme à soi-même, il s'interdira d'agir, et de fait sa

voix consciencieuse, hésitante et impartiale, se ferait difficilement entendre dans le tumulte de la vie publique.

Ici la passion se montre dans toute sa téméraire netteté. Elle n'a ni la volonté ni le temps de s'alanguir dans les distinctions subtiles, les jugements pondérés, les examens scrupuleux. Elle est la passion, c'est-à-dire une chose qui veut briser les obstacles, vivre, se venger, triompher. Elle entend être puissante et dédaigne d'être juste. Elle n'a point peur des coups, et pour en donner quelques-uns elle est prête à en recevoir beaucoup. Elle sait ce qu'elle veut, et où elle va. Elle se fait gloire d'admettre les choses en bloc, sans choisir, sans attendre. De plus, elle a besoin d'union, de discipline, de soumission. Celui qui lui viendrait dire : J'accepte ceci, je réprouve cela ! elle le tiendrait pour un traître. Ce sont des soldats résolus et impitoyables qu'il lui faut. Les raisonneurs la gênent et l'irritent. Elle dit : Qui m'aime me suive ! et ne tolère ni tiédeur ni réserve. C'est un assaut qu'elle donne, et quand on donne un assaut, il faut simplement avoir au cœur l'envie de marcher en avant et la rage de vaincre.

On voit d'ici la piètre figure que ferait la liberté d'esprit dans cette bagare. Songez donc ! ne plus comprendre, ne plus réfléchir, ne plus être un esprit !

Prendre le mot d'ordre et dire : C'est ce mot d'ordre
qui est le premier et le dernier mot de la sagesse. Il
n'y a rien au delà, rien en deçà. Puis écouter la voix
des chefs et suivre leurs ordres en se disant : Je suis
de la bande, il faut obéir ! sans avoir le droit de discerner le moment où les chefs ne disent pas de sottises de celui où ils en disent ; car il n'y a pas à hésiter,
s'il veut agir, il faut qu'il soit de la bande, et si purs, si
élevés, si désintéressés qu'en soient les desseins,
c'est une bande, et il n'y a pas d'humiliation plus
forte, pour un esprit libre, que d'être d'une bande,
qu'elle se nomme un parti, une coterie, une académie.

Je dis qu'il doit se plaindre, mon esprit libre, mais
je me garde bien de dire que ces plaintes sont légitimes. Car, au-dessus de l'indépendance même de la
pensée, il y a la grandeur de l'action, que rien n'égale.
Je l'ai indiqué au début, le cœur seul fait les héros,
et c'est dans les hommes d'action que l'on trouve les
héros. C'est fort bien, certes, d'avoir l'orgueil de ne
relever que de sa propre raison, mais c'est mieux de
servir son pays, sa cause ou même son parti, et de
leur sacrifier sa tranquillité, sa liberté et ses os.
L'honnête citoyen qui, pour sa foi, brave l'exil, la
prison ou la mort, affirme sa dignité d'homme avec
un éclat plus net et plus mâle encore que celui dont

l'idéal, en ce monde, est de penser par lui-même.

Mais ce n'est pas dans les luttes de la vie publique seulement qu'un esprit libre se trouvera dépaysé et gêné, ce pourra être encore dans les choses les plus délicates et les plus touchantes de la vie intime. Certes, on peut avoir l'intelligence indépendante et le cœur bon ; il n'en demeure pas moins que l'habitude de tout analyser, de s'en remettre pour tout au verdict de sa raison, de vouloir connaître le fond, le mobile secret de toute idée, de toute action, n'est point pour développer la spontanéité et la tendresse du cœur. Et d'ailleurs, l'esprit libre n'est-il pas d'instinct, rebelle aux influences extérieures même les plus justement respectées, et ne considérera-t-il point tout de suite comme un devoir essentiel de se soustraire à celles qu'il aura pu recevoir de son éducation, c'est-à-dire des êtres qu'il doit le plus aimer ? Il y a mieux : puisqu'il entend tout juger librement, c'est-à-dire froidement, ne jugera-t-il point comme le reste, ces êtres mêmes, et s'il a un père, par exemple, au cœur bon, mais à l'intelligence bornée, ne dira-t-il point : Mon père a un bon cœur, mais il manque d'intelligence ? Or, n'est-il point choquant de laisser la raison prendre la parole, là où le cœur seul doit parler ? L'homme qui jugerait ainsi son père ne serait point pour cela, il est vrai, un mauvais fils. On peut en

1.

effet être un fils parfait, et s'apercevoir que son père n'a pas de génie. Soit! mais c'est bien dans l'ordre sentimental, cependant, qu'il est vrai de dire qu'il y a des choses et des gens qu'il faut aimer comme « une brute » ! Or l'enthousiasme, qui comporte toujours un certain degré d'aveuglement, ne sera point l'affaire de l'esprit libre. Et qui oserait nier la belle place qu'a tenue et, espérons-le, tiendra encore, l'enthousiasme dans l'histoire de l'humanité? Certains en disent même : « On ne fait rien de grand sans enthousiasme ! » et cela revient peut-être un peu à dire que si la raison, comme l'a, assez mollement d'ailleurs, insinué M. Renan, est bien le but du monde, les moyens rationnels ne sont pas toujours les meilleurs pour atteindre ce but.

Les grands esprits, les très grands esprits, ont, eux aussi, il faut néanmoins le reconnaître, fait largement profiter, et plus d'une fois, le monde de la liberté de leur pensée. C'est peut-être, en somme, à ceux-là seulement, les philosophes, les penseurs et les savants, que convient cette liberté .Elle n'est point indispensable aux artistes, aux poètes, aux rêveurs, mais elle l'est tout à fait à celui qui se propose de découvrir l'origine et la fin de l'univers et d'en fixer les lois. Oui, il importe, quand on s'appelle Platon, Galilée ou Kant, que l'on soit un esprit absolument libre. Mais pour être un

brave homme, un bon citoyen, courageux et utile, un
ami chaleureux, il vaut mieux prendre son parti d'avoir
un peu l'avis de tout le monde.

Cette attitude modeste, à laquelle, d'ailleurs, la plupart des hommes doivent se soumettre, est excellente
surtout par les résultats où elle aboutit. Le jour où
nous nous imaginerions tous avoir l'esprit assez grand
pour qu'il ne relève que de son propre contrôle, l'humanité aurait le spectacle d'un singulier désordre. Les
influences les plus hautes comme les plus bienfaisantes
y seraient tenues en échec par les caprices téméraires
de l'orgueil individuel. Elle ne saurait plus, cette
pauvre humanité, auquel entendre, livrée qu'elle serait
à l'incohérence et au chaos.

La liberté d'esprit! Le mot sonne bien et est attrayant. Mais tout compte fait, il n'est peut-être pas
souhaitable que la liberté d'esprit soit trop répandue.
A la considérer d'un peu près, elle ressemble décidément à une fantaisie d'aristocrate, et dans notre République nous n'avons que faire des fantaisistes et des
aristocrates.

LE PSEUDONYME

M. Alexandre Dumas, dans une préface qu'il a
écrite pour le livre d'une dame de ses amies, raille,
avec cette amertume cavalière où il fait toujours si
belle mine, « l'auteur qui veut rester inconnu. » Le
pseudonyme est très commode, dit-il, en substance,
car, en cas de succès, l'auteur ne manque point d'aller
crier, sur les toits, que c'est bien lui le triomphateur,
et, en cas d'échec, il se tient coi. D'ailleurs M. Dumas
en prend occasion pour exprimer une fois encore cette
idée qui lui est chère, que, malgré le prestige apparent
dont jouissent les grands écrivains, la profession littéraire est, en somme, tout à fait méprisée. On envie les
succès des hommes de lettres, mais on rougirait de se

dire homme de lettres. Et cette rougeur apparaît avec
un égal éclat sur les fronts bourgeois et sur les fronts
patriciens. Tout n'est peut-être pas rigoureusement
vrai dans cette opinion de l'auteur de l'*Homme-
Femme*, que le monde méprise l'homme qui écrit,
mais il éprouve, sinon du mépris, du moins de la
méfiance pour la profession littéraire en soi. Cette
méfiance, d'ailleurs, ne semble point tout à fait sans
fondement. Elle prend, de plus, son origine dans un
sentiment qui pourrait bien être l'opposé même du
sentiment de dédain auquel fait allusion M. Dumas.

Le monde, cela est vrai, se sent mieux disposé à
accorder son estime au soldat, au magistrat, à l'avocat,
au marchand de drap, au notaire, qu'à celui qui écrit
pour vivre. Mais s'il n'a point, d'avance et sans avoir
pris ses renseignements, beaucoup de considération
pour la profession d'homme de lettres, il montrera en
revanche, et avec une extrême facilité, le respect le
plus ingénu et souvent le plus aveugle pour la gloire
littéraire. Le grand poète, le grand écrivain, lui apparaissent tels qu'ils doivent, en effet, apparaître, comme
des êtres à part et pour qui l'on ne saura jamais épuiser
l'admiration et la reconnaissance. A ceux-là le monde
ne marchandera pas ses hommages. Il ne les mar-
chande guère, du reste, aux vainqueurs, et il a le sen-
iment qu'ici le succès est particulièrement précieux et

rare. C'est même à cause de cela qu'il laisse voir
son inquiétude et sa méfiance à ceux qui choisissent
une carrière où les forts semblent seuls avoir le droit
de s'aventurer. Il leur en veut de leur présomption et
affecte de n'être point rassuré sur leur sort. Il y a de
l'envie, un peu de pitié et de la mauvaise humeur
dans la façon dont on juge à l'ordinaire les hommes
de lettres qui n'ont pas encore conquis leur place au
soleil ; je n'y découvre point de trace de mépris proprement dit. Bien mieux, n'est-ce point la haute idée même
qu'il se fait vaguement de la littérature qui rend le
commun des gens si peu favorable à l'homme qui ose
demander son pain quotidien à la littérature.

En révélant son dessein, en effet, cet homme marque une confiance en soi, en ses facultés, et presque
en son génie, dont le spectacle est irritant. D'emblée,
et de son autorité privée, il se juge de taille à figurer
parmi les plus grands. Car, et il n'a pas tout à fait tort,
le monde n'admet point facilement qu'on soit un écrivain sans être un grand écrivain et sans conquérir la
gloire.

En littérature, comme dans tous les arts, nos efforts
n'ont pas de raison d'être s'ils ne sont point couronnés
d'un succès éclatant. Rien de plus simple que d'imaginer un notaire ou un ferblantier médiocre, mais en
art la médiocrité se confond naturellement avec l'inu-

tilité. Aussi un artiste médiocre joue-t-il dans la société un rôle assez singulier et ridicule. Ici vraiment
la règle : « Quand on n'a rien à dire, il vaut mieux se
taire, » devrait recevoir son application la plus rigoureuse, et il n'existe pas de raison de respecter par
exemple un homme qui, sous le prétexte qu'il a le
goût de la poésie, emploierait tout son temps et passerait sa vie à faire de mauvais vers. Il y a plus : si, sans
être décidément mauvais, ses vers ne révèlent aucune
inspiration, s'ils ne donnent l'impression de rien de
nouveau, si je connais de longue date ce qu'ils me
disent et les formes où ils me le disent, cela me suffit
pour affirmer que mon homme eût été plus sage en
ne choisissant point l'état de poète. Et j'affirmerais cela
sans scrupule, alors même qu'il m'aurait prouvé qu'il
ne manque ni de goût ni d'esprit. Le goût ! l'esprit !
voilà certes des dons précieux et qui ne courent pas les
rues, même les rues de Paris, quoi qu'on en dise, mais
ils ne sauraient remplacer cet autre don sans lequel
il n'est point d'artiste, à savoir le don créateur. Si vous
ne voyez pas, si vous ne sentez pas, si vous ne dites pas
ce que personne n'a vu, senti et dit avant vous, eussiez-
vous tout l'esprit et le goût du monde, en art vous
n'êtes rien et vous pouvez tenir vos efforts les plus sincères pour stériles. Cette loi est dure, mais elle
est bien la loi, et c'est pour cela que de tout temps

on a assez vite compté sur ses doigts les grands
artistes qui ont fait figure dans les siècles même
les plus glorieux. Néanmoins il serait excessif de dire
que ce beau nom d'artiste peut être légitimement
revendiqué par ceux-là seuls qui ont fait éclater avec
une force toujours égale la toute-puissance de leur
génie. Mais, vous n'y sauriez prétendre, si, au moins
à un instant de votre carrière, dans une page de votre
œuvre, vous n'avez point laissé la marque d'une certaine originalité ou d'une certaine profondeur. Ici, à
vrai dire, l'originaiité et la profondeur se confondent,
car vous n'êtes original qu'à la condition d'être allé là
où nul autre encore n'avait pénétré. Voyez *Manon Lescaut* et même le sonnet d'Arvers. Je n'oserais dire que
l'abbé Prévost, et à plus forte raison que l'auteur de
ce sonnet fameux, sont des hommes de génie. Cependant le premier dans son petit roman, le second dans
ses quatorze vers, ont su donner, à la passion impérieuse et invincible comme à l'amour austère et chaste,
une forme si intéressante, si curieuse, si nouvelle et
si définitive, que leurs œuvres sont assurées de ne
point périr. Et Dieu sait cependant si, depuis que
le monde est monde on en a débité de toutes les
façons, sur l'amour qui est chaste et sur celui qui
ne l'est pas !

C'est donc tout bonnement à l'immortalité que doit

prétendre, en bonne logique, celui dont le dessein est d'exercer la profession littéraire. Le monde le sent, et il est agacé, blessé dans son amour-propre, d'entendre un mortel lui dire : « Je vais faire une chose qui m'assurera très probablement contre la mort ». Et, il faut le remarquer, l'humilité et la modestie de notre littérateur ne lui seront comptées pour rien, car, s'il proteste contre les vœux ambitieux qu'on est porté à lui prêter, il ne sera pas cru. On l'enfermera en effet dans ce dilemme embarrassant : « Ou vous voulez être immortel, et cela trahit d'une façon choquante l'estime que vous professez pour vous-même, ou vous savez que vous ne pouvez pas l'être, et alors, de quoi vous mêlez-vous puisque l'essence même de l'art est l'immortalité » ? Il sera certainement très gênant d'être interpellé ainsi, et je ne vois qu'une façon plausible de répondre, c'est de justifier par son œuvre même l'apparente témérité de son orgueil.

Ici nous touchons à un point délicat, et par où nous allons être ramené à notre question même. Si impérieuse que soit une vocation, elle peut bien nous avertir de la réalité de nos goûts et de nos penchants, mais elle est impuissante à nous renseigner avec précision sur celle de notre génie. Je puis parfaitement nourrir le culte le plus passionné pour l'art, et n'avoir en moi rien de ce qui fait le grand artiste. Ils sont

encore assez nombreux les braves gens qui ne sauraient
entendre un beau vers ou un bel accord sans avoir les
larmes aux yeux, et cependant ont toujours été incapables de faire un vers ou d'écrire une note de musique. Il y a souvent un abîme entre ce que nous aimerions à faire et ce que nous sommes en état de
faire. — Parfois aussi la disproportion entre nos goûts
et nos facultés n'est point si évidente que nous ne puissions, et de très bonne foi, nous tromper sur notre véritable destinée. Se croire poète et ne pouvoir réussir
à faire tenir un vers sur ses pieds, le cas est simple :
l'obstination serait alors plus que de l'outrecuidance
et confinerait à la folie. Mais les choses ne se présentent pas toujours avec tant de netteté. Il se rencontre
qu'après avoir fait des vers déplorables, nous arrivons
à en faire de passables, et même de tout à fait bons.
Il y a, en ce point, mille nuances compliquées qu'il
nous serait très important de saisir pour la direction à
donner à notre vie, et qui, malheureusement ne sont
guère saisissables. Comment serons-nous averti alors
que nous sommes un grand artiste, un simple amateur
ou une simple bête? car, ne l'oublions pas, il y a eu
de véritables bêtes qui ont écrit de gros livres et n'ont
point vraiment assez usé de la permission de ne rien
faire. J'ai parlé, tout à l'heure, de l'abbé Prévost : il
n'était pas, lui, une bête, il s'en faut, mais avant de

publier. *Manon Lescaut*, qui est un chef-d'œuvre, il
avait publié, en douze ou quinze volumes, les *Mé-
moires d'un homme de qualité* et *Cleveland*, qui,
avec des parties distinguées, restent en somme des œuvres ordinaires. Prévost avait alors trente-six ans ;
depuis quatre ou cinq ans déjà il faisait le « métier »
d'homme de lettres, et il continua de le faire pendant
une douzaine d'années encore. Or, parmi ses nombreux
ouvrages, un seul prouve qu'il était vraiment un écrivain, un seul permet de dire : Celui qui a signé cela
est un maître. — Il ne pouvait avoir aucun doute sur ses
facultés littéraires, car il a toujours écrit avec une facilité extraordinaire et le plus aimable naturel. Eh bien !
sa vocation ne s'est cependant déclarée tout de bon
qu'en une occasion unique, — celle où il fut, selon l'expression de Sainte-Beuve, le copiste inimitable de la
passion ». Exemple singulièrement dangereux pour
tous les pauvres diables qui, en dépit de la médiocrité
dont ils ont fourni les preuves les plus abondantes,
s'obstinent à espérer qu'une heure sonnera où eux aussi
ils s'imposeront à la postérité ! Car, je ne vois aucun
signe bien certain auquel nous puissions reconnaître
que nous avons non seulement le goût, mais encore le
génie littéraire. C'est même cela qui me rend si indulgent pour l'usage du pseudonyme, qui inspire à la
verve de l'éminent auteur du *Demi-Monde* de si su-

perbes sarcasmes. En soi, cet usage me semble excellent, et je me prends parfois à désirer qu'il soit général. Une œuvre, en effet, vaut par elle-même, et la
curiosité de connaître le nom de celui qui en est l'auteur est secondaire. Cette œuvre est-elle supérieure?
est-elle médiocre? Là est toute la question, et il n'y a
pas d'intérêt artistique à savoir si elle est de Pierre ou
de Paul. Nous l'avons rappelé, en art une seule chose
vaut : l'originalité dans la conception ou dans la forme.
Or, quand une œuvre aura cette marque, lorsqu'elle
révèlera chez son auteur, à quelque degré que ce soit,
la faculté créatrice, je suis rassuré sur son sort, car
j'ai la certitude que tôt ou tard l'opinion lui assignera
la place qu'elle mérite !

D'ailleurs n'y a-t-il pas dans l'usage du pseudonyme
—en admettant le point de vue très particulier où nous
sommes — quelque chose de modeste et de fier tout
ensemble, et comme un discret hommage à l'idéal
même? Si je tais mon nom, lorsque je livre mon
œuvre au public, je ne veux en effet ni me dérober à
sa critique, ni provoquer ses louanges en piquant sa
curiosité; j'entends simplement lui marquer que mon
respect de l'art est trop grand et ma confiance en moi
trop mince, pour que je me décide à prendre tout à fait
au sérieux les efforts même les plus consciencieux de
mon intelligence. « Quoi! dira-t-on, vous n'avez aucune

foi dans votre œuvre! Que ne la cachez-vous alors comme
votre nom même! et il y a vraiment du cynisme ou de
l'hypocrisie à la soumettre au jugement du monde, si
vous ne l'en croyez pas digne. » L'objection est simple, et, comme toutes les choses trop simples, elle n'a
peut-être point une très grande portée. Il est difficile,
en effet, d'être fixé sur la question de savoir si nos
goûts ne nous font pas illusion sur notre réelle vocation. A cet égard, nous serons presque toujours dans
le doute, et il nous semble qu'il ne manquerait ni de
bonne grâce ni de noblesse à ne point d'avance tran-
cher ce doute en notre faveur en nous écriant nous-
mêmes : « Voilà ce que j'ai fait, moi Pierre ou Paul.
Je trouve que c'est un chef-d'œuvre. Et vous, le
trouvez-vous?» On objectera encore, et cette fois l'objection sera plus fondée, que cette espèce de doute
est, à l'ordinaire, chez les êtres fortement doués, assez
léger, et que le génie, en général, a foi en lui. Je n'en
disconviens pas, et il n'y aurait rien à répondre à
l'homme qui dirait : « J'ai du génie! Et non seulement je vais le faire voir au monde, mais encore j'entends l'en avertir d'avance et à voix haute. » Il n'en
demeure pas moins que si légitime que soit l'impatience du génie à se révéler et à jouir des bienfaits de
la gloire, cette impatience est tout à fait étrangère à la
notion et à l'essence de l'art. C'est dans le culte ex-

clusif du beau, personne ne l'ignore, que l'artiste
trouve sa seule joie comme sa seule récompense.

Le culte du beau! le véritable artiste! C'est en prendre à son aise vraiment. Il s'agit bien de tout cela! Et
l'on dirait vraiment qu'il suffit d'avoir l'amour de l'art
pour se pouvoir nourrir de l'air du temps ou être né
millionnaire. Hélas! la vie reste, pour la plus grande
partie des hommes, qu'ils aient ou non le goût ou la
vocation littéraire, une lutte où chacun se tire d'affaire comme il peut. Vivons d'abord, et pour vivre il
sied de ne dédaigner aucune réalité. Les scrupules
même les plus nobles, les délicatesses, la fierté trop
attentive ou trop subtile, ce sont là bagages d'aristocrate! Pour nous autres, aussi bien ceux qui sont destinés à rester petits que les grands, il faut aller de
l'avant de notre mieux, crier comme des sourds, et
bien dire, au contraire, comment nous nous appelons.
Le genre de discrétion excessive dont nous venons de
parler ne saurait être réalisé sans folie, et il ne peut,
en somme, être recommandé qu'aux privilégiés qui
n'ont besoin de rien ni de personne. Les privilégiés,
les heureux de ce monde! mais c'est précisément à
ceux-là que M. Alexandre Dumas reproche d'abuser
du pseudonyme dans des desseins petits et intéressés.
Il se peut qu'en s'adressant aux belles dames et aux
beaux messieurs de sa connaissance il ait raison. Nous

avons seulement voulu rappeler qu'il n'est pas absurde
d'imaginer des motifs plus relevés de ne point mettre
son nom au bas de son œuvre, et aussi que cela n'implique point le mépris de la littérature.

LE MÉTIER DE JOURNALISTE

On a beau médire des journalistes, cela ne décourage pas les amateurs. Les journaux sortent de terre comme des champignons, et cependant la France est pleine d'honnêtes citoyens dévorés du désir d'écrire dans les journaux et qui n'y écrivent point.

Il s'en rencontre partout, de ces aspirants journalistes, et lorsqu'une place, fût-ce la plus modeste, se trouve vacante, c'est par milliers qu'il faut compter ceux dont le rêve serait de l'occuper. Les motifs de cette ardeur, s'ils ne sont pas toujours très élevés, sont à l'ordinaire du moins avouables, et il ne serait pas juste d'en vouloir à ceux qui recherchent notre besogne, parce qu'ils la jugent plus facile et plus

2

agréable qu'une autre. Il faut croire, en effet, qu'elle offre une facilité et des agréments particuliers.

Naguère, le journaliste était censé avoir, sinon la vocation, tout au moins le goût littéraire. On n'exigeait peut-être point de lui les hautes qualités de l'écrivain, mais il eût surpris son monde s'il lui eût avoué qu'il ne se doutait point qu'il existe un art d'écrire. Aujourd'hui les choses sont changées, et celui qui s'est fait journaliste par amour des lettres est bien près d'être signalé comme un pur extravagant. Les lettres! Il s'agit bien de cela ! L'intéressant, c'est la nouvelle, l'information, le télégramme, expédiés sur l'heure, et avec le mépris le plus parfait possible de la langue. Ainsi comprise, la tâche du journaliste peut être menée à bien par un très grand nombre de personnes, et si ces personnes doivent être certes, actives, intelligentes et zélées, il leur est permis de manquer totalement de goût et d'être très ignorantes.

D'ailleurs les journalistes de la nouvelle école le reconnaissent eux-mêmes avec franchise et bonne grâce. Ils n'ont, en aucune façon, la prétention de rien faire qui touche de près ou de loin à la littérature. Ils font et entendent simplement faire ce qu'ils appellent du « métier ».

Métier commode vraiment, puisqu'il n'exige ni études, ni connaissance, ni stage, et qu'il peut, du jour au lendemain, être exercé par le premier venu, s'il a de la bonne volonté et de bonnes jambes ! Mais métier singulier, quand on songe qu'il autorise les braves garçons qui s'y livrent à se parer du même nom que Chateaubriand, Armand Carrel et Prévost-Paradol, pour ne parler que des morts. Car, enfin, il n'y a pas à le nier, lesdits braves garçons sont des journalistes au même titre que Chateaubriand, Armand Carrel et Prévost-Paradol, puisque, comme ceux-ci l'ont fait, ils « écrivent » dans les journaux. Cela paraît, pris à la lettre, incontestable, mais l'esprit en est déconcerté, et c'est précisément le rapprochement absurde que cela lui impose, qui nous fait nous demander ce que c'est que le métier de journaliste, et si c'est, à proprement parler, un métier.

Ainsi posée, la question n'en est pas une. Le jeune innocent, dont la fonction consiste à faire les courses de son journal, a beau mettre bravement sur sa carte: *journaliste*, il ne saurait être considéré comme le confrère des écrivains de génie ou de talent dont nous venons de rappeler les noms glorieux. Retenons cependant ce qu'il y a d'excessif dans cet exemple, afin d'indiquer tout de suite que le journalisme n'est point une profession au vrai sens du mot. Il n'est nul besoin, en effet, qu'il y ait entre la valeur des hommes une disproportion aussi criante pour qu'il soit interdit de

les comprendre sous la même dénomination et de les
tenir pour exerçant le même état. Ici, chacun vaut par
soi-même et se recommande ou par son talent, ou par
son caractère, et il serait bien impossible de préjuger
ce que vaut un inconnu qui se bornerait à dire qu'il
est journaliste.

Être journaliste, cela peut avoir une très haute signification ou ne rien dire du tout. C'est l'œuvre du
journaliste qui importe, et quand cette œuvre ne compte
pas ou ne compte guère, le pauvre journaliste n'est,
devant le public qui le juge, rien ou presque rien. Tel
article de journal remuera le monde; mais l'on peut
faire, pendant vingt ans, des milliers d'articles d'une
inutilité absolue. Que répondre au vieillard à l'œil
malin qui nous dirait : « Qui êtes-vous, d'où venez-
vous et à quoi servez vous? Je vous lis depuis près
d'un demi-siècle, et non seulement vous ne m'avez
jamais rien appris, mais jamais vous ne m'avez fait
penser, jamais vous ne m'avez ému, jamais vous ne
m'avez fait rire ni sourire. Je vous ai suivi par une
pure curiosité de dilettante. J'ai voulu observer sur
votre personne, jusqu'où peut aller l'aplomb de la
médiocrité humaine. Eh bien ! il peut aller loin, cet
aplomb, car voilà cinquante ans que vous parlez lit-
téralement pour ne rien dire. Vous êtes le type parfait
de l'être inutile et vain. Et quand je songe que vous

auriez pu me vendre du pain, des boltes ou même
des bonbons, je trouve que vous m'avez volé mon
argent! » La réponse ne serait point facile, et le mieux
serait de nous excuser d'être une bête, et d'avoir volé,
sans le vouloir, l'argent de notre juge.

Or, notre juge, ce peut être le public tout entier,
et si pénétré de l'importance de notre bavardage que
nous soyons, c'est de lui seul que nous relevons. Le
résultat en est assez cuisant, car il nous fait voir que
le journaliste dont le public ne goûte ni l'esprit, ni
'éloquence, ni le style, dont les efforts n'aboutissent
pas, ne saurait revendiquer dans la société aucune place
honorable et définie, puisque la société peut lui dire :
« Je ne te connais pas. Tu ne m'as rendu aucun service. Je te place même au-dessous des baladins, car les
baladins m'amusent, et toi tu m'ennuies ».

Ce dur langage serait sans réplique. Nous avons beau
nous congratuler entre nous, nous dire : « cher confrère, éminent confrère, illustre confrère », nous
avons beau nous réunir en syndicats, en associations,
nous donner des airs de gens sérieux, nous n'arrivons à
être pris au sérieux que lorsque nous sommes éclatants.
Le *Non licet omnibus adire Corinthum* est, dans
notre affaire, particulièrement à sa place. Je parlais
tout à l'heure de talent, de génie même; mais le journaliste, pour tenir son rang dans le monde, a plus

2.

besoin encore de succès que de talent ou de génie? Il
a, lui, moins que tout autre, le droit d'être incompris.
Comme l'orateur, il est jugé sur l'heure, et s'il échoue
dans l'instant où il se produit, son échec est définitif.
On revient sur le jugement de l'œuvre d'un savant,
d'un artiste méconnu. On fait des excuses à Galilée
après sa mort, on proclame la *Damnation de Faust*
un chef-d'œuvre, après avoir dit en face à l'auteur
vingt-cinq ans auparavant : « La *Damnation de Faust*
est une niaiserie prétentieuse! » On se prosterne
même, sans l'avoir lu, devant Shakespeare, longtemps
contesté, comme devant Dieu en personne; mais il
n'est pas d'exemple d'un article, trouvé mauvais le
mardi, que l'on aurait trouvé bon le jeudi. Le journaliste est dans l'obligation de vaincre sans délai, car
la cause qu'il défend ou la thèse qu'il soutient n'a pas
le temps d'attendre. Cela est simple; nous ne le rappelons point pour nous en plaindre, mais seulement
pour déterminer les conditions où le journaliste se
soumet au jugement du monde.

Ces conditions sont telles qu'il ne peut s'assigner
un rang quelconque dans la hiérarchie sociale. Il y a
des maçons, des notaires, des boulangers, des soldats,
des marchandes de modes; il y a aussi, en fait, des
hommes qui gagnent leur vie en écrivant dans les journaux; mais, socialement, il n'y a pas de journalistes.

Le journal est une tribune, une simple borne jetée
sur la place publique, où le premier passant venu peut
monter et y dire indifféremment les pensées grandioses
qui agitent son sein de patriote, ses espérances, ses
regrets, ses aspirations de citoyen, ses méditations de
penseur, ou y faire ses grimaces de loustic. S'il a du
cœur, de l'intelligence, de la profondeur, du patriotisme ou de l'esprit, on s'en apercevra peut-être. Mais,
en tout cas, quand il aura été acclamé ou sifflé par la
foule, il y rentrera, et jusqu'à l'occasion prochaine son
rôle sera terminé. Et c'est ce passant, ce « monsieur
tout le monde » qui prétendrait avoir des confrères,
suivre une carrière déterminée dire à un autre passant
qui, lui aussi, aura lancé son mot : « Nous sommes du
même état, puisque à un instant donné nous nous sommes servi des mêmes moyens pour faire, il est vrai,
des choses la plupart du temps différentes. »

Car il y a entre les journalistes un seul lien commun:
ils se servent des mêmes procédés pour faire connaître
leur pensée. En dehors de ce lien, on ne trouve rien
qui les rapproche, ni le fond des idées mêmes, ni
l'éducation, ni le but. L'un est l'ennemi juré de l'autre,
et pour un peu demanderait sa tête. Celui-ci est une
des gloires du pays, ou un savant et un patriote comme
Nefftzer; celui-là, un pauvre petit bonhomme sans
orthographe, dont toute l'ambition est d'aller au spec-

tacle gratis, et qui, s'il avait la moindre notion de sa
valeur, se ferait ramoneur et non pas « publiciste ».
Cet autre n'est entré dans la presse que « pour en
sortir » député, préfet, des choses de ce genre,
tandis que son « confrère » a été poussé par la seule
passion des lettres, comme Sainte-Beuve qui éprouvait
une répugnance presque invincible à écrire quand il
n'était point aiguillonné par la nécessité de donner, à
une heure dite, son manuscrit aux compositeurs.

Mais, et ici, la question devient plus délicate, ce
n'est pas seulement dans l'ordre intellectuel que les
journalistes sont séparés par de véritables abîmes,
c'est encore et surtout dans l'ordre moral. Le journal,
en effet, qui, à un certain point de vue, est une agence
d'informations, est souvent obligé de ne dédaigner
aucune source d'informations. Il y a mieux, et d'une
façon plus générale je dirai que l'on peut très bien
concevoir l'hypothèse où un homme tout à fait dégradé
serait à même de faire connaître une chose utile à l'intérêt public. Dans ce cas, et sans lui ouvrir la porte de
ses bureaux, un journal, fût-il le plus austère du monde,
ne manquerait certainement pas à son devoir en lui ou-
vrant ses colonnes. Supposez, par exemple, en cas de
guerre, un forçat s'offrant à révéler certaines dispositions de l'ennemi que, par suite de telle ou telle cir-
constance il aurait surprises. Pourquoi lui imposer

silence ? Pourquoi, si les faits qu'il avance se présentent
avec un caractère sérieux ne point leur donner une pu-
blicité qui, dans certains cas, peut être utile? Il n'y aurait aucune raison de ne le point faire. C'est parfait. Mais
le jour où les révélations de notre forçat auront paru
dans un journal, qui l'empêchera de se dire journaliste ? Et, plus largement encore, qui a le pouvoir
d'empêcher n'importe quelle espèce, fût-elle la sottise
et le vice en personne, de se dire journaliste, si elle a
fait imprimer un beau jour deux lignes d'inepties ou
d'ordures dans la plus infime et la plus méprisable des
feuilles? Je grossis mon argumentation et la pousse
jusqu'à la limite de l'absurde pour mettre mieux en
évidence l'impossibilité de fixer les caractères où l'on
reconnaît le journaliste. Mais, en dehors de ces cas, où
le doute n'est pas permis, il y en a un nombre infini
d'autres auxquels le même raisonnement s'appliquerait
et d'où se dégagerait, peut-être avec un éclat moins
brutal, mais avec autant de netteté, la même vérité, à
savoir que notre profession n'est pas et ne peut être
une profession classée, ce qui revient à dire qu'elle
n'en est pas une.

De très louables efforts ont été faits et sont faits
encore pour modifier cet état indéterminé, et par conséquent fâcheux où se trouvent les journalites. Ces
efforts trahissent les meilleures intentions, puisqu'ils

ont pour but d'écarter du journalisme ceux dont l'honorabilité laisserait trop clairement à désirer. Je doute, hélas ! qu'il en résulte rien d'heureux. Un groupe de probes et vaillants hommes peut se réunir, rédiger des règlements, déclarer que l'on ne fera partie de l'association qu'après une enquête sévère, n'y accueillir que des représentants d'un parti politique donné, etc. Je sais bien qu'il se formera ainsi une sorte de cercle où l'on aura des chances de se trouver en bonne compagnie, mais je ne vois pas comment le journalisme, en soi, en sera plus respecté, car, par son essence, le journalisme qui implique la liberté même, échappe à toute règle.

Le public seul est notre juge, et avec les plus pures intentions du monde, on ne saurait se soustraire à sa juridiction. Vous pourrez bien dire : « Celui-là est un honnête homme, et nous l'acceptons pour confrère ; celui-ci n'est point un honnête homme, et nous le répudions, » vous en serez pour vos frais. Le public ne vous écoutera pas, car pour lui il n'y a qu'une sorte de journalistes, ceux qui l'instruisent, l'intéressent ou l'amusent. Et vous voyez d'ici la figure que feraient certains verdicts de vos comités à côté des verdicts de l'opinion. Il n'a point manqué, malheureusement, dans les lettres et dans le journalisme, d'hommes dont le talent était aussi grand que le caractère l'était peu. Même quand il s'agit des morts, il n'est point plaisant, en un pareil sujet, de citer des noms ; mais, personne n'a oublié certains personnages auxquels s'applique cette observation. Il y en a qui occupaient le premier rang, et étaient, non seulement de grands journalistes, mais de véritables écrivains. Le public les lisait, les admirait, et il eût prêté à rire, celui qui serait venu lui dire : « Un beau talent, certes ! mais, comme sa vie ne nous paraît pas suffisamment correcte, nous lui interdisons de se dire journaliste. » Oui, l'on aurait ri, et les articles du personnage en question à la main, on n'aurait pas manqué de répondre : « Voilà un certificat qui le dispense du vôtre. »

Ç'eût peut-être été un tort de rire et de répondre si vite, mais la force des choses l'eût voulu ainsi. Cette force des choses, on n'y échappe guère, et nous autres, journalistes, nous n'y échapperons pas. Il faut en prendre notre parti, nous sommes des irréguliers, et les avantages de l'esprit de corps — qui a bien aussi ses inconvénients — ne sont point pour les irréguliers. Efforçons-nous individuellement d'être le moins bêtes et le plus honnêtes possible ; mais ne prétendons point à une considération autre que celle qui est accordée au commun des mortels sans profession quand ils se trouvent avoir de l'honnêteté et de l'esprit.

Après tout, il n'y a peut-être pas là de quoi nous désoler trop fort. C'est bien dans notre cas que l'on peut dire : A chacun selon ses œuvres ! et les hommages que, par aventure, nous recueillons, nous sont bien dus, car ils s'adressent exclusivement à nous. Notre lot, à cet égard, n'est point à dédaigner, et il ne serait peut-être pas sensé de l'échanger contre des honneurs plus brillants, mais plus factices. Ce peut être une grande joie d'entendre les clairons sonner aux champs quand on passe, ou de voir les braves gens se découvrir en vous appelant : « Monsieur le préfet ». Mais ce n'est pas désagréable non plus de pouvoir se dire, en se couchant : « Aujourd'hui, j'ai dit ma pensée de mon mieux. » D'ailleurs, ne nous y trompons pas, le monde, s'il nous estime en général assez peu, ne nourrit pas contre nous des sentiments vraiment hostiles. En ce point le monde nous rappelle ce domestique de vaudeville qui, malgré lui et en dépit des réclamations de sa conscience, s'obstinait à servir les femmes de mœurs légères. Il s'exprimait ainsi, on s'en souvient, sa préférence : « Que voulez-vous ? ces dames, je les méprise, mais je les aime. »

Nous aussi, nous sommes quelquefois aimés de cette façon.

LA RECTITUDE EN POLITIQUE

Nous nous faisons de la vertu politique une certaine idée. Cette idée n'est pas très conforme à la nature de la politique, car nous demandons à l'homme politique des qualités qui dénotent une âme exclusivement droite et simple, et il n'est rien de plus compliqué que la politique. Il y a plus d'un motif à cette contradiction où nous tombons là. Avant d'examiner la valeur de ces motifs, tâchons de nous représenter celui dont nous pensons qu'il a rempli son devoir d'homme politique avec toute la perfection possible. Il aura des chances d'être un héros, puisque nous supposons qu'il est l'expression même de notre idéal de la vertu politique.

Il est tout jeune, commence à penser, est riche ou

3

pauvre, mais qu'il soit l'un ou l'autre, il est désintéressé. Ce qu'il veut, c'est le bonheur de l'humanité. Il
y croit, à l'humanité, il l'aime, et pour qu'elle soit heureuse il est prêt à sacrifier son repos ou son propre
bonheur. Il s'interroge et se dit, — après avoir un peu
ou beaucoup réfléchi, ou même sans avoir réfléchi du
tout : — « C'est ainsi qu'il faut faire pour le salut de
l'humanité. C'est ainsi et pas autrement. » Une fois
qu'il s'est dit cela, il ne s'appartient plus. Tout entier, il est au service de sa cause, de son parti. Leur
avenir, leur honneur sont les siens. En parlant d'êtres
qu'il ne connaît pas, qu'il n'a jamais vus, qu'il n'aimerait, n'estimerait peut-être point s'il les connaissait,
il dit, avec un battement de cœur : « Nous! » comme
s'il parlait de ses proches. Et pourquoi? Parce que ces
inconnus ont sur le gouvernement des sociétés les
mêmes idées que lui. Fussent-ils avec cela des sots et
même des méchants, il lui importe peu. Il ne veut ni
le savoir ni le voir. Où vont-ils? Au but suprême, à
la victoire du parti, au triomphe de la cause. Cela
suffit, il faut marcher avec eux, les aimer comme des
frères. Et il les aime, en effet, d'une sorte particulière
et aveugle, et où il entre comme un hommage de respect à son propre idéal. Une seule question l'inquiète :
Sont-ils convaincus et décidés comme lui? Ont-ils au
cœur la même foi implacable? Souffriront-ils, lutte-

ront-ils, mourront-ils comme lui? Si, par aventure,
c'étaient de faux frères dont l'âme molle pourrait s'ouvrir un jour à la trahison? Tant qu'il n'est pas fixé
sur ce point, il demeure méfiant, mais sa méfiance est
encore de la vertu. Ce n'est pas pour lui qu'il a peur;
s'il s'émeut et se tourmente si fort, c'est l'excès même
de son dévouement à la cause commune qui le veut
ainsi. On le voit, c'est un croyant, et il ne reconnaît
pas plus aux autres qu'à soi-même le droit de ne plus
croire. Dans la pleine liberté de son jeune esprit, il a
découvert la vérité. Il la voit, la touche, la possède et
crie au monde : « La voilà! » et il éprouve l'étonnement le plus ingénu si le monde ne lui répond pas sur
l'heure : « C'est bien la vérité! » Certes, il veut être
juste, mais il ne le peut guère. La justice, en effet, ne
saurait se passer d'équilibre et de mesure, et lui, c'est
l'enthousiasme seul qui le mène et l'éclaire. Demander
à un homme pareil d'être pondéré, attentif, impartial,
c'est lui demander de ne point être ce qu'il est. Toute
sa force gît dans sa foi. Il sait que la foi soulève les
montagnes, et la sienne, il en est sûr, aura raison des
obstacles qui lui opposent les desseins petits ou méchants des hommes. Il n'est rien de tel qu'une âme
généreuse et désintéressée pour suspecter la générosité et le désintéressement de ceux qui ne pensent
pas, ne sentent pas comme elle. Quand on croit avoir

trouvé la vérité, on serait impardonnable de traiter les
champions de l'erreur avec indulgence. Et soit par un
effort de son intelligence, soit par une simple révéla-
tion de son cœur, il est convaincu que le monde est
perdu s'il ne s'incline point avec une vénération docile
devant le dogme qui lui est apparu, à lui, dans un
rayonnement magnifique d'évidence.

De plus, ne l'oubliez pas, il a vingt ans. A cet âge,
le besoin de croire se confond si bien avec le besoin de
vivre, que l'objection qui nous ferait hésiter, douter,
nous inspire une aussi violente répugnance que tout
obstacle à respirer, à marcher ou à dormir. Il y a, ne
le dirait-on pas, quelque chose de physique dans ce
noble instinct de la jeunesse à saisir la certitude des
choses. Oh! ne venez pas alors lui parler de raison
ou de réalité : elle ne connaît et ne veut connaître que
ce qui lui plaît! Rien n'est plus respectable, rien, dans
un certain sens, n'est plus utile à l'humanité que cet
aveuglement où il nous plaît de demeurer, pour dédaigner les insolents démentis que les faits se plaisent
à infliger aux assertions hasardées de notre foi. D'accord, mais l'homme politique, même le plus vertueux,
ne saurait toujours avoir vingt ans. Il vieillit peut-être
un peu moins vite que les vicieux, mais il vieillit. Alors
il se passe en lui ceci de curieux, qu'avec la plus parfaite sincérité il se fait gloire de ne tenir aucun compte

des enseignements de la vie. Ce qu'il a cru à vingt ans il le croira à trente, à quarante, à soixante; il le croira jusqu'à la mort. Voilà en vérité qui est particulier, et il faut y insister, car cela révèle une crise de conscience des plus compliquées.

Si notre héros s'imaginait vraiment que rien n'est changé autour de lui, si, dans l'âge mûr, il voyait les choses sous le même aspect que dans toute sa jeunesse, le cas ne serait pas très intéressant. Il y aurait là comme le phénomène d'un esprit tombé en enfance avant l'âge, ou du moins qui ne serait point nettemen sorti de l'enfance et aurait vécu depuis ses jeunes années dans une sorte de rêve où il n'aurait eu aucune conscience de la fatale transformation des objets. Ses cheveux auraient pu blanchir, son visage se couvrir de rides; son âme aurait toujours vingt ans, et s'il n'avait rien appris, rien remarqué, rien observé qui lui inspirât de nouvelles façons de juger, il n'y aurait pas lieu de s'étonner de l'immobilité où serait demeurée sa pensée. Mais il n'en va point ainsi, et ce qui est étrange et tout à fait spécial à l'homme politique vertueux, c'est qu'avec la notion qu'il a des modifications des choses, il s'obstine, par scrupule, à se placer aux mêmes points de vue et à ne point modifier ses jugements. Il est toujours sincère, mais d'une sincérité bizarre et dont il est lui-même dupe.

Il sent de nouvelles pensées envahir son esprit.
Quelques-unes l'embarrassent; d'autres le troublent;
d'autres, par leur rigueur, s'imposent à lui tout de
bon. Cela le chagrine, mais l'évidence est là. Point de
doute. Ce qu'il a cru longtemps n'est peut-être pas
aussi rigoureusement vrai qu'il se l'imaginait; il se
pose des questions là où naguère il affirmait avec une
assurance superbe. Il y a mieux : ici même, il ne
s'interroge plus, il s'était trompé. Non seulement ce
n'était pas cela la vérité, mais c'en était tout l'opposé.
Il le voit bien maintenant. Il le voit, mais il rougit de
le voir. Lui, la probité, la bonne foi même, il a honte
de ne plus penser comme il pensait. Il est généreux
toujours, scrupuleux toujours. Si sa pensée n'est pas
ce qu'elle était, ce n'est point de sa faute à lui ; aucune
passion inavouable, aucun intérêt ne le guide, ne
l'égare. Il se connaît, il en peut répondre. Il ne demande rien, il ne veut rien, et cependant il a peur, il
a honte de dire : « Je ne pense plus ce que je pensais. »
Que dis-je? il répugne à se l'avouer à lui-même, il
souffre de cela, il en souffre comme d'un déshonneur.
Allons! il taira ce qui se passe en lui, le monde n'en
saura rien, et lui-même, — lui-même, vous m'enten-
dez? — il veut l'oublier. Et, ô merveille ! il l'oublie
presque, et en tout cas se conduit, agit comme s'il
l'avait oublié tout à fait. Ce qui va mener sa vie, ce

n'est point sa pensée actuelle, — il ne veut pas la connaître, — c'est l'autre, l'ancienne, la vraie, celle qui à l'âge de l'enthousiasme, des illusions et de l'ignorance, lui a fait pousser ce grand cri naïf et orgueilleux : « Je tiens la vérité ! »

Le spectacle que donne ainsi l'homme politique vertueux, est un fort beau spectacle. Le monde, sans en mesurer peut-être toute la grandeur, le sait bien. Il l'admire et il a raison. Il n'en demeure pas moins que ce rôle auquel se condamne notre héros est aussi absurde qu'il est noble, et ce n'est pas peu dire. Nous n'avons point beaucoup de peine à prendre pour démontrer cette absurdité. Elle saute aux yeux. Il est clair que nous ne saurions déchoir en aucune manière, quand nous ne faisons ou ne disons rien que notre conscience n'approuve. Eh bien! dans le cas que nous venons d'évoquer, il semble que l'homme politique se méfie de sa conscience même et obéisse on ne sait à quelles chimériques préoccupations. Nous l'avons supposé tout à fait vertueux, c'est assez dire qu'il se détermine par des motifs où le respect humain n'a rien à voir.

Ce n'est point de l'opinion des autres qu'il se préoccupe, mais de la sienne propre, et il est ainsi fait, qu'il se sentirait moins digne à ses yeux, si, au lieu de conformer ses actions à ses croyances passées, il

les conformait — ce qui serait pourtant plus sensé,
— à ses croyancés nouvelles.

Mais la vertu n'est guère de ce monde, et ce•qui est
absurde chez l'homme politique vertueux, le sera peut-
être un peu moins chez celui qui, sans être un mé
chant homme, n'est pas aussi radicalement vertueux.
Voyons cependant. Supposons cette fois un politique
comme il s'en voit tous les jours. A vingt ans, il a eu,
lui aussi son heure de foi. Mais insensiblement et sous
l'influence des modifications que subit notre esprit à
tous, il a changé un peu d'avis. Il est devenu plus
sage, plus modéré, ou plus exalté, ou plus prudent,
ou plus ardent, ou plus froid; enfin, d'une façon ou
d'une autre, il n'est plus le même. Les événements
aussi ont marché, et en marchant, ont posé de nouvelles questions. En politique, il suffit d'un jour, d'une
heure, pour faire d'une situation claire la situation la
plus obscure. Qui disait blanc le dimanche peut très
bien en conscience et très honnêtement dire noir le
lundi. Parfois même c'est le devoir impérieux des
honnêtes gens de ne point persévérer dans une opinion qui, après s'être trouvée vraie le matin, se trouve
fausse et même dangereuse le soir. Le plus simple
alors, ce sera de n'écouter que sa conscience et de
faire pour le mieux sans s'inquiéter trop étroitement
de l'opinion des autres. Mais voyez le malheur : le

politique, quand il sera un homme ordinaire, aura
des chances de se comporter, tout en obéissant à des
mobiles moins élevés, comme le politique vertueux.
Lui, c'est le jugement de la galerie, dont il se préoccupe, et la galerie en politique est intraitable ; le premier devoir qu'elle exige de ceux à qui elle donne sa
confiance, c'est précisément la rectitude. Oui, elle
entend qu'ils soient toujours semblables à eux-mêmes,
est persuadée que la meilleure façon de lui prouver
qu'on n'a point le dessein de se moquer d'elle, c'est
de faire montre d'un état d'esprit où l'entêtement le
dispute à la candeur. Cela met la carrière politique à
la portée des plus humbles intelligences, car rien la
plupart du temps n'est plus commode que de suivre
ce que l'on appelle la ligne droite. La ligne droite !
Mais, en dehors des triomphateurs, des vainqueurs,
savez-vous bien que je ne vois personne qui en politique puisse se vanter de suivre toujours efficacement
la ligne droite ? Depuis 1861, les ganaches, — le mot
èst de Duvergier de Hauranne, — du centre droit et
de la droite l'ont suivie la ligne droite. Leurs nourrices
leur ont appris à crier : « Vive le roi ! » ils crient
encore : « Vive le roi ! » Et ce n'est pas très difficile
en vérité. Ce l'était plus, il nous semble, de dévier
de la ligne droite, comme l'a fait M. Thiers, qui a
montré avec un certain éclat qu'il est des circonstances

3.

où la rectitude en politique peut être inepte ou même
criminelle.

S'il sied de ne point être entièrement dupe de cette
exigence de l'opinion, qui demande à ceux qu'elle
charge de la représenter de penser et de dire toujours
la même chose; si l'on peut dire que cette immobilité
de la pensée est contraire aux lois mêmes de l'intelligence, il n'en reste pas moins qu'il est très difficile
d'établir dans quelle mesure le politique a le droit de
changer d'avis. Le philosophe, le penseur, en somme,
ne relève que de lui, et je ne vois pour ma part aucun
inconvénient à ce qu'un Montaigne ou un Renan passent
leur temps à nous faire voir l'endroit et l'envers de
la vérité, même s'ils laissent paraître qu'ils se moquent
un peu de nous. Je vais plus loin, et la perpétuelle
contradiction où tombe la pensée de ces grands esprits,
en accentuant la sincérité de leur œuvre, lui donne
un caractère impartial et supérieur par où l'intelligence se sent peut-être plus rassurée encore que
troublée. En politique il n'en va plus de même. La
responsabilité du politique est engagée bien plus
directement que ne l'est celle du penseur. Dans une
démocratie surtout il a charge d'âmes. Il a dit : « Je
veux ceci ou cela ! » et, derrière lui, il y a des milliers de ses concitoyens qui ont répété avec lui : « Oui,
c'est bien ceci et cela que nous voulons. » L'engage-

ment ici est formel et je n'aperçois aucun moyen
décent de s'y soustraire. On répondra, il est vrai, que
si un politique s'aperçoit qu'il n'est plus du même
avis que ses mandataires il n'a qu'à leur remettre leur
mandat. D'accord ; et après ? Après, il se croisera les
bras, dira-t-on, et il avouera qu'il n'est décidément
point né pour l'action. Cette solution paraît assez sé-
duisante, car l'on ne saurait faire un reproche à un
politique qui, pour être versatile tout à son aise, re-
noncerait à faire de la politique. Soit ! Mais si par
aventure ce politique est un homme de génie, ou
simplement un patriote, a-t-il vraiment le droit de ne
plus rendre désormais aucun service à son pays, parce
que son esprit est rebelle au joug de cette fameuse
rectitude dont le spectacle impose tant aux badauds et
qui est parfois si utile aux nigauds? La question n'est
pas simple, nous préférons nous contenter d'indiquer
pourquoi elle n'est pas simple à la résoudre.

Plus on l'examine, en effet, plus on s'aperçoit
qu'elle ne saurait être tranchée sans témérité. Oui,
il y a une grande part de préjugé dans cette admiration sans bornes que l'on accorde à la rectitude politique. Oui, cette rectitude est incompatible avec l'indépendance de l'esprit, qui a sans cesse besoin de se
renouveler, et ne peut guère sans imprudence affirmer qu'il n'a plus rien à apprendre ! Oui, elle peut

masquer la nullité et tenir lieu de toutes les vertus et
de tous les mérites. Tout cela est vrai, et cependant ce
mot de rectitude reste un beau mot et provoque naturellement le respect. Nous avons relevé ce qu'il y a
d'absurde dans la rectitude, même quand elle est le
résultat des scrupules les plus nobles. Mais nous ne
devons pas oublier qu'en politique elle se confond souvent avec l'honneur même.

La politique, en effet, c'est la lutte, c'est la guerre.
Or, s'il est naturel et presque fatal que nos pensées,
nos sentiments se modifient sous l'action du temps et
des événements, nous ne pouvons, sans faire soupçon-
ner nos cœurs d'ingratitude et de sécheresse, traiter
en ennemis ceux avec qui nous avons combattu, et
dont hier encore nous partagions les espérances et les
misères. M. Augier fait dire à un de ses personnages
ce mot profond : « Il n'y a plus de mercenaires dans
la mêlée ; les coups qu'ils reçoivent leur font une conviction. » Eh bien ! les plus sceptiques, quand ils sont
battus, sont au moins convaincus d'une chose, c'est
que celui qui les a battus a eu tort de les battre. Or,
dans la bagarre politique, nous recevons des coups
avec nos amis, et il n'est pas très beau de venir tout
à coup dire à ceux-ci un beau matin : A partir d'aujour-
d'hui je vais être de ceux qui nous battaient si bien !
Vous le voyez, c'est plutôt en se plaçant à un point de

vue sentimental qu'on est amené à juger sévèrement ceux qui, en politique, changeraient trop souvent d'avis. Toutefois gardons-nous d'une sévérité excessive, et ne perdons pas de vue surtout que le but même de la politique, c'est de convertir les gens, c'est-à-dire précisément de les faire changer d'avis.

UN PETIT MOYEN DE PARVENIR

L'INDISCRET

Qui ne le connaît? qui ne lui a serré la main? ne lui
a dit : mon ami? L'indiscret est partout. Nous venons
de le quitter. Hier nous l'avons rencontré dans la rue,
au cercle, chez lui, chez nous. Il était notre voisin au
déjeuner, ou notre vis-à-vis au dîner. Tout à l'heure
il nous a offert des cigares et nous nous sommes pro-
menés ensemble. A tous les instants du jour, nous le
coudoyons et nous pouvons le considérer à notre aise.
Ce n'est pourtant pas facile de dire comment il est fait,
car il se présente sous des aspects très différents.

L'indiscret peut être gros, mince, gras, nerveux,

lymphatique, bilieux, sanguin, spirituel, stupide, gracieux, grossier, méchant, malin, prétentieux, naïf.
Quelquefois, — j'en ai connu de tels, — c'est un grand
garçon avec des yeux à fleur de tête, un front fuyant,
de longs cheveux en baguettes de tambour, une belle
barbe très inculte, une petite bouche pincée et une
petite âme démesurément ambitieuse. Quand il avait
vingt ans, il rêvait de changer la face du monde. Mais
il avait beau se frapper le front en se regardant dans la
glace, et se dire : « Il y a quelque chose là ! » ce quelque
chose s'obstinait à rester là et à ne point sortir. Alors,
comme il ne pouvait point passer son temps à se regarder dans les glaces et à se frapper le front, comme
il lui fallait bien « faire son trou » et que son génie n'y
suffisait pas, il prit le parti de demander à tous ceux
qu'il trouva sur sa route de faire pour lui ce trou, qu'il
ne savait pas faire tout seul. Du coup, il devint un des
beaux types de l'indiscret, — l'indiscret empressé, ser-
viable et un peu bas.

Quelques-uns voulurent le fuir ou du moins l'éviter.
Ce ne fut pas facile, car le diable ne l'aurait point
empêché d'être là où il jugeait qu'il avait intérêt à être.
Naturellement, ce fut auprès des grands qu'il se montra
surtout empressé, mais il n'eut garde non plus de négliger les petits. Il arrive que les petits connaissent les
grands, peuvent dire un mot, faire un pas, un geste,

dont saura profiter notre homme ; il a pris note de cela
et ne l'oublie pas. La chose lui a réussi. On dit bien :
« Quel sot! quel bavard! quel farceur! » mais on l'envie. Et de fait son sort est enviable. Il n'a pas changé
la face du monde, mais de pauvre il est devenu riche,
d'infime considérable, et ceux qui le jugent sur la figure
qu'il fait dans le monde lui parlent chapeau bas. Et,
dans un certain sens, n'est-il pas le fils de ses œuvres?
car si le ciel ne l'avait point gratifié de certains dons
naturels, aussi précieux que l'aplomb, la servilité, il
serait encore occupé à se frapper le front, en s'étonnant
de son impuissance. C'est son indiscrétion qui l'a fait
ce qu'il est, et, son indiscrétion est bien à lui. Ceux
qui en ont vu les premiers effets ont commencé par en
rire ; mais, par la suite que ces effets ont eue, les plus
railleurs ont dû reconnaître que l'indiscrétion aussi
largement pratiquée et entendue peut être tenue pour
une des grandes forces dont l'ambitieux ait la disposition.

Certes, on riait quand on voyait notre indiscret courber sa haute échine, se prosterner, se précipiter, dès
l'instant où il apercevait, de si loin que ce fût, tel personnage de marque, dont il pouvait espérer quelque
faveur. Oh! le plus vague espoir lui suffisait, et c'était
surtout dans ses premières entrevues avec les grands
qu'il était curieux à observer! Il ne leur demandait pas

audience, n'attendait point leur heure. Non! Dans la
rue, en wagon, n'importe où, il s'annonçait, se présen-
tait lui-même bravement, à des gens qui ne l'avaient
jamais vu, ignoraient son existence et son nom. Au
premier choc, ceux-ci, avaient la mine d'êtres abrutis
par la stupéfaction. Mais sous les flatteries, la cordialité
factice, sous le débordement des hommages familiers
de notre indiscret, ils ne tardaient point à reprendre
leurs sens et à s'amadouer. Que dire à cet inconnu qui
vous crie dans les oreilles, du ton le plus affectueux,
le plus attendri : « Votre Excellence par-ci, grand
maître par-là, quel honneur, ou mieux quel bonheur
pour moi de vous retrouver? »

Les Excellences et les grands maîtres commençaient
par ne rien dire du tout; mais bientôt, après avoir
balbutié un compliment, ils feignaient de reconnaître,
— que dis-je? ils feignaient, — ils croyaient en réalité
reconnaître ce grand gaillard qui venait ainsi en leur
frappant sur l'épaule, et le chapeau à la main, les
assurer de sa joie grande de les retrouver. Lui, il
rayonnait, et à leur œil d'abord étonné, puis rassuré
et bienveillant, on voyait que les grands personnages
assaillis de la sorte, se disaient à eux-mêmes : « J'ai vu
cet homme-là quelque part! Il m'aura rendu à coup
sûr quelque service!... » Et ils ne tardaient point à se
montrer, eux aussi, bien disposés, aimables; ils

n'étaient enfin rendus à la liberté que lorsque ces cinq mots, étaient tombés de leurs lèvres : Vous pouvez compter sur moi! Et il comptait sur eux, et il n'avait pas tort d'y compter. Aujourd'hui, bien qu'il ne fasse et ne dise guère que des sottises, il est entouré, écouté, flatté à son tour. D'ailleurs il demeure bon prince et laisse venir à lui les petites gens. On le dit influent, et en réalité il a une certaine influence. Il est sénateur ou député. Un de ces matins, il sera ministre.

Si nous insistons sur quelques-uns des traits par où se distingue cet indiscret-là, c'est que chez lui l'indiscrétion se confond avec l'homme même. Supposez-le discret, il n'est plus rien; et c'est parce qu'il ne l'est point qu'il a fait, ou à peu près, tout ce qu'il a voulu. Mais la sottise complète ou l'ambition effrénée ne sont pas des éléments indispensables de l'indiscrétion, et, à côté de l'indiscret audacieux et triomphant, nous en compterions un grand nombre d'autres qui, pour être une incarnation moins parfaite de l'indiscrétion, n'en demeurent pas moins curieux.

Il y a, par exemple, le petit bonhomme nerveux, fin, avisé, plus intelligent et plus modeste, doué par la nature pour se faufiler, et qui se faufile en effet jusqu'à la place qu'il estime être la sienne, en se bornant à savoir profiter à point de la réserve volontaire des autres. Celui-là ne fait pas de bruit, ne se jette pas

brutalement dans les jambes des puissants, mais il ne
manque jamais, quand il les a sous la main, de faire de
son mieux pour les intéresser à ses affaires. Il n'est ni
tapageur ni impudent; il sait attendre, n'élève pas la
voix, ne s'avilit point trop clairement, mais excelle dans
l'art d'ennuyer assez les gens pour obtenir de leur lassitude ce que ne lui accorderait point leur équité ou
leur bienveillance. Il parle souvent de lui-même, mais
il insiste sur son humilité, répète à satiété : « Vous
savez, moi qui ne demande jamais rien, n'ai jamais
rien demandé... » Il est patient, lancinant, et sait s'effacer quand il le faut. Il ménage ses entrées comme ses
sorties, n'apparaît guère qu'au bon moment. Il ennuie,
mais il ne choque pas. On s'étonne de sa persévérance,
mais on n'en est point révolté. Personne ne dit de lui :
C'est une bête! On a souvent envie de s'en débarrasser,
mais on n'est tenté ni de le maltraiter ni de l'injurier.
On trouve seulement que c'est un bon petit garçon, un
peu obstiné. Pas de méchanceté! et de l'obstination!
En donnant de soi cette opinion, on peut être assuré
d'aller au bout du monde. Et lui, le pauvre ami, il ne
demande pas à aller au bout du monde, il veut simplement « faire son affaire comme les autres ». Il la
fait mieux que la plupart des autres. Ses moyens sont
corrects : alors, quel mal y voyez-vous?

Une espèce d'indiscrets très répandus, c'est celle

des malotrus. Elle ne vaut pas la peine d'être exami-
née, car elle n'est point redoutable. L'indiscret de
cette espèce n'a aucune arrière-pensée et joue franc
jeu. C'est une brute qui ne sait rien, met à nu la
vulgarité ou la grossièreté de ses instincts, vous dit
naïvement : « Otez-vous de là que je m'y mette! » On
lui répond par une bourrade, et c'est tout. Oh! non,
cet indiscret n'est ni dangereux ni compliqué! Au
fond, il ne veut ni ne fait de mal à personne.

Il faut même remarquer que l'indiscrétion, dont la
bonne éducation nous enseigne avant tout à nous
garder n'est vraiment irritante que chez les personnes
d'une certaine éducation. Il y a mieux : on peut être
le plus correct, le plus poli des hommes, et être
cependant très indiscret. La pratique la plus assidue
des usages du monde ne saurait, en effet, nous donner du tact et de la générosité, et sans le tact, par où
nous apprenons à ne pas froisser autrui, comme sans
la générosité, nous ne parviendrons pas à être discret.
La discrétion n'est autre chose que ce sentiment que
nous fait comprendre les convenances des autres et
nous invite à les respecter. Le monde est plein de gens
très fixés sur les règles du bon ton et du savoir-vivre,
et qui sont des modèles achevés d'indiscrétion. Ils ne
manqueront pas, s'ils ont dîné chez vous, de vous faire
visite dans le délai réglementaire. Mais quand vous leur

aurez rendu un service, ils se dépêcheront, dans l'instant même où ils vous remercieront, de vous en demander un second. Ils vous mettront à leur table à
la place voulue par le cérémonial, mais ils n'hésiteront
pas à vous charger, avec un sourire exquis, d'insup-
portables corvées. L'idée qu'ils peuvent vous ennuyer
ne leur viendra pas par cette raison qu'ils ne se sont
jamais demandé si par aventure ils peuvent être ennuyeux. Ils ont une confiance absolue en eux, dans
leur esprit, dans le charme de leur personne ou de leur
conversation, et votre réserve leur montrât-elle que vous
ne partagez pas, sur ce point, leur foi ou leur enthousiasme, ils n'en insisteront pas moins, avec une féroce
énergie, pour vous faire demeurer en leur présence tout
le temps qu'il leur plaira. Ils ne se demandent pas s'ils
sont aimables ou non, mais ils exigent de vous que vous
vous comportiez avec eux comme s'ils étaient les gens
les plus aimables. Ce qui les amuse doit vous amuser,
et ils ne se préoccupent pas un instant de ce qui vous
plaît ou vous déplaît. Leur maison, leur salon, la
cuisine, la musique que l'on fait chez eux, les propos
que l'on y tient, tout cela leur apparaît comme autant
d'attraits irrésistibles ; il ne leur vient pas à la pensée
que personne y puisse résister. Au fond, c'est leur
agrément qu'ils poursuivent, et ils n'ont nul souci du
vôtre. C'est là une des variétés les plus dangereuses de

l'indiscret. Le moyen, en effet, de se débarrasser des prévenances intéressées d'un monsieur ou d'une dame qui vous disent, la bouche en cœur, qu'il est indispensable à leur bonheur que vous passiez quatre ou cinq heures de votre temps en leur compagnie? On ne peut pas leur répondre : « Mais vous oubliez de me demander si cela est indispensable à mon bonheur à moi! » Et l'on cède à leur égoïste désir par un sentiment d'indulgence et de générosité, — qui n'est en somme qu'un sentiment de discrétion, — plutôt que de leur faire comprendre la sottise de leur insistance.

Est-ce donc à dire que la sottise et l'égoïsme soient les deux traits essentiels du caractère de l'indiscret? Cette conclusion serait trop absolue, car il existe des cas où les meilleures natures commettent le péché d'indiscrétion. Par un contraste étrange, l'excessive confiance peut, à notre insu, nous rendre indiscrets, tout comme le souci exclusif de nos convenances personnelles. Voyez les enfants, les pauvres gens : eussent-ils le cœur le meilleur, ils ne savent pas toujours se résigner à la réserve qui conviendrait. Avec les intentions les plus désintéressées, ils parlent quand il faudrait se taire, et disent ce qu'on ne leur demande pas d'autant plus facilement qu'ils croient celui qui les écoute mieux disposé à les écouter. La naïveté même de l'indiscrétion la protège alors contre toute apprécia-

tion sévère, car si elle provient d'une erreur de jugement on ne saurait en aucune façon lui reprocher de
trahir la sécheresse du cœur. C'est le contraire même
qui est la vérité, et lorsqu'il nous arrive d'importu-
ner nos amis par nos épanchements et nos confidences, c'est leur cœur qui se trouve en défaut et non
pas le nôtre.

Laissons ces sortes d'indiscrets être indiscrets tout
à leur aise et à tort et à travers. En admettant qu'ils
aient tort, les exemples donnés par les bonnes âmes sont
assez peu contagieux pour que les effets n'en soient
pas à craindre. Quant à l'indiscret dont nous nous
sommes surtout occupé, nous l'avons vu à l'œuvre
et nous pouvons dire qu'il est bien ou un sot ou un
égoïste, et même que parfois il est l'un et l'autre.
Néanmoins il faut lui rendre cette justice : il est encore un homme pratique, et avec le sentiment très
clair de ses intérêts il se trouve avoir aussi l'intelligence de la réalité. Tout n'est donc pas mauvais dans
l'indiscrétion, et, pour la direction de notre conduite,
elle peut nous rendre des services signalés. Et tout
d'abord, en nous imposant, même d'une sorte aussi
humble, à l'attention du monde, ne lui révélons-nous
pas notre existence, et y a-t-il rien de pis pour un
homme qui veut avoir sa place au soleil que de ne
point montrer qu'il est vivant? Puis pourquoi donc

donner à ceux qui ne demandent rien, quand il y a tant d'affamés sur la route qui demandent quelque chose? Pourquoi ne point crier comme les autres et se complaire dans une stérile fierté? Soyons dignes, si nous pouvons, mais d'abord agissons, vivons, prouvons que nous sommes là ! Certes, l'indiscret est un piètre égoïste. Certes l'indiscret est un sot. Mais, jeunes gens, mes amis, eussiez-vous du génie, gardez-vous, si vous ne voulez pas courir la chance d'être parmi les vaincus de la vie, gardez-vous, jeunes gens, de ne pas l'imiter un peu !

DE CERTAINS HOMMES
CONSIDÉRABLES

On peut fort heureusement être tenu pour un homme considérable et le mériter. Voyez, par exemple, Cavour, Thiers, Littré ! C'étaient-là certes, des hommes très considérables et personne ne s'est jamais demandé pourquoi ils l'étaient. Mais la façon dont ils s'y sont pris pour acquérir de la considération n'est pas à la portée de tout le monde. On n'a point du génie ou du talent parce qu'on est désireux d'en avoir. Il dépend davantage de nous d'être vertueux, mais il n'est pas suffisamment établi que la pratique de la vertu nous rende considérables. On rencontre même des esprits

assez pervers pour soutenir le contraire. Ces esprits-là
vont peut être un peu loin.

Il se trouve des gens très vertueux qui sont cependant très considérables; et nul doute que l'on puisse
s'imposer à la considération du monde sans être un
chenapan. Cela, il est vrai, ne résout point définitivement la question de savoir si, en faisant le bien, nous
prenons le bon chemin pour arriver à la considération. Cette question n'est pas sans intérêt.

Il est toujours utile d'examiner ce que peut valoir
la conscience de ceux qui font dans la vie une plus
belle figure que le commun. Je vois très nettement
pourquoi un Cavour, un Thiers, un Littré ont mérité
la considération universelle; mais, je ne serais point
fâché d'être fixé de même sur les raisons par où tels
personnages, sans génie, sans talent d'aucune sorte,
jouissent d'une grande considération. Ils sont nombreux, ceux-là, et nous n'aurons pas de peine à en
trouver de tous prêts à nous renseigner.

En général, ce sont des esprits pratiques. Cherchons
donc d'abord parmi les hommes d'action, et de préférence parmi les politiques. Vous connaissez certainement celui-ci. Hier il était à la Chambre. Chacun l'en-
tourait, le consultait. C'est un homme très grave.
Quelques-uns assurent qu'en famille il se laisse parfois aller à sourire. Personne ne l'a jamais vu rire.

Et, de fait, avec sa face osseuse, ses traits durement arrêtés, ses lèvres pincées et grêles, son regard tour à tour inquiet et fixe, son grand nez lugubre, on se le représente mal s'abandonnant à la joie ou simplement à la bonne humeur. Rire! En vérité il se gardera bien de rire! Et d'abord il n'en a point envie, prenant volontiers les choses par leur côté âpre et grognon; puis on pourrait le voir! et, si on le voyait rire, son prestige s'en trouverait compromis. Lui-même, s'il riait, s'amusait, ne serait plus à ses propres yeux, l'homme qu'il est. Qui sait? peut-être ne se prendrait-il plus aussi complètement au sérieux. Or il ne voit rien au monde de plus sérieux que sa propre personne. Quand il parle de soi, il ne dit pas : « Je suis ainsi! » il semble qu'il dise : « Monsieur un tel est ainsi! » La considération qu'il prétend inspirer aux autres, il se l'accorde, à lui d'abord, avec une abondance magnifique. A voir cet homme austère et triste, on est par instants tenté de se reprocher de n'être point austère et triste comme lui. De grandes pensées doivent agiter son sein. On lui en sait gré, et devant lui on se sent naturellement circonspect et timide. Il vous gêne, vous impose. Sa gravité est inquiétante, et nous avons peine à ne pas croire qu'elle soit l'indice de hautes préoccupations. Même quand il est absolument bête, on hésite à se moquer de lui, car, c'est un caractère. Un caractère, soit, mais

quel caractère? Le caractère suppose la sincérité. Et
si, par aventure, il n'était point tout à fait sincère?
Si même, en admettant que ce ne soit point un impos-
teur ou un traître, il jouait un rôle, se composait un
personnage, avait quelque arrière-pensée? On ose à
peine se poser ces questions irrévérencieuses. On ne
pourrait guère, en effet, se les poser sans malice. Le
moyen de rire d'un homme qui, lui, ne rit point? Le
pouvons-nous décemment, sans accuser notre propre
légèreté? Son cas est de ceux qui interdisent la raillerie et où elle ne peut se produire sans compromettre
la dignité même des railleurs. Nous savons cela, et la
crainte de n'être pas jugés sérieux, nous fait juger cet
homme-là le plus sérieux des hommes. En parlant de
lui, nous nous observons, et fût-il notre adversaire, nous entendons ne nous prononcer sur son
compte qu'avec équité, mesure et déférence. Et lui-
même ne nous respecte-t-il donc pas? Tout à l'heure,
il était à la tribune. Tous, certes, n'étaient point en-
traînés ou séduits par son éloquence, mais tous ren-
daient justice à la modération, à la courtoisie de sa
parole. Cette modération, cette courtoisie n'excluent,
chez lui, ni la fermeté des convictions ni même la
passion. Sa foi ne date pas d'hier. Il a montré, en
plus d'une rencontre, combien elle est implacable.
Mais il possède l'art de se contenir, et ceux qui l'écou-

tent voient dans la contrainte qu'il sait s'imposer une
preuve nouvelle de la force, de la probité de son âme. Il
parle bien, d'ailleurs, n'est pas un grand orateur, mais
est à coup sûr un orateur, le don de l'éloquence n'étant
pas tout à fait incompatible avec une certaine dose de
sottise naturelle. Ce qu'il dit, n'a jamais rien de très
nouveau ni même de très utile; mais il le dit avec tant
d'autorité! Il ressasse à bouche que veux-tu les lieux
communs les plus humbles, mais quand il parle de
« l'honneur de son parti » et surtout « de son honneur à
lui », il le fait avec un tel accent, que les cœurs les plus
méfiants s'émeuvent et battent tout de bon. Il se rend
compte de l'effet qu'il produit, car tous ses efforts tendent à produire cet effet. Aussi il se ménage, évite de
se prodiguer, ne donne que dans les circonstances qu'il
croit solennelles. Tant qu'il n'a pas paru, la situation
la plus compromise n'est jamais considérée comme perdue. Il en a dénoué plus d'une où des hommes de beaucoup d'esprit avaient perdu leur peine. Pendant que
ceux-ci parlaient, il écoutait, — il sait écouter — et
c'est en répétant avec pompe ce qu'ils s'étaient bornés à
dire avec esprit qu'il a vaincu là où ils avaient été vaincus. Nul ne s'en est aperçu, même parmi les gens spirituels, et tout le monde s'est incliné à l'envi devant
« son incontestable autorité ». Elle est si bien établie,
cette autorité, qu'il en est arrivé à dédaigner d'en faire

sentir le poids trop immédiatement. Il attend, il n'est
point pressé. Il laisse aux impatients le soin de faire
des sottises. Il a été trois fois ministre et le sera une
quatrième, le jour où le « salut de la patrie l'exigera ».
Peut-être vise-t-il plus haut encore. Ce n'est pas nous
qui le lui reprocherons. Son ambition a le droit, vraiment, de ne connaître aucune borne. Il en est convaincu. Il se recueille. Ce recueillement lui sied et donne
plus d'éclat encore à sa gloire. Mais qu'est-il de son
état? Historien, savant, philosophe, écrivain, diplo-
mate? Rien de tout cela. Il n'a jamais écrit que des
platitudes, n'a point pensé une fois dans sa vie, ne
sait rien ni en histoire, ni en philosophie, ni en quoi
que ce soit. D'où vient-il? — D'où vous voudrez. Où
ira-t-il? Pour un peu nous dirions : — Où il voudra.
Saluez! car demain peut-être il sera le héros du jour et
se mettra en devoir, très gravement, — il est toujours
grave — de sauver la République.

Mais ne quittons pas le Parlement. Encore un sénateur ou un député. Celui-là, cependant, n'a point d'ambition politique proprement dite. Il monte rarement
à la tribune, parle mal. Il est d'allure moins sinistre
que le premier. Sérieux aussi, mais moins guindé. Il a
voulu être député ou sénateur, parce qu'un député ou sénateur a dans le monde meilleur air que
le premier venu. C'est surtout un homme d'affaires.

L'homme d'affaires est, en général, un homme qui
veut gagner de l'argent sans travailler. Celui-ci s'est
cependant donné beaucoup de mal. Il s'occupe d'actions, d'obligations, de chemins de fer, de choses
comme cela. Tout Paris le connaît. On le rencontre
à toute heure, dans son coupé, au boulevard, à la
Bourse, à la Chaussée-d'Antin, aux Champs-Élysées.
Quelquefois un arrêt de la Cour le prend en traître,
s'occupe de son honneur en termes un peu verts, laisse
entendre qu'à la première occasion le tribunal de police
correctionnelle pourrait bien s'en occuper à son tour,
de cet honneur. Cela ennuie un peu notre homme,
car on en jase. Mais il a un moyen à lui de faire taire
les bavards, c'est de se comporter exactement comme
si l'arrêt de la Cour avait proclamé sa vertu. Il devient
alors gai, affectueux, remplace son coupé par une vic-
toria, est plus fringant, plus superbe que jamais. Son
assurance est remarquée. Lui qui ne parle pas, aujour-
d'hui, au Sénat ou à la Chambre, il a dit avec un mélange curieux de netteté et de bonhomie : « Pardon,
messieurs, je crois qu'il y a là une petite erreur de
chiffres... » On vérifie la chose, c'est vrai, il y avait
là une petite erreur de chiffres. On vante la clarté, la
vigueur de son esprit, on commence par avoir des
doutes sur les bruits fâcheux qui ont couru sur son
compte; des amis prononcent même le nom de ca-

lomnie. Il se rencontre aussi des entêtés, il est vrai,
pour persister à juger le personnage avec une familiarité plus désobligeante. Mais comme le personnage
continue à se montrer, à courir le monde, à secouer
des millions à tour de bras, comme il trouve toujours
des électeurs pour l'envoyer, soit à la Chambre, soit au
Sénat, il reste lui aussi, et tout compte fait, l'homme
qu'il a voulu et qu'il veut être. Député, sénateur, président de ceci, directeur de cela, décoré quinze fois
pour une, influent, puissant, écouté, il a bien raison
de marcher la tête haute et de ne point trop se mettre
martel en tête, en songeant aux brutalités de la Cour
ou aux commérages des envieux. Et parmi ces derniers mêmes, qui donc oserait se risquer à dire à
haute voix qu'un homme pareil n'est pas un homme
considérable? Est-il donc estimable? Non pas, et l'on
peut même dire, qu'il n'est pas estimé. Le caractère
particulier du triomphe remporté par son aplomb, son
audace et son adresse, sur les méfiances de l'opinion
est précisément d'amener ceux qui ne l'estiment pas à
le traiter comme s'ils l'estimaient. Mais ce triomphe
n'est possible qu'à une condition, à savoir que notre
homme soit riche, ou réputé tel. C'est donc en somme
à son argent surtout que celui-là doit de tenir un si
haut rang. Cette puissance de l'argent, qui fait d'un
sot un homme d'esprit, et d'un filou un homme consi-

dérable, est aussi vieille que le monde. Il n'en est pas
moins intéressant d'en rappeler les effets dans un ordre
d'idées où l'intelligence, le caractère, les services rendus sembleraient devoir être exclusivement considérés.

Mais nous trouverons mieux encore. Nous sommes
cette fois dans le pur domaine des choses de l'esprit.
C'est à un artiste que nous allons avoir affaire. Quoi !
est-il donc possible d'occuper dans les arts une place
considérable en usurpant cette place ? Ici, on juge
l'homme directement sur son œuvre, et il a beau faire
appel à l'audace ou à la ruse, il lui est difficile de convaincre les gens de sa valeur, s'ils estiment que son
œuvre ne vaut rien. Difficile, mais non pas impossible.
Tous les jours il s'en voit des exemples frappants. J'en
sais un très curieux.

Vous n'êtes point sans connaître ce brave homme
grisonnant, souriant et replet, qui, l'autre matin, a
recueilli près de douze suffrages à l'Académie française. Il n'a pas été élu, mais il le sera certainement
quand il aura atteint la soixantaine. Trois ans encore à
attendre ! C'est un peu long. Mais, sans s'indigner, sans
s'étonner, il attendra. La persévérance est sa qualité
dominante. Un beau jour il s'est dit : « Tu seras de l'A-
cadémie française ! » et une voix intérieure lui a répondu : « Oui, tu en seras. » Il a écouté cette voix
qui ne l'a jamais trompé. La carrière qu'il a parcou-

rue est dèjà belle. Volontiers, quand on le rencontre,
on dit à son voisin : « Tiens ! voici un tel ! » On le
rencontre souvent. Il va à tous les enterrements de
morts connus, y prend des mines éplorées et dignes,
y serre fortement la main de tous les gens qui sont là.
Le malheur, du reste, l'émeut toujours. Il a le cœur
aimant, et il est aimable.

S'agit-il d'ouvrir une souscription, de recommander
telle bonne œuvre à la sollicitude de l'État, de faire
des courses, de proclamer dans une revue ou dans un
journal que celui-ci, celui-là, et un millier d'autres,
sont, chacun pour son compte et à son tour, la plus
« haute personnification de la littérature contempo-
raine », il est là, bienveillant, infatigable, chaleureux. D'ailleurs il le déclare : après le grand art, à qui
il a voué un culte passionné, il n'aime rien tant que
louer ceux qui méritent d'être loués. Et dans le doute,
hardiment, noblement, sans choisir, il loue tout le
monde. Aucun sentiment mauvais ou mesquin ne
semble jamais avoir effleuré son âme. Il aime la patrie, la République, la sculpture, la peinture, le dévouement, la musique ; il aime enfin, comme il a cou-
tume de le dire, lui-même, « tout ce qui est grand, tout
ce qui est noble, tout ce qui est généreux ». Le moyen
de refuser sa sympathie et même son estime à un aussi
brave homme ? Il est de ceux qui s'inclinent, et jus-

qu'à terre, devant « toute conviction quand elle est
sincère ». Il est également de ceux qui affirment avec
éclat « qu'il ne faut pas se fier aux apparences », ou
encore que « l'oisiveté est la mère de tous les vices. »
Parfois même il ajoute, pour donner plus de mordant à
sa pensée, « de tous les vices, sans exception ». Ah! il
n'est, lui, ni oisif, ni vicieux. Il a débuté par un hardi
petit volume de poésies. Cela s'appelait : *Rimes honnêtes* et ne pouvait guère s'appeler autrement. L'honnêteté, la plus pure honnêteté, en débordait. Tous ses
amis — et qui n'est pas son ami? — assurèrent qu'a-
près cette lecture on se sentait « meilleur, plus dispos
et comme rasséréné ». Depuis, il a fait deux tragé-
dies, un drame en un acte, plusieurs cantates et deux
romans où il s'attache surtout à recommander l'amour
dans le mariage et l'union dans les familles. Tout cela
ne valait pas le diable, mais était inspiré par les plus
généreuses intentions. On en sut gré à l'auteur. Quelques-uns même se risquèrent à encourager ces « nobles
tentatives où se révélait la plus aimable comme la plus
réconfortante philosophie ». Il fut heureux de cela. il
l'avoua bonnement. Il aurait pris son parti des criti-
ques adressées à l'écrivain; mais si c'eût été le philosophe qui n'eût point été compris il en eût éprouvé
un amer chagrin. Ce mélange de modestie et de fierté
qu'il faisait paraître lui profita encore, les plus scep-

tiques dirent : « Il n'a pas l'ombre de talent, mais c'est
un si bon garçon ! » C'est en effet le contraire d'un
garçon méchant. Aujourd'hui il est entouré de la sympathie et de la considération universelles. Des jeunes
gens, et mieux des jeunes filles, viennent lui demander
des conseils. Il n'est pas un journal où son nom ne
soit cité une ou deux fois par semaine. On l'appelle
par son nom tout court. Quand il a la grippe, le public en est averti sur l'heure : « Notre éminent et sympathique confrère est retenu chez lui par une indis-
position légère, etc... » Il demeure modeste, mais il
est et il se sent considérable.

Ce genre de modestie, à vrai dire, ne me dit rien
de bon, et il est des cas où un peu de fierté ne messied pas. Il est clair, par exemple, que les personnages
dont nous nous sommes occupés ne pèchent point
par excès d'orgueil. Chez tous on voit percer le bout
de l'oreille du charlatan. Rien, en somme, de plus
piteux que leur façon d'obtenir la considération.
En un certain sens, ils la volent, puisqu'ils n'y ont
aucun droit. Il sera donc prudent, avant de respecter
tous les hommes considérables, de bien nous rendre
compte des raisons qui les font tels. Ces raisons étant
souvent mauvaises, il ne faut pas en être dupe. Aussi
bien, n'envions point ceux qui, nés pour les tâches
modestes, s'obstinent à faire croire aux gens qu'ils

sont destinés aux plus hautes tâches. Il ne doit point
être si doux que cela de jouir d'un bien qui, légitimement, ne nous appartient pas et, tout compte fait, il
vaut peut-être mieux nous contenter de cultiver nôtre
jardin, si nous avons la chance d'avoir un jardin.

L'AMBITIEUX

Le monde sait bien que tous les ambitieux ne sont
pas des criminels, ni des méchants. Il veut bien accorder que l'on peut avoir une noble ambition. Mais,
malgré tout, il nourrit, à l'égard des ambitieux en général, plus d'un sentiment de vague méfiance. Le mot
d' « ambitieux » lui déplaît, et quand il le prononce il
y a presque toujours dans son accent une nuance plus
ou moins marquée d'hostilité. Il ne refuse pas d'emblée sa sympathie au mauvais sujet, au joueur, au libertin. Avec l'ambitieux il est plus circonspect. Il ne
le tiendra pas tout de suite, certes, pour un homme
que l'on ne saurait ni aimer ni estimer, mais il obser-
vera vis-à-vis de lui une réserve significative, tant que

l'ambitieux n'aura pas montré qu'il peut être aimable
et estimable. Il lui arrive souvent d'être l'un et l'autre.
L'opinion lui en sait peu de gré et l'oublie volontiers.
Elle reste, en somme, assez prévenue contre l'ambitieux, et elle entend que ce soit toujours lui qui ait à
prouver l'injustice de ses préventions.

Cela paraît de prime abord d'autant moins fondé,
que l'ambition est un des sentiments les plus indispensables à la marche de l'humanité. En soi, on l'a souvent répété, elle n'est ni bonne ni mauvaise, ne peut
être jugée que sur la valeur de son objet. Avoir l'ambition, par exemple, de réaliser le bien sur la terre est
incontestablement l'ambition d'une belle âme; mais
remplacez le mot bien par le mot mal, et vous aurez
une ambition qui ne peut naître que dans l'âme du
parfait coquin. Malheureusement, la question ne saurait être posée dans des termes aussi simples, et on
est loin d'avoir tout dit sur la moralité de l'ambition,
en rappelant qu'elle est, selon son but, bonne ou mauvaise.

Si élevé que soit en effet ce but, les moyens dont se
servira l'ambitieux pour l'atteindre ont une importance capitale, car c'est en les connaissant que nous
connaîtrons l'état de sa conscience. Les plus belles
aspirations ne confèrent pas tous les droits, et, même
poussé par le désir de faire le bonheur de l'humanité,

je ne puis, sans usurpation, infliger à l'humanité
toutes les épreuves par lesquelles il plairait à mon
génie de la faire passer. Or, c'est précisément quand
nous avons une foi plus ardente dans la grandeur de
nos conceptions, que nous sommes le plus tenté de les
réaliser sans nous interroger avec trop de scrupules
sur le choix des différentes manières par où nous pouvons y arriver. Il est donc assez naturel de supposer
qu'un conflit doit s'élever, chez l'ambitieux, même
dont l'âme nourrit les desseins les plus beaux, entre
sa conscience et sa volonté de réussir. Car l'ambitieux
entend toujours réussir, et, sous une forme ou sous
une autre, il poursuit le succès. Entre un honnête
ambitieux et celui qui se bornerait, par exemple, à
appeler de tous ses vœux le règne de la vertu ici-bas,
mais en se désintéressant personnellement de la question, la différence est essentielle. L'ambitieux cesse-
rait d'être l'ambitieux, s'il n'avait, avec le désir de
voir triompher la vertu, celui d'être l'agent le plus
actif de son triomphe. Qu'il poursuive le pouvoir, la
richesse, la gloire, l'ambitieux, par sa nature même,
est d'abord préoccupé de soi. Ce n'est point un rêveur, — son ambition fût-elle la plus noble du monde,
— qui vaguement et pour le plaisir de rêver aspire au
bien. C'est un homme qui croit en lui, à la vie, à l'humanité, et prétend se faire au monde la place la plus

belle possible, et parfois même y laisser après lui sa
trace et sa marque,

Et semer quelque chose avant de disparaître.

Cette estime où il se tient n'est point, il s'en faut,
toujours blâmable, car elle est dans bien des cas l'expression même de ce mâle sentiment par où nous
sommes avertis de notre rang et de notre dignité
d'homme. C'est à cause de cela qu'il y a de l'inconsé-
quence dans l'attitude sans bienveillance du monde
vis-à-vis de l'ambitieux. Du jour où il n'y aurait plus
d'ambitieux pour le servir, il serait bien malade, ce
pauvre monde, et sa fin bien proche. Je n'aperçois
même qu'une espèce d'hommes dont l'âme puisse être
fermée à toute ambition; ce sont ceux dont la pensée
est qu'ici bas rien décidément ne vaut, et que l'univers
n'est qu'un amas extravagant d'incohérences et de
méchancetés. Ces esprits-là n'aspirent qu'au néant et
ont perdu jusqu'à la faculté de s'indigner. A leurs
yeux, l'humanité, comme la nature, est mauvaise,
irrémédiablement mauvaise, et ne saurait, de par son
principe même, devenir meilleure. Une ironie féroce
et implacable est la loi suprême du monde. Nous en
sommes les victimes et les dupes, et il n'y a qu'un
moyen, un seul, d'y échapper : c'est l'anéantissement

Avec une pareille façon de concevoir les choses, il ne serait vraiment point très·rationnel de revendiquer un rôle actif dans l'humanité. Nous n'avons pas à juger ici du degré de rigueur de cette sombre doctrine. Nous en retenons seulement ceci, qu'elle est la seule dont puisse s'autoriser l'homme qui prétend n'être accessible à aucun sentiment·d'ambition. Le scepticisme le plus désenchanté, non seulement n'interdit pas l'ambition, mais est encore la philosophie qui encourage le mieux certains penchants ambitieux, car il nous enseigne à tirer des choses et des gens le meilleur profit possible. Il n'est rien de tel que de ne pas croire à la vertu des hommes pour les mener par le bout du nez, et de n'avoir aucune foi pour n'embarrasser la direction de sa vie d'aucun scrupule. Le sceptique — pour peu qu'il le veuille — est doué le mieux du monde pour faire ce que l'on appelle un ambitieux vulgaire, et l'ambitieux vulgaire est aussi le plus répandu. C'est même là, nous le verrons, le principal motif où le monde puise son peu de sympathie pour l'ambitieux.

L'ambitieux vulgaire n'est point nécessairement un méchant homme. C'est généralement un homme médiocre, avec un petit orgueil, de petits desseins, et l'envie arrêtée de faire sa carrière dans les conditions qu'il juge les plus favorables. Il préfère commander à obéir, être riche à être pauvre. Il n'a jamais l'esprit

très étendu, mais il peut ne pas manquer d'esprit. La
préoccupation de soi, qui chez tout ambitieux occupe
la première place, chez lui est exclusive de toute autre
préoccupation. Il pense à lui, mais ne pense qu'à lui.
Son orgueil, je l'ai dit, est petit, si petit que je ne sais
même pas bien si c'est proprement de l'orgueil. Il a,
en effet, plus besoin de donner aux autres l'impression
de sa force que de croire lui-même à sa force. Il vivrait
très bien en s'estimant peu, mais il entend jouir des
bienfaits de l'estime publique. Ah! il n'est pas fier sur
le choix des moyens! Tous lui sont bons, et il ne
rougit point de se servir des plus douteux. Il se vantera
d'une belle action qu'il n'aura pas accomplie, il signera
un livre qu'il n'aura pas fait. Il est infatué et il est
souple. Il se compose volontiers une attitude arro-
gante, en réalité il est très humble. Il a l'un des signes
les plus certains de l'humilité : il ment! Le but, l'idéal
de sa vie, c'est le succès. Pour obtenir le succès, il
faut crier : Vive le roi? il crie : Vive le roi! Est-ce
donc : Vive la République ou vive la Commune? Il
criera de même : Vive la République! ou : Vive la
Commune! Parfois, il est vrai, ce cynique est dupe de
lui-même, et dans l'ardeur qu'il met à avancer, à jouer
des coudes, à crier ceci, à crier cela, il croit, comme
le cabotin, qu'il est le personnage qu'il joue et il se
frappe la poitrine, jure qu'il a le cœur sur la main,

pleure s'il le faut, dit avec une voix émue, et, Dieu me pardonne ! naïvement émue : « Mes principes, ma foi ! mon parti ! mon honneur ! » L'envie furieuse où il est de triompher, d'être considérable, éclatant, le trompe et l'égare, à ce point de lui faire croire qu'il a une conscience, qu'il est un homme. D'ailleurs, et par la même raison, il n'est pas toujours absolument vil. Il lui arrive d'être poltron, mais souvent il a du courage. Cela est triste à penser que ce bel attribut de l'âme humaine, le courage, puisse se rencontrer dans l'âme d'un charlatan. La chose n'est pas rare. Elle s'explique.

Pour vouloir faire violence à la destinée, et c'est le cas de l'ambitieux vulgaire, il faut une certaine énergie naturelle. La résignation ne suppose pas de toute nécessité la mollesse, mais les natures ardentes se résignent moins facilement que les natures molles. Puis, il en a l'instinct, le succès, comme il l'entend, exige l'effort, la lutte, la bataille. Quand on a l'âme commune, qu'on n'y sent vivre rien de supérieur, et que l'on prétend néanmoins prendre son rang à côté des plus forts, on est bien obligé de payer d'audace. D'ailleurs, à ses yeux, mieux vaut ne pas vivre que de vivre misérable, chétif, ignoré. Pour conquérir le succès, il sera donc prêt et à donner des coups et à en recevoir. Au fond, l'ambitieux vulgaire, quel que soit

l'haoil dont il se revête, est un aventurier, et l'aventurier n'est lâche que par exception.

Donc, ce personnage ne vaut pas cher, et il serait
singulièrement injuste de soutenir qu'à quelques
nuances près tous les ambitieux lui ressemblent. Le
monde, cependant, quand il juge les ambitieux en
général, paraît toujours se souvenir des traits qui
distinguent l'ambitieux vulgaire, et est disposé à leur
marquer la même défaveur. La raison de ce préjugé
n'est pas très bonne; elle réside dans ce sentiment où
nous sommes, qu'il est difficile à un ambitieux d'être
tout à fait sincere. Si noble, en effet, que soit son
ambition, elle implique toujours une certaine dose
d'égoïsme. Imaginez un grand savant, un grand artiste, qui n'obëiraient qu'à un seul mobile, la recherche
de la vérité scientifique ou la réalisation du beau. Ils
ne deviennent ambitieux que dans l'instant où indépendamment de la jouissance intime que leur procure
la passion de la vérité et du beau, ils entendent que
leur œuvre soit consacrée socialement. Le désir d'obtenir cette consécration sociale est le germe de l'ambition. Aimer la vérité pour elle-même, poursuivre
l'idéal sans arrière-pensée d'aucune sorte, ce n'est pas
là de l'ambition; car l'ambition ne commence que
lorsque nous faisons un appel direct au jugement du
monde. Ambition légitime s'il en fut, d'accord, mais

où il se mêle tout de suite et fatalement un élément
étranger soit à l'amour de la science, soit à celui de
l'art. Les conséquences en sont à retenir. On peut
certes avoir l'ambition d'être tenu pour un grand artiste ou un grand savant et demeurer tel ; mais il est
clair que, du jour où l'on attache de l'importance à
l'opinion des hommes, on a des chances de faire ce
qu'il faut pour se la rendre favorable. Bien plus, la
passion du succès, dans certains cas, l'emportera sur
la passion de la science ou le culte de l'art, et si par
aventure on sacrifiait le second au premier, on serait
bien près d'accomplir un acte qui ressemblerait à une
trahison. Le monde sent cela plus ou moins vaguement, et il en conserve une certaine mauvaise humeur
contre l'ambitieux. Il le soupçonne volontiers de vouloir le duper et se tient vis-à-vis de lui comme sur la
défensive.

Mais c'est dans la vie active, en politique surtout,
que nous sommes tentés de suspecter la bonne foi de
l'ambitieux. Là, en effet, le désintéressement absolu ne
se conçoit guère, car il confinerait à la défection. La
foi politique suppose et commande l'action, et quand
on agit c'est naturellement dans le dessein de réussir.
Un homme qui se dirait convaincu de telle vérité politique et se croiserait les bras pendant que les autres
lutteraient pour réaliser cette vérité, aurait tout l'air

d'un traître. L'homme politique doit donc se mettre à
l'œuvre, et l'honneur et la gloire sont justement ici
pour ceux dont les efforts ont obtenu le succès le plus
éclatant. Le triomphe de leur cause se confond avec
leur propre triomphe et il est simple que le dévouement
des meilleurs trouve la meilleure récompense. Cela
est simple, sensé et légitime, mais il n'en demeure pas
moins qu'il est fort difficile de discerner, chez l'ambitieux politique, les mobiles désintéressés de ceux
qui ne le sont pas. Le mot de Littré : « Je ne puis
rien demander, puisque mon parti est au pouvoir, »
est non seulement cité comme un mot tout à fait extraordinaire, mais encore comme celui d'un homme
qui, à proprement parler, n'est pas un homme de parti.
Et de fait, si admirablement naïve et belle que soit
l'abnégation exprimée ainsi par l'illustre savant, elle
ne s'allie guère, avec les exigences de la foi politique.
C'est une étroite obligation pour celui qui a cette foi
de consacrer toutes ses forces au service de sa cause,
et plus il est grand, moins il a le droit de s'abstenir.
La parole de Littré reste une magnifique parole ; mais
elle contient une erreur inadmissible. Il est d'une
évidence élémentaire, en effet, que c'est précisément
lorsque les idées d'un parti politique triomphent que
les hommes de ce parti doivent excercer sur la marche
des affaires toute l'influence possible. L'ambitieux le

sait bien, et c'est pour cela que la politique ouvre à l'ambition un si vaste champ. Ne nous en plaignons pas et efforçons-nous de ne point partager trop vite la méfiance et la froideur instinctives que le monde éprouve à l'égard de l'ambitieux.

Nous l'avons dit, le monde se passerait difficilement de l'ambitieux et il y a de la légèreté et de l'ingratitude de sa part à ne le point voir. Othello dit de la guerre qu'elle fait de l'ambition une vertu sublime. Nous n'en dirons pas autant de la politique, car en général on y risque infiniment moins qu'à la guerre. Mais il s'est rencontré en politique des ambitieux d'une vertu suffisante pour que l'âme la plus droite, le plus honnête homme puisse sans rougir, à voix claire et le front haut, dire : « Je suis un ambitieux ». Souhaitons que beaucoup d'honnêtes gens disent cela, car une nation où tout le monde aurait honte d'être ambitieux ne serait pas moins à plaindre que celle où tout le monde aurait honte d'être soldat.

L'AVENIR
DE LA POLITESSE FRANÇAISE

La politesse est bien une qualité française. Ceux
qui nous jugent avec le moins de faveur le reconnaissent. Les plus maussades parmi les Allemands disent
volontiers : « les grimaces, les singeries de la politesse
française ». Il n'y a donc pas d'outrecuidance à nous
donner pour un peuple poli. Eh bien ! il paraîtrait que
nous serions en train de perdre cette qualité. Il ne
manque pas de bons apôtres pour en gémir : la démocratie nous envahit, et avec elle la grossièreté des
mœurs, la vulgarité des façons; et nos bons apôtres
raillent de leur mieux les honnêtes gens qui ne sont

pas assez riches pour changer de linge trois fois par
jour. Il serait trop naïf de prendre au sérieux les dédains affectés de ces superbes aristocrates. Mais il est
des esprits plus sensés, qui, tout en regrettant que le
triomphe définitif de la démocratie entraîne la déca-
dence de la politesse et du bon ton, s'y résignent
comme à une fatalité inévitable. La justice avant tout,
disent-ils avec un soupir, et renonçons, pour sa plus
grande gloire, à être un peuple aimable.

Certes, la justice doit passer avant tout, et s'il fallait choisir entre ses bienfaits et les agréments attachés à la pratique des règles de la bonne compagnie,
il n'y aurait pas à hésiter.

Cela est évident ; mais l'incompatibilité des mœurs
démocratiques et de la grâce ou de la dignité des
manières, est-elle donc aussi évidente ? Bien mieux
ne peut-on pas soutenir que loin de les contrarier, la
démocratie favorise nos penchants à la politesse ? Nous
sommes, pour notre part assez porté à le croire, et
nous avons nos raisons.

Voyons ce que valent ces raisons, et pour commencer essayons de nous représenter sous quelques-uns de
ses traits, le personnage que l'on appelle « un homme
bien élevé. »

Et tout d'abord, est-il toujours un honnête homme
ou même un galant homme ? Il serait téméraire de

l'affirmer; mais on peut dire, tout au moins, qu'il n'est jamais une âme basse ou simplement commune. Son premier souci, en effet, doit être le respect des convenances des autres, et cela implique nécessairement le sacrifice répété de ses convenances propres. De plus, il éprouvera une répugnance naturelle à se mettre en avant, à attirer sur soi l'attention, à parler fort, à donner son avis sans en être prié, à s'imposer par des moyens faciles, et où ne se révèlent ni la force de l'esprit, ni la fierté de la conscience, ni la bonté du cœur. Il sera doux avec les petits, ferme et net avec les grands. D'ailleurs, il recherchera peu ceux-ci, car il préfère passer inaperçu à être jugé importun. Quand il aura, lui homme ordinaire, connu un homme qui sera devenu un homme considérable, il évitera, en s'autorisant de leurs relations anciennes, d'user de familiarité envers lui. Il ne lui tapera point sur l'épaule, ne l'appellera point par son nom tout court devant le public, attendra que l'autre l'invite à être familier. Si l'autre ne l'y invite point, il ne sera jamais familier.

L'homme bien élevé est donc à la fois modeste et fier. D'ailleurs, si l'on y regarde d'un peu près, la fierté et la modestie se confondent. La modestie n'est que l'expression même d'une certaine fierté, et elle consiste le plus souvent à ménager l'orgueil des autres. Or,

nous ménageons l'orgueil des autres bien plus par
notre manière d'être envers eux qu'en leur montrant
le fond de notre pensée intime. Un homme d'esprit
peut se comporter, à l'égard d'un sot, avec une modestie parfaite, sans cesser un instant de le tenir pour un
sot et en demeurant persuadé qu'il a, lui, plus d'esprit que ce sot. Il faut savoir gré aux grands esprits
de leur modestie ; mais leur modestie est une qualité
purement extérieure.

Comment, en effet, concevoir un homme qui sur les
plus hauts objets aurait fait preuve d'une clairvoyance
supérieure, et soudain se trouverait dépourvu de
toute clairvoyance lorsqu'il se juge soi-même. Quoi !
son génie éclate aux yeux des plus humbles, et lui, il
ne saurait point voir qu'il a du génie. La vérité est
qu'il voit cela avec toute la netteté possible. Seulement, s'il est modeste, je ne dirai pas : il feint de ne le
pas voir, mais, il réussit à donner aux autres l'impression qu'il néglige communément de s'interroger sur
ce point. C'est cependant celui où il est le mieux fixé.

Du reste, il ne s'agit pas de grands hommes, mais
simplement de l'homme bien élevé. Nous venons de
dire qu'il est modeste et fier. Cela entraîne des conséquences intéressantes. Étant fier, il sera digne, car
la dignité est le signe le plus clair de l'estime que l'on
a de soi.

En effet, il sé composerait difficilement un maintien digne, celui qui ne vivrait point à peu près
tranquille avec sa conscience. L'homme le plus médiocre peut avoir de la dignité, l'homme méchant —
fût-il un homme de génie — n'en saurait avoir. En
toutes choses, il sied de tenir compte des degrés et des
nuances, mais je ne me compromets guère en disant
que la dignité la plus parfaite est concomitante à la
plus haute vertu. Cela ne veut point dire que l'homme
bien élevé est nécessairement vertueux, mais qu'il a
tout au moins le goût du bien. Encore il sera sincère
et franc, car il n'y a rien de plus humble que la
lâcheté du mensonge. Le menteur rougit forcément
de soi, puisqu'il substitue à son propre personnage
un autre personnage qu'il charge d'accomplir des
tâches où il s'avoue trop inférieur. Cette sorte de franchise ne s'applique, bien entendu, comme tout le reste,
qu'à l'allure générale de notre homme, et je ne pré-
tends pas que, pour avoir de bonnes manières, il faille
être une âme immaculée. J'entends seulement que
l'homme bien élevé ne peut soutenir son rôle s'il n'a
pas en lui certains penchants délicats ou nobles
comme la fierté, la dignité, la franchise. D'ailleurs, ce
que nos façons habituelles trahissent, c'est le fonds de
notre nature, et je m'occupe ici bien moins de la conduite même du personnage que de ses aspirations.

Il faut, du reste, le reconnaître; si hautes que ses aspirations puissent être, elles n'entraîneront pas l'homme bien élevé à des sacrifices trop au-dessus de l'humanité. Ces sacrifices sont réels, mais il n'est nul besoin d'un cœur héroïque pour les accomplir. L'occasion s'en rencontre fréquemment, mais ils sont — pris isolément — asez menus, et en les acceptant on a moins à souffrir qu'à se gêner. Il est ennuyeux pour un bavard de ne point parler à tort et à travers, mais la douleur qu'il éprouve à se taire reste une douleur supportable. L'indiscret et l'importun, dévorés de la rage de faire croire que le monde entier s'occupe d'eux sont à plaindre, quand ils sont obligés de s'effacer dans une réserve qui pèse à leurs cœurs ardents; leur malheur cependant n'est pas non plus de ceux dont les coups amollissent les grands courages.

Avec tous les beaux dons que nous exigeons de lui, l'homme bien élevé, nous fera-t-on sans doute observer, ne serait pas encore accompli. Il lui manquerait quelque chose, d'indispensable, à savoir la connaissance de ces usages à l'observation desquels les gens dits de bonne compagnie croient devoir se condamner. Cela n'a point, la plupart du temps, le moindre sens. Mais la frivolité des choses, quand elle n'entraîne pas de conséquences trop fâcheuses, peut être acceptée sans révolte. Le respect de ces menus usages, en général,

ne coûte guère, et il faut se garder, en de pareilles
affaires, de faire montre d'une indépendance trop farouche. C'est bien le cas de le dire, le jeu n'en vaut
pas la chandelle. L'homme bien élevé ne sera donc
pas un de ces esprits méticuleux à la logique implacable, à la curiosité étroite et intempestive, qui veulent sans cesse se rendre compte et sont persuadés
que leur dignité d'homme est compromise si, quand
il est d'un universel usage de porter des vêtements ou
des chapeaux ridicules, ils se résignent à porter des
vêtements ou des chapeaux ridicules.

Si l'homme bien élevé est bien celui que nous avons
dépeint à gros traits, est-il exact, comme certains le
prétendent, que l'atmosphère démocratique lui soit
funeste ? nous ne le pensons pas, nous pensons même
le contraire. Nous avons montré en effet que c'est de
l'âme que procèdent les éléments dont se composent
les bonnes manières, le bon ton ou la politesse. Or,
existe-t-il un régime, où ces qualités natives, la fierté,
la dignité, la franchise, se développent mieux que
sous le régime démocratique ? Là, chaque citoyen
vaut parce qu'il est responsable, et la responsabilité
engendre le sentiment de la dignité. On n'est un
homme qu'à la condition d'avoir conscience de son
rang d'homme, et le but de la démocratie est précisément de pénétrer chaque citoyen de l'importance de

ce sentiment. L'homme à qui personne ne commande et n'a le droit de commander sans son consentement aura, fatalement, une liberté et une fierté d'allure plus grandes que celui dont la soumission est le devoir quotidien.

L'oppression peut faire des courtisans agréables et souples; par son principe même, elle éteint dans les cœurs toute velléité d'indépendance et inflige à ceux qui lui sont soumis un caractère d'humilité et de gêne qui est l'opposé de la distinction.

Encore j'entends l'objection, et l'on ne manquera point de dire : La démocratie étant le gouvernement de tout le monde, il est impossible que la bonne tenue, l'élégance soient jamais le partage de tout le monde. Soit! Mais l'élite qui se dégagera de la démocratie sera à la fois plus nombreuse et plus rationnelle que celle qui se recrutait à l'aide des procédés factices des monarchies et des aristocraties. Les premiers ici sont vraiment les meilleurs, et nous n'apercevons aucune raison pour ceux qui se seront élevés par la force de leur intelligence et la rectitude de leur caractère aient les façons petites ou embarrassées des hommes sans intelligence et sans caractère.

Car enfin la relation entre les qualités morales et intellectuelles de l'homme et sa manière d'être est évidente. Un homme délicat et bon, généreux et brave, ne s'exprime pas, ne regarde pas, ne sourit pas, ne s'assied pas, n'entre pas, ne salue pas, comme le fait un goujat, un méchant et un poltron. Le regard, le regard surtout, a des révélations les plus significatives, et pour l'observateur attentif il montre nettement à qui l'on a affaire. Un poète l'a dit dans une forme sévère et saisissante :

> . . . .
> Mais le regard d'un homme, au souffle du mépris,
> Perd toute la fierté qui l'arme et le décore.

Eh! oui, l'homme méprisable non seulement est laid au dedans de lui, mais il l'est au dehors, et eût-il un nez irréprochable, un teint de lis et des pantalons irrésistibles, il demeure, quand il est vraiment déchu, répugnant et misérable.

C'est donc le fond même de notre nature qui apparaît dans nos façons. Cela, en vérité, est juste et simple, car il serait trop commode d'avoir l'àme d'un drôle et de pouvoir conserver l'aspect d'un galant homme. La naissance, l'hérédité, le milieu, il serait excessif de le nier, ont une grande influence sur les manières. Mais dans la bonne éducation il y a deux parts, et la moins importante, la plus facile à acquérir, est incontestablement celle que nous acquérons sous cette influence. Oui, pour les choses dépendant de

6

l'usage seul, nous avons besoin d'être avertis, car elles
sont arbitraires et ni la justesse de l'esprit ni la bonté
du cœur ne nous les feraient découvrir. Aussi est-il
vrai de dire que les jeunes hommes nés dans l'aristocratie prennent plus vite que nous cette assurance de
gens certains de ne se pas tromper. Nous accordons
cela, mais on pourrait à la rigueur le négliger.

Ce qui est intéressant et enviable dans la politesse
relève directement ou de la générosité ou de l'esprit,
et pour s'y retrouver il suffit d'avoir de la générosité
ou de l'esprit. Le reste, ne vaut guère, et s'il m'est
désagréable de voir un gros homme se placer au
théâtre devant une femme, je suis bien près de voir
avec indifférence un honnête homme couper son pain
ou se verser à boire sans prendre la bouteille par le
goulot. D'ailleurs, en moins de dix minutes, une
intelligence, même des plus pauvres, sera pénétrée,
si elle le désire, de l'importance qu'il y a à ne pas
couper son pain, à prendre les bouteilles par le goulot et même à ne pas dire à une mère de famille :
« votre charmante demoiselle », en lui parlant de sa
fille. Ce sont là des vétilles, et elles ne riment pas
à grand chose. Le difficile, c'est d'être fier sans
hauteur, modeste sans grimaces, affable sans servilité, ferme sans raideur, sincère sans jactance, c'est
de savoir se mettre à l'aise sans gêner les autres ;

pour résumer tout d'un mot, c'est d'avoir assez de tact pour forcer, même les intrigants et les imbéciles, à reconnaître que l'on se tient toujours à sa place. Se tenir à sa place! Ils sont plus profonds qu'ils n'en n'ont l'air, ces cinq petits mots, et ceux qui prendraient invariablement pour règle de conduite l'enseignement qu'ils contiennent, ne manqueraient point de marquer leur respect aux traditions de la politesse française. En tout cas, on peut affirmer qu'ils n'ont rien de contraire aux principes les plus radicaux de la démocratie.

L'APLOMB

Nous n'aimons pas les gens qui ont de l'aplomb. « Quel aplomb! Il peut se vanter d'avoir un fameux aplomb! » Ce sont là des locutions qui, sans avoir un sens nettement méprisant, révèlent de la méfiance. Il en est d'autres par où nous semblons juger l'aplomb avec plus de faveur : « Je lui envie son aplomb! Pour réussir il faut de l'aplomb, » etc. Qu'est-ce donc que cet aplomb dont nous médisons volontiers, et qui cependant peut être utile. Quelle nature et quelle disposition d'esprit suppose-t-il? L'aplomb est-il en soi bon ou mauvais? Il n'est pas très facile de le démêler, car il y a de nombreuses façons d'avoir de l'aplomb. L'aplomb est peut-être plus qu'un simple moyen

6.

d'expression, mais sa signification varie singulièrement, nous l'allons voir, avec l'état de conscience de
ceux qui en usent. Une âme honnête et droite dédai-
gnera-t-elle, quoi qu'il arrive, d'y avoir recours? Un
parfait coquin, au contraire, peut-il s'en passer? Bien
mieux, n'est-il point permis d'imaginer telles hypothèses où l'aplomb se manifesterait clairement, et où
cependant nulle question morale ne se poserait, où
l'on ne saurait évoquer l'idée du bien et du mal? Tout
cela doit être examiné, si l'on veut se rendre compte
de la portée de ce mot. Aussi bien, puisque l'aplomb
change selon les cas et les gens, voyons comment se
comportent quelques-uns de ceux qui se recomman-
dent par l'excès ou la beauté de leur aplomb. En sachant ce qu'ils valent, nous serons renseignés du
même coup sur ce que vaut l'aplomb même.

Cette fois l'aplomb est un gros homme, haut sur
pattes, robuste et nerveux. Gros, mais grand, il lui
faut de la place, de l'espace.; il aime à se remuer,
s'agiter, respirer à l'aise. Il n'y met point de malice,
seulement il n'admet guère que rien, ni personne, le
gêne, l'empêche de marcher, d'avancer, de regarder,
de s'asseoir à sa guise et à son heure. Il n'est pas
plus égoïste qu'un autre, mais il a plus de besoins
qu'un autre. Il est assez fier de sa haute taille, de sa
force, et plaint et méprise un peu le commun des

mortels d'être plus petit et moins fort que lui. En général, il n'a point beaucoup d'esprit, mais ce n'est
point forcément un imbécile. Il s'est aperçu cependant
qu'en élevant la voix, qu'en retroussant sa moustache,
qu'en enfonçant son chapeau sur son oreille droite, il
rehaussait le prestige de sa mâle personne, et il a eu
le verbe haut, a fait de sa moustache et de son chapeau ce qu'il fallait. Il est persuadé qu'un homme
grand comme lui, fort comme lui, solide comme lui,
ne peut manquer d'avoir des droits supérieurs à ceux
des autres hommes. De là à malmener ces autres
hommes, il n'y a qu'un pas. Seulement, comme les
autres hommes ne sont pas, à l'ordinaire, disposés à
se laisser malmener, il lui a fallu, pour arriver à ses
fins, se faire tour à tour audacieux et rusé. L'audace
et la ruse ! Ce sont peut-être là les éléments essentiels de l'aplomb, et je serais surpris si, dans la plupart des actes où il se peut révéler, on ne trouvait
point quelques traces d'audace et de ruse. Les desseins de notre homme ne sont cependant pas com-
pliqués. C'est la nature seule qui les lui a inspirés.
Il estime que de par sa corpulence, de par ses mus-
cles, il peut prétendre à une place plus grande et plus
belle que vous ou moi. Et, d'avance, il la prend,
cette place, de l'air d'un gaillard qui est vraiment
chez lui. Il le fait avec tant de tranquillité, que nous

sommes tentés de nous demander si cette place ne lui
appartient pas en réalité, en vertu de quelque droit.
A la promenade, en voyage, au théâtre, il se carre,
parle fort, promène sur la foule un regard plein de
hauteur et de sécurité, semble dire : « Je suis ici chez
moi, et vous, vous n'y êtes pas, chez vous ! » Sa
mine, son geste, tout en sa personne est composé
pour atteindre au même but, à savoir convaincre les
gens de son importance.

Il y a, on le voit, quelque chose de naïf dans l'outrecuidance de notre homme. Son cas est simple. Il
entend prendre toutes ses aises et il fait en sorte
d'empêcher les autres de prendre les leurs. Ce n'est
point un ambitieux, ce n'est point un homme méchant.
Si vous le voulez, il est riche, et n'a le désir de duper personne, dans le sens vil du mot. Et cependant
ne dupe-t-il pas, en réalité, ceux qui se trouvent être
sur son chemin, puisque, par son attitude, par le
développement à la fois innocent et grossier des exigences de sa volonté égoïste, il prétend les condamner
à un rôle où les effets de leur propre volonté se trou-
veraient amoindris. Je dirai plus : ne peut-on pas
soutenir que, dans son exubérance, il y a une certaine
part de mensonge et d'arrière-pensée. Tel que nous
le supposons, il semble être une manifestation quasi-
inconsciente de l'aplomb, et pourtant, ce n'est pas

seulement de l'audace, c'est de la ruse qu'il doit déployer pour réussir. Il a beau procéder par des moyens tout en dehors, appeler à son aide les ressources qu'il peut trouver dans la souplesse de son corps même, frapper du pied, se courber, relever la tète, en apparence livrer son jeu. Au fond, il le cache, son jeu. Il est certes pénétré de son importance, mais il n'en demeure pas moins qu'il n'est pas sans inquiétude sur le point de savoir si le monde a un sentiment aussi net de cette importance. « Je suis beau ! je suis fort ! je suis redoutable, soit, ne manque-t-il pas de se dire ; mais si je ne réussis pas à faire sentir le prestige de ma beauté et la réalité de ma force, il se trouvera de petits esprits pour en douter. Appliquons-nous donc à ce qu'on n'en doute pas. » Et il s'y applique. Il est sincère, parbleu ! puisqu'il croit mériter une considération plus grande que les autres hommes; mais pour obtenir cette considération, il s'astreint à représenter un certain personnage, qui est un personnage d'emprunt. Qu'il dise si cela lui convient : « Je suis la franchise en personne ! Je me montre tel que je suis, ni meilleur ni pire ! » ne vous y laissez pas prendre. Avec ses grosses façons, il ne veut rien de moins que vous en imposer, vous donner de soi une idée autre que celle que vous en auriez s'il se montrait à vous sous son vrai jour. Ce ne serait plus de l'aplomb qu'il

aurait, alors, mais bien de l'aisance, et la différence
entre l'un et l'autre, c'est que l'aisance traduit avec
fidélité le fonds de notre nature, tandis que l'aplomb
implique presque toujours l'idée d'une certaine supercherie.

Prenons un exemple plus significatif. Il s'agit
d'une femme. Elle a vingt ans, est brune ou blonde,
mais belle comme les anges. Le profil est pur, les
yeux profonds, la lèvre inférieure charnue et un peu
forte. Depuis deux ou trois ans, elle est mariée. Jeune
fille, elle était comme toutes les jeunes filles de
France, c'est-à-dire qu'elle n'était rien. Six semaines
après son mariage, elle a fait une découverte. Elle
s'est aperçue qu'elle ne pouvait pas voir un homme,
sans éprouver le besoin furieux de lui prouver, ne
fût-ce que pendant un quart d'heure, qu'elle le préfé-
rait aux autres hommes. Cette découverte faite, elle
ne se donna pas la peine de n'être point logique avec
elle-même. La nature parlait, elle écouta la nature,
en montrant le plus parfait mépris de la société. Ce
fut une Messaline? Va pour Messaline! le certain,
c'est qu'elle se mit à fouler aux pieds toutes les lois
divines et humaines.

De Grenelle à Saint-Mandé, des Batignolles à la
gare de Sceaux, il n'est pas un bouge où cette jolie
gaillarde n'ait traîné ses jupes. Pendant qu'elle traî-

nait ainsi ses jupes dans ces vilains endroits, son in-
fortuné mari allait tranquillement à ses affaires. Et
comment n'eût-il pas été tranquille, le pauvre homme,
quand sa femme, en exceptant les heures du jour qui
s'écoulent de une heure et demie de l'après-midi à
six heures du soir, faisait tout le possible, non seulement pour qu'il fût tranquille, mais encore pour qu'il
fût heureux. Elle ne l'aimait point, son mari, elle
l'adorait ; elle ne le respectait point, elle le vénérait.
Le soir, en faisant sa prière, elle disait à haute voix :
« Mon Dieu ! sainte Vierge Marie ! protégez mon
Jules, protégez mon cher époux, protégez mon cher
seigneur ! » Le cher seigneur, en entendant cela, s'at-
tendrissait. C'était un digne homme, et tout en allant
à ses affaires, il marmottait entre ses dents : « Qu'est-
ce que j'ai donc fait pour avoir la chance d'être
tombé sur une femme aussi parfaite ? » Et, en vérité, c'était la perfection même que sa femme. Elle
lui brodait au moins une paire de pantoufles et
une blague tous-les ans, elle le consultait sur tout,
n'ouvrait pas un livre sans lui en demander l'autorisation.

Elle avait, pour demander cette autorisation, une petite formule très caractéristique. Elle disait invariablement : « Toi qui *sais* tout, veux-tu me dire si je puis
lire ceci ou cela » ? Ce mari qui savait tout ne sut ja-

mais que sa femme était bien près d'être un monstre
complet. Aujourd'hui ledit monstre a toujours son
admirable profil, ses grands yeux extraordinaires,
mais, en trente ans elle a naturellement pris de l'em-
bonpoint et ses cheveux sont devenus tout blancs.
C'est d'ailleurs une matrone accomplie, voix tour à
tour sévère et douce, maintien rigide ; elle se montre
implacable pour les péchés les plus légers. et n'ouvre
sa porte qu'aux vertus tout à fait authentiques. Si
j'insiste, c'est que je crois que l'aplomb ne peut
guère se mieux manifester que dans cet exemple.
C'est là vraiment un cas où l'on peut examiner, à
loisir, une des formes de l'aplomb.

Je disais, tout à l'heure, que l'aplomb, en général,
implique plus ou moins une idée de supercherie. Ici,
il se confond avec la plus horrible hypocrisie, et dénote
un état de la conscience très fâcheux. Mais, sans pousser ainsi les choses au noir, on peut dire qu'il est peu
de cas où l'aplomb ne révèle point une certaine défaillance du sens moral, et par conséquent qu'il ne saurait guère être pratiqué par les âmes honnêtes. Les
mots payer d'aplomb et payer d'audace s'emploient
indifféremment; or ces mots supposent que celui qui
paie d'audace ou d'aplomb a quelque chose à cacher;
en d'autres termes, qu'il ment. Il est intéressant de le
relever, car cela paraît être en contradiction avec

l'idée que nous nous faisons de l'aplomb, qui semble inséparable de la suffisance, de la confiance en soi. Un homme très sûr de lui et un homme qui a beaucoup d'aplomb, c'est tout un, n'est-ce pas? Or cet homme là n'est point logique en mentant. Le mensonge, en effet, n'est guère le fait de l'orgueilleux, et, quand on ne rougit pas de soi, on n'a point la tentation de mentir et encore moins de se montrer hypocrite. L'hypocrisie étant le mensonge du caractère même, n'apparaît-elle pas comme l'expression la plus répugnante et la plus parfaite du mensonge ?

Il serait d'ailleurs téméraire, en ce point comme en beaucoup d'autres, de formuler une règle absolue. Nous pourrions en effet trouver des occasions où le phénomène de l'aplomb se produit et où néanmoins, la part du mensonge et de la supercherie est si petite, qu'il serait téméraire d'en rendre la conscience responsable. Un homme est assailli par des bandits. Il est désarmé et seul. Au lieu d'essayer sur-le-champ une lutte d'où il sortira forcément vaincu, il feint d'être suivi ou précédé d'amis. A voix claire, il appelle par leur nom ses amis supposés. Il affirme de plus à ses agresseurs qu'il est armé jusqu'aux dents et va se mettre en devoir de leur casser la tête à coups de pistolet. Il joue sa petite comédie avec toute la perfection possible, regarde son monde en face, fait le

7

simulacre de prendre ses pistolets, etc. Évidemment il
fait en cela preuve, non seulement de sang-froid, mais
encore, bel et bien d'aplomb, puisqu'il n'a ni amis
dans le voisinage, ni pistolets dans ses poches. Mais
en vérité, on ne peut alors lui reprocher son aplomb,
qui ne saurait être trop impudent. Vous le voyez, cependant, tout légitime qu'est le mensonge de notre
homme, il reste un mensonge, et cette fois encore
l'aplomb, si avouable fût-il, se révèle à nous comme
emportant une altération de la vérité.

Il est des cas plus délicats encore, et où il semble
que ce ne soit pas notre conscience, mais simplement
notre esprit qui soit en jeu quand nous manifestons
un certain aplomb. Alors nous pouvons prêter à rire,
mais nous échappons au blâme, car si nous nous
trompons nous-même et essayons de tromper autrui,
nous le faisons sans arrière-pensée. Imaginez par
exemple, un pauvre diable d'auteur qui n'aurait
jamais écrit que des platitudes et qui s'étonnerait de
voir Victor Hugo et M. Renan, à l'Académie française,
tandis que lui il n'en serait pas. Qu'il rende son
étonnement public d'une façon ou d'une autre, et du
coup son aplomb deviendra proverbial. Nous nous sou-
venons, dans notre jeunesse, d'avoir entendu à la cour
d'assises des blancs-becs de vingt ans plaider avec une
assurance que leur eût enviée Jules Favre ou Berryer.

Ils frappaient du poing, se trémoussaient comme des possédés, prenaient à partie le président lui-même. J'en ai même entendu un s'écrier, sans sourciller, croyant émouvoir l'austérité bien connue du magistrat qui présidait les assises ce jour-là : « Ah ! je ne vous le dissimule pas, messieurs les jurés, quand dimanche dernier j'ai vu notre vénérable président accompagné de ses trois charmantes jeunes filles, traverser la place Saint-Germain-des-Prés pour se rendre à la sainte messe, mon cœur a battu d'espérance. » Le président devint rouge jusqu'aux oreilles, sourit vaguement, ne trouva pas un mot à dire et montra qu'il avait tout à fait perdu contenance. Quant à notre jeune méridional, — il était méridional, — il continua de plus belle à émerveiller l'assistance par les magnificences sans pareilles de son aplomb. Rien ne le déconcerta, rien ne le troubla. L'aplomb ne saurait aller plus loin, mais il est clair que ce n'est pas un aplomb très blâmable, et il y aurait de la cruauté à soutenir qu'il n'a pu germer que dans une conscience mal faite. Sous cette forme, il prouve au contraire une certaine pureté morale. Ce pauvre jeune homme ne voulait certes de mal à personne ; il lui manquait seulement ce tact élémentaire par où les plus humbles esprits se garent des entreprises d'où il est certain qu'ils ne sortiront que couverts de ridicule.

Il est un aplomb d'un genre particulier. C'est cet aplomb qui plaît aux femmes, et que ceux dont le désir est de plaire aux femmes ont le devoir de cultiver assidûment. La réserve, la timidité, les marques excessives de respect ne sont point, personne ne l'ignore, pour toucher et convaincre les femmes. Elles n'aiment pas la grossièreté, mais elles ont un goût très marqué pour la hardiesse. C'est surtout en amour que le *audentes fortuna juvat* trouve ses plus fréquentes applications.

Cela s'explique de plus d'une façon, mais l'explication la plus simple en est encore que c'est la force que la femme prise le plus chez l'homme. Or l'aplomb étant l'expression de la confiance que nous avons en notre propre force, il n'y a pas à s'étonner de voir la femme juger si favorablement l'aplomb de certains hommes. En amour, je le sais, l'aplomb c'est la fatuité même, mais la fatuité, n'a que fort rarement compromis les desseins des amoureux. Elle ne se confond point toujours et nécessairement d'ailleurs avec la sottise, et il est à présumer qu'un homme assez niais pour dire à l'objet de sa flamme ou de ses poursuites : Je suis très fort, très joli et très gracieux, regardez-moi! courrait le risque de ne point avancer ses affaires. Non, certes, l'amoureux ne doit pas dire qu'il est fort joli et gracieux ; mais sous peine d'un échec

presque certain, il doit se comporter, de tous points,
comme s'il avait la conviction d'être tout cela. Il lui
est interdit de douter du succès, s'il veut l'obtenir, et
la meilleure manière de faire croire qu'il n'en doute
pas, c'est de montrer d'abord qu'il a les qualités re-
quises pour le mériter.

Il est donc certaines rencontres où cet aplomb dont
nous avons tant médit peut nous être d'un grand secours et dans un ordre de choses qui passe pour être
particulièrement alléchant. Cela nous rappelle que
l'aplomb n'est pas toujours inutile, mais les esprits
sévères ne sauraient l'en juger plus estimable.

On le voit, en résumé, autant ce que l'on appelle
l'aisance est enviable, autant l'aplomb l'est peu. Il
demeure presque toujours le lot des charlatans ou des
sots et le plus sage est de se résigner à s'en passer.
A tout prendre, l'excès d'embarras que peut parfois
éprouver un honnête homme vaut mieux encore que
cet aplomb par où nous laissons paraître ou des sentiments intéressés et mesquins, ou les plus humiliantes
lacunes de notre esprit. Mais dira-t-on, n'est-il donc
pas un moyen cependant de demeurer toujours en
possession de soi, de ne point se troubler sans raison,
de se montrer aux autres simplement et dignement,
sans forfanterie ni jactance, comme sans gêne ni timidité ? d'acquérir en un mot, cette aisance si précieuse

et tant vantée ? Si, ce moyen existe. Il faut d'abord être un brave homme, — cela est à la portée de tout le monde, — puis avoir de l'esprit et beaucoup de tact, et cela, hélas ! n'est point à la portée de tout le monde.

L'HOMME QUI CAUSE

Ce n'est pas au causeur, à l'aimable et brillant causeur, que nous allons avoir affaire, mais simplement
au premier homme venu qui se trouve engagé dans
une conversation. Cela va nous conduire à parler de
la conversation même. Nous verrons du même coup si
le sens où ce mot est entendu généralement est le bon.
Il pourrait bien, ce mot, avoir plus de portée qu'on
ne croit et désigner une chose d'une importance plus
grande que celle que l'on accorde dans le langage courant à la conversation. Il y a, je le sais, des conversa-
tions sérieuses, et pour converser il n'est pas indispensable d'être frivole. Mais, quand nous prononçons
le mot conversation, nous faisons d'ordinaire allusion

à un échange de propos qui ne peuvent guère servir à autre chose qu'à passer le temps avec plus ou moins d'agrément. Or, la conversation offre un intérêt beaucoup plus important, car elle est, à notre avis, un très sûr moyen de connaître la valeur des gens. Quoi! ne manquera-t-on pas de s'écrier tout de suite, n'y a-t-il point de grands esprits, qui n'ont jamais su briller dans le monde et y ont toujours paru inférieurs à tel bavard ou tel loustic? Est-ce que de plus cette facilité de parole, indispensable à celui qui prétend être favorablement jugé sur les propos qu'il tiendra, n'est point souvent une des marques où l'on reconnaît les esprits communs ou superficiels? Et encore la timidité, ou tout au moins la réserve, ne sont-elles point pour paralyser le vrai mérite? Bien mieux, un savant, un philosophe, dont l'esprit est sans cesse occupé des plus difficiles problèmes, peut-il seulement trouver l'occasion de rien dire de sa pensée dans une réunion de gens où l'on n'aurait aucune notion de science ou de philosophie? Ce n'est pas tout : n'est-il pas jusqu'à certains défauts physiques qui mettront tel homme de valeur dans l'impossibilité même de révéler par la parole cette valeur?

Les objections surgissent d'elles-mêmes, et parmi celles que nous avons choisies, il n'en est guère qui ne se présentent avec une certaine apparence de fondement. Au point de vue où nous entendons nous placer, elles ne sont pas cependant irréfutables. Pour faire connaître sa pensée, en effet, il n'est nul besoin de parler avec charme, d'être, au sens étroit du mot, un homme d'esprit ni un joyeux convive; il faut avoir une pensée. Or, quand on a une pensée, il est bien rare qu'on ne parvienne pas à la dire. Dites-la en bégayant si vous êtes bègue, en rougissant si vous êtes timide. Mais si vous parvenez, même après de nombreux efforts, à me la dire, votre pensée, je verrai bien si elle est petite ou grande, et du même coup, je serai renseigné sur la dimension de votre esprit.

Je prends à dessein deux exemples tirés l'un d'une infirmité physique, l'autre d'une disposition morale où la volonté a peu de prise, pour rappeler que, même alors, il n'est pas tout à fait impossible de montrer, en causant, ce que l'on vaut. Mais il y a bien d'autres circonstances où, sans posséder aucun des dons agréables qui font que l'on écoute parler tel homme ordinaire avec plaisir, un homme supérieur saura et très vite s'il en a envie, faire toucher du doigt sa supériorité. Il n'est point, en effet, de conversation, si banale, si insignifiante fût-elle, où vous ne puissiez jeter un de ces mots qui d'emblée vous mettent à votre rang. D'ailleurs, quand je parle de l'homme qui cause, je'ntends, bien entendu, l'homme qui est en état de

7.

causer, et il est trop certain qu'un défaut de parole et une insurmontable timidité ne sont propres à faire valoir personne dans la conversation. Mais ce sont là des exceptions, et lorsque nous n'avons plus quinze ans, nous arrivons à dire à peu près ce que nous avons à dire.

On répète volontiers : « Le style, c'est l'homme ». Rien n'est plus vrai, mais avec cette importante restriction cependant, que cela est vrai exclusivement pour ceux qui savent écrire. Le style c'est l'homme, soit : mais encore faut-il avoir un style, pour faire voir quel homme on est. Or ils se comptent encore, ceux qui sont dans ce cas-là. Tout mortel né Français qui a appris l'orthographe et la grammaire est, à la rigueur, en état de couvrir une ou plusieurs feuilles de papier avec des mots dont chacun, pris isolément, est français, mais ces mots réunis pourront très bien former un ensemble qui ne sera ni français, ni chinois, ni rien du tout. Il suffit pour cela de supposer ce mortel tout à fait dépourvu des qualités constitutives de l'écrivain. Il n'en sera pas du coup une bête, mais il lui manquera ce je ne sais quoi qui s'appelle le sens littéraire. Des gens d'esprit, de très grands hommes même ne l'ont point, ce sens-là ; aussi il est bien impossible de dire d'eux : « Le style c'est l'homme », puisqu'ils n'ont pas de style. Que de fois vous avez ren-

contré des êtres gais, gracieux,. amusants, originaux
même, et qui néanmoins, pour vous donner le bonjour, par écrit, s'empêtraient dans toutes sortes d'efforts, suaient sang et eau et en six lignes trouvaient
moyen de vous prouver qu'ils n'étaient, la plume à la
main, ni gais, ni gracieux, ni amusants, ni originaux.
Et certains savants ! et les musiciens ! et les sculp-
teurs ! et surtout les orateurs ! Pour ces derniers, le
contraste est frappant. Quoi ! voilà un homme dont
l'éloquence vient de faire battre le cœur de milliers
d'autres hommes, et qui, l'instant d'après et à tête
reposée, est incapable d'écrire un seul mot corres-
pondant avec quelque justesse à l'état de son esprit
ou de son cœur. Il y a plus d'une explication à ce
phénomène, mais il n'en est pas moins bien singulier.

Le style, ne trahit donc vraiment l'homme que dans
certains cas déterminés. Eh bien ! si cette restriction
est nécessaire quand il s'agit du style, elle ne me paraît
plus l'être quand il s'agit de la conversation. Et je ne
crois pas être téméraire en risquant cette affirmation :
que c'est par la façon dont il cause qu'un homme
donne décidément sa mesure. Ici, en effet, le don
spécial n'est plus indispensable, car tous les hommes
sont doués d'une façon suffisante pour exprimer, en
gros tout au moins, leur pensée. On n'a pas besoin

d'être orateur, ou même de parler facilement, pour
dire des choses intéressantes. Supposez, si vous le
voulez, un homme supérieur, mais dont la parole n'est
pas facile. Le mot, comme on dit, ne lui vient pas. Il
hésite, il ânonne même. Or, le voici en présence de
braves gens qui, eux, n'hésitent jamais. Ils l'importunent, le fatiguent ou l'ennuient. Il a deux partis à
prendre : ou il se taira, ou il se mêlera plus ou moins
à la conversation. S'il se tait, le cas devient délicat,
car il ne paraît pas très facile de juger un homme sur
son silence seul. Cependant il y a certaines façons de
se taire tout à fait significatives, et si par aventure il
n'entendait que des sottises ou des banalités, son
silence m'avertirait déjà, qu'il n'est ni sot ni banal. Ce
silence serait alors une protestation, et, si discrète
fût-elle, cette protestation aurait une netteté suffisante.
Je n'oserais pas dire alors : « La conversation de cet
homme m'éclaire définitivement sur la hauteur de ses
facultés; » mais la réserve qu'il observerait en suivant
la conversation des imbéciles m'autoriserait à penser
qu'il n'est pas un imbécile. Il est des circonstances
où l'abstention n'est point à la portée du premier
venu.

Mais le silence absolu aurait un sens trop imperti-
nent et l'opportunité s'en présentera rarement. Donc
notre homme parlera. Comment ? Encore ici, distin-

guons. Soit par dédain, soit par lassitude, il pourra
parler pour ne rien dire. La conversation roulera sur
la pluie et le beau temps, sur des vétilles ; on s'y pas-
sionnera pour des riens. Celui-ci soutiendra avec
acharnement qu'il y a plus loin ou moins loin de la
Bastille aux Tuileries que des Tuileries à l'Arc de
Triomphe. Celui-là offrira de parier qu'il va plus vite à
Auteuil par le chemin de fer que par le tramway. Une
jeune femme affirmera que « tout augmente » ; une
autre, frémissante, fera acte d'indépendance en disant
du mal de l'Océan : « pour elle, on dira ce qu'on voudra, les enfants n'ont pas besoin de la mer tant que
ça ». Les propos fastidieux ne tariront pas. Eh bien !
même alors, même si notre homme consent à se mettre
au niveau de ceux qu'il écoute, je suis bien tenté d'affirmer qu'il ne le pourra point sans laisser percer quelque chose de sa supériorité. Il aura une manière de
dire « oui », ou « non », ou « peut-être », ou « je ne suis
pas de votre avis », ou « calmons-nous », ou « parbleu ! », ou « ah ! bien, alors ! », qui, pour l'observateur
révèlera qu'il n'est ni dupe ni complice de la bêtise
ambiante.

Il y a mieux : non seulement il peut ne pas se taire,
mais il peut encore, — nous l'avons supposé supérieur, — changer le cours de cette conversation, obliger les causeurs à être un peu moins vulgaires, tendre

la perche à leur médiocrité, et par un mot, une remarque, une réponse, découvrir tout à coup les plus
fortes qualités de son esprit. En tous cas, s'il parle
avec sincérité, même sur de menus sujets, il ne saurait se montrer autre qu'il est. Bien entendu, nous
admettons qu'il n'est ni gêné ni intimidé. Il a toute
la possession de soi, n'est pas arrêté par la pensée
qu'il ne parle point assez vite, ou qu'il parle trop vite,
ou que la forme qu'il donne aux choses qu'il dit est
maladroite ou insuffisante.

Non ! il dit ce qu'il veut, avec calme et sécurité, et
il le dit comme son esprit le conçoit. Oh ! je ne vous
demande pas s'il parle bien, s'il raconte bien, s'il est
plaisant, vivant, amusant, aimable; je vous demande
simplement ceci : il a une grande intelligence, il n'est
pas muet, il parle comme il l'entend, il n'a ni fausse
honte ni embarras; dites-moi, pour quelles raisons,
étant supérieur, ses paroles démentiraient la supériorité de son esprit?

Car j'insiste sur ce point : dans la conversation, un
homme supérieur, qui a du tact, — la vraie supériorité ne s'imagine guère sans tact,—a la faculté d'aborder toutes les questions. Même au milieu de nigauds
avérés, s'il le veut, l'homme supérieur peut, à un moment donné, montrer sa force, car il n'est point de
sujets auxquels il lui soit défendu de toucher. Il est

clair, par exemple, que s'il a l'esprit philosophe, il ne va pas, sans rime ni raison, évoquer *la Substance* de Spinoza ou *l'Idée* de Platon, devant de bons bourgeois disposés à « faire un whist ». Il serait alors un maître sot, car il est d'une sottise parfaite de parler aux gens un langage qu'ils ne peuvent entendre. Mais rien ne lui interdit d'être profond, pourvu qu'il reste clair; et sans pédantisme, voire même avec un bon sourire avenant, il a toute latitude pour faire voir qu'il pense par lui-même. L'étendue de l'intelligence n'exclut ni la familiarité ni la bonne grâce, et l'on peut le mieux du monde, en fumant son cigare, donner l'impression aux gens que l'on a du génie, de l'esprit, ou plus modestement le goût des grandes questions. Je vais plus loin; c'est, je le crois, surtout dans la conversation que nous laisserons percer notre façon générale d'envisager les choses, — à savoir ce que nous pouvons savoir de philosophie, — car c'est dans la conversation que se traduisent le plus spontanément nos habitudes d'esprit.

Comment en serait-il autrement? Et si nous n'y avons aucun intérêt, pourquoi, en parlant à notre prochain, nous présenterions-nous à lui sous un vêtement d'emprunt? Pour écrire, il faut être doué d'une façon particulière, être plus ou moins un artiste, travailler, s'appliquer. C'est toute une affaire. Pour échanger ses

idées avec ses semblables, il en va bien plus simplement. Du moment que je sais dire : « Je veux.boire, ou
manger, ou savoir l'heure qu'il est », je prouve que j'ai
déjà en moi le germe de l'homme qui cause ou cau-
sera.

Tout le monde n'est pas apte à écrire, mais tout le
monde est apte à causer, puisque causer, dans l'acception où nous voulons le prendre, signifie : faire connaître à autrui ses pensées et ses sentiments. Nous
avons tout à l'heure, pour plus de commodité, imaginé
l'hypothèse du grand homme qui cause, et nous avons
conclu qu'en causant il saurait donner la mesure de
son génie.

Mais ce qui est vrai pour le grand homme l'est
pour tous les autres hommes, depuis l'homme dis-
tingué jusqu'au pleutre. L'échelle est grande et l'on
peut, pour vérifier la rigueur de cette vérité, en parcourir tous les degrés.

Si ces observations sont fondées, elles ont des conséquences assez bizarres; celle-ci par exemple, que,
si parfait, si entraînant, si séduisant que soit le « charmant causeur », il ne saurait prétendre au premier
rang, parmi les gens qui causent, fût-il exclusivement
jugé sur la façon dont il cause. Ce charmant causeur,
cependant, ne manque certes pas de qualités. Il a de
l'esprit ou tout ou moins de la verve, il se rend compte

de l'effet qu'il produit, il a besoin d'une certaine
finesse, il sait son monde. Il possède l'art de ne point
choquer, celui de dramatiser doucement de petits
récits. Sa parole est vivante, mesurée, alerte. Il a de
la mémoire, n'oublie les bons mots de personne, ne
crie pas, gesticule peu, se soucie plus d'amuser la ga
lerie par la vivacité de ses saillies que de la surpren
dre par la nouveauté de ses points de vue. C'est presque toujours un homme de bonne compagnie, fût-il,
— cela lui arrive parfois, — un peu parasite. Toutes
ces qualités-là sont précieuses, mais enfin ce ne sont
pas de celles qui révèlent la puissance intellectuelle.
De plus, il y a dans le « charmant causeur », à l'ordinaire, un je ne sais quoi d'apprêté et de mièvre, de
factice et d'étudié, par où l'idée de métier est tout
naturellement évoquée. Alors, vous le voyez, même en
causant, le « charmant causeur » ne sera sûr de triompher que lorsqu'il sera vraiment supérieur à ceux avec
qui il aura causé, par d'autres raisons que les raisons
tirées du charme de sa conversation. En un mot, la
conversation assignant à chacun sa place, la première
appartiendra non pas au plus agréable causeur, mais
bien à l'homme qui, en causant, aura donné de soi la
meilleure idée. Le récit, l'anecdote, la baliverne, les-
tement contés, ont leur prix ; mais combien pèsent-ils
si on les compare à un de ces mots profonds qui,

après l'avoir troublée et déconcertée, s'imposent pour
toujours à la pensée.

Or, je me suis efforcé de l'établir, je ne vois guère
de conversation où un de ces mots-là ne puissent être
prononcés, et c'est pour cela que je trouve le cas de
de l'homme qui cause si intéressant. Il m'intéresse
tant, que je m'interdis, pour ma part, de porter un
jugement définitif sur un homme tant que je ne l'ai
pas entendu causer. J'ai connu des politiques, des
orateurs, des artistes même qui faisaient bruyamment
leur chemin dans le monde, y réussissaient, y triom-
phaient. Le public savait leur nom, l'acclamait. Certes
ils étaient doués : celui-ci était éloquent, celui-là actif,
persévérant, cet autre audacieux ou malin. Seulement
il leur arrivait ceci de fâcheux, que toutes les fois
qu'ils sortaient de leur rôle, qu'ils ne péroraient pas,
n'intriguaient pas, n'étaient ni à leur piano, ni à leur
atelier, ils n'ouvraient guère la bouche que pour dire
des choses médiocres.

Et comme rien au monde ne les obligeait à dire ces
choses, comme ils pouvaient se taire, ne point se montrer aussi médiocres, j'en ai toujours et bravement
conclu que tout compte fait, en dépit de leurs discours, de leurs heureuses intrigues, de leurs tableaux,
de leurs vaudevilles ou de leurs opérettes, ils étaient
bel et bien des êtres médiocres. Je ne me suis jamais

repenti d'user de cette façon de me renseigner sur les gens. Je vous la recommande. Vous verrez, comme l'on dit dans le commerce, que vous n'en serez pas mécontents.

L'AMABILITÉ

Nous avons deux façons de juger l'amabilité. Nous disons de bon cœur avec un parti pris de louanges et une confiance entière : « Quel homme aimable ! Quel homme charmant ! » et, quand nous disons cela, on voit bien que nous sommes près d'accorder à l'homme aimable des qualités très précieuses. L'homme aimable paraît être alors à nos yeux plus et moins que l'homme vertueux, et nous nous inclinons devant son amabilité avec plus de plaisir, peut-être, que nous ne le ferions devant sa vertu. Mais d'autres fois notre louange a une mine pincée, un faux air de dédain, nous disons : « C'est un homme aimable, mais, en somme, ce n'est que cela ! » insinuant par là, que nous tenons l'ama-

bilité pour une chose d'une valeur secondaire. Quand
avons-nous raison ? Est-ce dans l'instant où nous
glorifions, sans arrière-pensée, l'amabilité, ou bien
lorsque nous nous montrons disposés à en faire un
peu fi ? Nous le saurons peut-être si nous parvenons à
être fixés sur les caractères par où l'on reconnaît
l'amabilité, ou simplement si nous réussissons à découvrir ce qu'il y a au fond du cœur de ceux qui se
sont fait la réputation de gens aimables.

En voici un. Nous le connaissons bien. Hier il nous
a prié à dîner en nous disant de sa voix franche :
«Vous viendrez, n'est-ce pas ? Si vous ne veniez pas,
j'en aurais un petit chagrin très vif, je vous assure.
Il y a longtemps que je veux vous avoir un peu à moi
tout de bon, vous tenir enfin. La vie de Paris est si
bêtement cruelle ! On y voit tous les jours des gens
que l'on n'aime point, et l'on n'y voit jamais ceux que
l'on aime. Et vous savez si je vous aime, vous. N'est-
ce-pas, vous viendrez?... ». Et nous avons été touché;
— comment ne pas l'être par de telles paroles, si on
fait réflexion que celui qui les dit n'a aucun intérêt à
les dire. Puis, heureux et flatté, nous avons répondu :
«Mais certes, nous viendrons ! » et nous sommes venu.
Nous ne l'avons pas regretté. Les cinq heures que
nous avons passées chez notre hôte ont été les plus
agréables du monde. Il avait réussi à communiquer

sa bonne humeur et sa cordialité à ses convives. Il y
avait là des mécontents, des attristés. Ils ont ri cependant; quelques-uns ont même fini par s'épanouir tout
à fait, par déclarer qu'il y a dans la vie des moments
doux. Pour lui, il ne nous avait jamais paru aussi heureux; il compte cependant parmi les heureux. Il est
beau, encore jeune, il est riche, puissant, jouisseur,
il s'amuse fortement, mais sait penser, sait parler ou
écrire, est avant tout sérieux. Il donne son avis sur les
affaires de l'État; lui-même, il est un homme d'État.
On le ménage, car il peut beaucoup. On vante son audace, mais on ne vante pas moins sa prudence. Charmant, soit, mais, s'il le faut, redoutable, et d'autant
mieux qu'il est plus charmant. C'est un séducteur, on
le sait, mais le moyen de s'en méfier? Tout le monde
l'aime. Il n'a pas un ennemi; a-t-il même des adver-
saires? Et comment ne point aimer un pareil homme!
Il a toujours la main grande ouverte, il est avenant,
gracieux, loyal bien qu'un peu souple, et comme pétri
de bonne grâce. De sa vie il n'a ni peiné, ni blessé
personne. Quand il faut dire sa pensée, il la dit, toute,
sans réticence, mais avec tant de ménagements que
ceux qui ne pensent point comme lui s'imaginent parfois découvrir dans ses paroles un hommage à leur
propre pensée. D'ailleurs il répugne à se mettre en
avant plus qu'il ne sied et ne semble jamais si naturel

que lorsqu'il dit du bien des autres. Il parle beaucoup
des autres et en médit peu. Avec cela une mémoire
très sûre, et qui lui permettra de dire à des milliers de
ses contemporains : « C'était à tel jour de telle année,
je m'en souviens, que vous perdîtes votre excellent
père ! Hélas ! je n'ai pas pu vous accompagner ce jour-
là jusqu'au cimetière. Je ne vous vois jamais sans me
le rappeler avec tristesse. » Et n'allez pas croire qu'il
mente. Il n'a pas pu, c'est la vérité, et il a regretté de
ne pas pouvoir, c'est encore la vérité. Seulement, où
son respect de cette vérité n'est plus aussi absolu, c'est
quand il fait allusion à sa tristesse, quand, de sa voix
la plus humide, il dit « hélas ! » Mais quoi ! ne man-
quera-t-il pas de répondre, je parle à un fils de la mort
de son père ; je ne saurais le faire en lui disant, avec un
éclat de rire ou même un sourire, que cette mort m'a
en réalité laissé très froid, et que si je ne suis pas allé
au cimetière, c'est parce que j'avais un camarade à
déjeuner ou un pantalon à essayer. En lui disant : « Je
n'ai pas pu », je ne le trompe pas, car si je n'avais eu
ni camarade à déjeuner, ni pantalon à essayer, j'y
serais allé certainement. Je l'aime beaucoup, ce garçon, et comme je sais qu'il aimait, lui, beaucoup son
père, il est naturel que je l'entretienne convenable-
ment de la mort de son père. On pourrait lui objec-
ter, qu'il serait plus naturel, peut-être, de ne rien dire

du tout. Mais à cela il répondrait tout de suite, spontanément, et avec le plus naïf étonnement : « Ne rien
dire du tout ! Comme ce serait aimable ! »

Non, en effet, ce ne serait pas aussi aimable de se
taire. Il se peut même que nous touchions là à un des
principaux traits du caractère de celui qui entend être
aimable. Il veut plaire, il a le désir d'être agréable aux
autres, et se sent d'autant moins disposé à se le reprocher, qu'il sait n'obéir à aucun mobile intéressé.
Avec un tel mobile, en effet, l'amabilité serait une des
formes du mensonge ; c'est pour cela que nous ne nous
en occuperons pas. Prodiguer des démonstrations
d'amitié à un homme dans le dessein d'obtenir de lui
quelque faveur, de lui demander sa protection, ou de
faire appel à sa bourse, ce n'est point là se montrer
aimable, c'est bel et bien agir en pur intrigant. Ce qui
distingue l'homme aimable, c'est précisément sa sincérité ; mais cette sincérité même est toute relative, et
il serait intéressant de bien discerner le point où elle
cesse d'être entière et s'altère un peu. En l'essayant
nous verrons du même coup ce qu'il y a de louable
comme ce qu'il y a d'inquiétant dans l'amabilité.

Vous vous imaginez déjà avec quelque netteté le
personnage dont nous vous parlons. Ce n'est point un
méchant homme. Il a réussi dans la vie, il en est glorieux, triomphant même, mais nous lui avons supposé

8

des talents, de la conscience, et naturellement dès lors, le dédain des moyens bas. Nous ne le donnons pas pour un héros, nous concédons qu'il est un esprit pratique et sacrifie peu à la chimère. Or, il l'a remarqué, il est doux en ce monde d'être accueilli par des sourires, de trouver sur son chemin des amis, ou tout au moins des êtres qui n'ont point de raison de nous vouloir du mal, et seraient plutôt désireux, le cas échéant, de nous faire du bien. Cette remarque faite, il en a profité et a conformé ses actions à la règle de conduite qu'elle lui indiquait. Cela ne lui a point été difficile, car il a trouvé dans sa nature même les ressources dont il avait besoin pour y réussir. Si c'eût été en effet une âme vile, un cœur tout à fait sec, ce devenait une affaire, et notre homme eût eu les plus grandes peines à jouer le rôle qu'il se serait imposé. Songez donc! être né méchant et se composer le maintien de l'homme bon; être dur et paraître sensible; envieux, et jouer le désintéressement; avoir le regard faux et triste, et regarder les gens en face avec franchise et bonne humeur; se sentir dévoré de jalousie et feindre l'enjouement. Hélas! tout cela n'est pas de tous points impossible; c'est même là où triomphe l'hypocrisie; mais la parfaite hypocrisie est bien rare, et elle s'allie mal à ce que nous appelons l'amabilité.

Avec un seul mot, un seul adjectif, Victor Hugo a

superbement défini l'hypocrite. Il a dit : « L'hypocrite, c'est le méchant complet. » C'est bien cela, et si nous imaginons un homme qui aurait tous les vices, moins l'hypocrisie, il lui manquera forcément, pour être la personnification définitive du mal, cet épouvantable vice par où les vicieux prétendent se donner les dehors de la vertu. Simuler la probité, la loyauté, l'honneur, quand on a l'âme d'un coquin, certes, cela ne doit pas être commode, mais j'aimerais mieux encore m'y essayer, plutôt que de tenter de faire l'aimable, si je ne sentais en moi aucun des éléments constitutifs de l'amabilité. Pour être aimable, nous l'avons vu, il faut surtout avoir le désir d'être agréable aux autres, et cela implique, sinon l'entière bonté, du moins la bienveillance, qui est la monnaie courante du cœur. Le méchant n'aime que lui, et ne saurait, même en paroles, désirer de faire plaisir aux autres, s'il n'a point l'arrière-pensée de les duper ou de les trahir. Or, c'est justement cette arrière-pensée qui semble ne pouvoir s'accorder avec les intentions de l'homme aimable.

Tout cependant, n'est point désintéressé et pur dans ses intentions, et il serait excessif de considérer l'amabilité comme une conséquence de l'abnégation. Il y entre aussi une part sensible d'égoisme. Nous en avons l'impression, et c'est pour cela que nous nous méfions de l'amabilité, tout en vantant ses charmes. Ici il nous

faut même faire une distinction à laquelle déjà nous
avons dû avoir recours. Nous voulons parler de la
différence qui existe presque toujours entre nos aspirations et nos actions. Tous les jours nous coudoyons
de braves gens, sincères d'ailleurs, dont la vie est en
contradiction flagrante avec l'idée générale qu'ils se
font de la vie. Telle conscience délicate, aura des défaillances que ne connaîtra pas telle conscience gros-
sière. Plus notre idéal est élevé, moins nous avons de
chances de le réaliser. Or c'est plutôt sur ses aspirations que sur sa conduite même qu'il faut juger un
homme, quand on veut savoir comment son âme est
faite. Eh bien! j'aperçois chez l'homme aimable les
traces d'une incontestable générosité native. Oui, il y a
dans sa façon ouverte et avenante, dans la sollicitude,
fût-elle un peu superficielle, qu'il montre aux autres,
quelque chose de ce beau sentiment. Il ne s'ensuit
point qu'il soit une âme essentiellement généreuse,
dont on puisse proclamer le désintéressement absolu,
mais on ne saurait guère la concevoir, cette âme de
l'homme aimable, dépourvue de toute générosité.
L'amabilité, d'ailleurs, ne s'imagine guère sans l'indulgence, et il n'est pas possible d'être indulgent si
l'on est fermé à tout sentiment généreux. Ce point
paraît donc acquis, mais nous sommes loin d'avoir
tout dit des intentions de l'homme aimable.

Il veut plaire aux autres par une bonne parole, un procédé galant, mais il entend être payé de retour et d'une façon ou d'une autre. Qu'on lui réponde sur le même ton, avec la même abondance, la même bonne grâce, il s'en soucie assez peu ; mais ce dont il se soucie, c'est de laisser à ceux qu'il a flattés, choyés, l'impression d'être un homme dont il faut penser du bien. A cet égard, il est intraitable, et quand il croit avoir la preuve qu'on ne lui sait point gré de son amabilité il cesse net d'être aimable. Il est souvent un galant homme, et comme tel attache une importance capitale à l'estime du monde. C'est même dans son ardeur à la conquérir qu'il s'écarte un peu trop facilement de ce scrupuleux respect de la vérité que n'oublie pas l'honnête homme. Il a ceci de bon, que non seulement il ne répugne pas à louer les autres, mais encore qu'il éprouve une vraie joie à le faire. Il a même bien de la peine à ne pas forcer la louange. Juge-t-il un tableau, un livre bon, ou même passable, il ne manque point de dire au peintre ou à l'auteur, à voix grave, d'un ton sérieux et attendri : « C'est merveilleux ! je dis merveilleux ! Ne souriez pas, j'ai mes raisons ! » Et il les donne, ses raisons, lentement, une à une, en insistant. Il sera tour à tour chaleureux et plausible, véhément et sensé. Et comme la vanité des artistes n'a aucune espèce de limites, il sera cru, ses

8.

paroles seront recueillies, et le soir, en s'endormant, le peintre comme l'écrivain, fussent-ils les plus humbles parmi les rapins ou les écrivassiers, ne manqueront pas de se dire : « J'ai fait une œuvre merveilleuse ! tout à fait merveilleuse ! Il me l'a dit, il me l'a répété ! Si cela n'était pas, pourquoi me l'aurait-il dit ! Pourquoi ? »

Pourquoi ? parce qu'il est un homme aimable et que la préoccupation de l'homme aimable n'est point de diré rigoureusement les choses comme elles sont, mais bien de les dire — sans les dénaturer cependant tout à fait — comme il sied pour faire plaisir aux gens et leur laisser de soi la meilleure idée possible. Quand l'homme aimable se borne à donner à ses compliments une forme qui ne correspond pas de tous points à sa pensée, le mal n'est pas très grand. Mais par où il se fait un tort mérité, c'est en ne sachant pas dire non dans les occasions où il le faut. Que de fois n'avez-vous pas recommandé Pierre et Jacques à celui dont je vous parlais tout à l'heure ! Que de fois ne vous a-t-il pas répondu : « Pierre et Jacques, je les connais, je les apprécie et je les aime tous les deux. Leur affaire sera faite. » Et vous avez, vous, répété, naïvement, à Pierre et à Jacques : « Votre affaire est faite. » Hélas ! leur affaire était si peu faite, que c'était celle de Jean et de Paul qui l'était. Vous avait-il donc trompé? Non pas! Mais il avait cru, il s'était imaginé! En réalité, il avait été dupe lui-même de ce besoin qui le tourmente sans cesse de ne jamais déplaire, d'être jugé, partout et toujours, par les amis de Pierre, de Paul, de Jacques et de Jean, tout comme par leurs ennemis, le meilleur, le plus obligeant, le plus aimable des hommes. Et il a de si belles façons de s'excuser; il vous dit avec un si bon regard, en vous serrant les deux mains : « Je vous jure que je croyais que nous allions faire l'affaire de Pierre et de Jacques! » que vous êtes parfois tenté d'oublier Pierre et Jacques, et de ne plus penser qu'au plaisir qu'il y a à se trouver en la compagnie d'un homme aussi charmant.

Parfois, il est vrai, vous dites entre vos dents : « La peste soit des bavards et des diseurs de rien! » Et vous vous demandez si décidément cette amabilité n'est point le masque dont se couvrent la légèreté du caractère, le manque de bonne foi et l'ingratitude du cœur. La plupart du temps, vous vous tromperiez. Il y a eu, il y a peut-être encore, de répugnants gredins qui ont su, à l'occasion, se montrer gracieux, sauver l'odieux de leur personnage par une sorte de tenue et d'élégance. Ce n'était pas, au vrai sens du mot, des gens aimables, car, nous croyons l'avoir établi, l'amabilité est incompatible avec la méchanceté. Aussi bien

cette parcelle de générosité naturelle qui est nécessairement au fond de l'âme de tout homme aimable
ne suffit-elle pas à le faire juger avec bienveillance?

D'ailleurs il y a bien des manières d'être aimable,
et nous citerions bon nombre d'honnêtes gens qui ont
su se garder des excès de l'amabilité, tout en la pra-
tiquant avec la plus charmante aisance. On peut avoir
l'envie d'obliger ses semblables et même celle de
leur plaire, et conserver néanmoins le respect de la
vérité et l'amour de la droiture. L'amabilité n'est
point forcément banale. Rien ne nous interdit de
choisir les personnes à qui il nous convient de montrer des façons affectueuses et confiantes. Soyons
polis avec tout le monde, mais ne nous jetons pas
dans les bras du premier venu. De plus, — on l'a
certainement remarqué, — l'amabilité n'est guère de
mise qu'avec nos égaux ou ceux qui peuvent se considérer comme nos inférieurs. Quand nous en pro-
diguons les marques aux autres, aux hommes qui,
par leurs talents, les services rendus, sont au-dessus
de nous, le spectacle que nous en donnons est vite
déplaisant. L'amabilité change alors de nom, et devient de l'obséquiosité, laquelle est bien voisine de la
servilité. Il serait donc peu juste de croire que les façons aimables compromettent de toute nécessité les
âmes fières. La grande amabilité ne s'accommode

point toujours de l'absolue franchise; mais libre à
nous de faire aussi petit que possible l'écart qui sépare l'une de l'autre. L'amabilité sans mesure et sans
pudeur n'est point une chose louable, mais fort heureusement l'honnêteté n'a nul besoin d'être agressive,
maussade ou simplement taciturne. Je dirai même
que si nous n'avons pas tort de nous méfier de l'exubérance de certains hommes trop aimables, il serait
imprudent d'accorder tout de suite et aveuglément
notre confiance ou notre admiration à un homme,
par ce seul motif qu'il se fait gloire de n'être point
aimable du tout. Cet homme-là, je ne l'ignore pas,
peut-être vertueux et bon, mais il manque à coup sûr
de bienveillance et de bonne grâce, et il n'a pas, en
vérité, lieu de s'en vanter. La bienveillance prend en
effet directement sa source dans le cœur, et la bonne
grâce n'est autre chose que l'expression la plus sédui-
sante et la plus naturelle de la bienveillance même.

LA FAMILIARITÉ

Un homme que nous connaissons peu, se met tout à coup à nous taper sur l'épaule, à nous dire : « mon ami », ou même « mon garçon »... Cela nous surprend et nous choque. Nous ne sommes point son ami, et l'on ne dit « mon garçon » que dans le langage le plus famillier et à des gens que l'on a des raisons de ne point considérer. Or nous tenons à être considéré. Cela s'explique de soi. L'amour-propre est naturel, et l'on n'aperçoit point de motifs de supporter l'humiliation, si petite fût-elle, qu'il plaît au premier venu de nous infliger. C'est parfait. Mais celui qui nous tape sur l'épaule, qui nous prodigue les marques de sa familiarité, à quel dessein obéit-il ? quel homme est-ce? Peut-on dire qu'il est une simple bête, un goujat, un intrigant? Peut-on soutenir, au contraire, qu'il se rencontre beaucoup de braves gens qui, sans penser à mal ni manquer d'esprit, usent volontiers des façons les plus familières?

J'en ai connu de tels, mais je n'en ai pas conclu qu'il suffit d'être familier sans raison, pour donner de soi une bonne opinion.

Il y a cependant ici une remarque à faire. La familiarité n'est point toujours également blessante, et tout en demeurant déplacée il lui arrive parfois de revêtir une forme affectueuse et naïve qui interdit de la juger avec trop de rigueur. La réserve, le souci ou le respect des convenances d'autrui, qui s'accordent si mal avec la familiarité, ne nous viennent point en effet naturellement. Ces choses s'apprennent, et nous les apprenons dans le maniement des hommes et la connaissance de la vie. La réflexion y tient une plus grande place que la sensibilité, et il se glisse peut-être déjà un peu de méfiance dans la résolution où nous nous arrêtons de ne point nous précipiter dans les bras et de ne pas serrer la main de tous ceux que nous rencontrons sur notre chemin.

J'irai même plus loin, et je n'aurais pas une foi entière dans la bonté d'âme d'un homme jeune qui, au seuil de la vie, sans avoir encore souffert, sans avoir

été trompé ou dupé, trahirait dans ses façons une
réserve ou une froideur trop grandes. A celui-là, vraiment, un certain penchant à la familiarité ne messied
pas ! Et, de fait, n'est-ce donc point dans la jeunesse
que nous entendons avoir et que nous avons le plus
d'amis ? Les circonstances certes nous amènent à choisir, à préférer celui-ci à celui-là, mais, si nous sommes
nés bons, nous ne demandons alors qu'à aimer tout le
monde. Ne découvrant en nous rien de mauvais, il ne
saurait, sans orgueil ni témérité, nous venir à la pensée de présumer la méchanceté chez les autres. Qui
de vous, dites-moi, aux beaux jours de ses vingt ans,
n'a pas un peu cru à la justice, à la vertu, au bien
universels, et, dès lors, ne s'est point senti l'envie de
dire à tort et à travers : « mon ami » ou même « mon
frère ! » Oh ! vous n'étiez point difficile en ces heureux
temps sur le « choix de vos relations ». Vous livrant
tout entiers, vous attendiez d'autrui la même confiance
et le même abandon. Comme les poignées de main,
les protestations, les confidences vous coûtaient peu !
Avec quelle facilité ingénue vous vous jetiez à la tête
des gens, et souvent sans leur en demander la permission ! C'était un peu ridicule, mais n'allait pas sans
quelque chose de touchant. L'usage, les belles manières n'y trouvaient point leur compte, mais cela
révélait à n'en pas douter les meilleures intentions.

On s'aimait sans se connaître, parce qu'on avait un irrésistible besoin d'aimer. Avec qui nous tenons-nous sur la réserve? Avec ceux dont nous doutons : or, à cet âge, on ne doute de rien ni de personne. Il y a plus : la passion de la vérité et de la justice, pour l'appeler de son vrai nom, la passion de l'absolu, nous tient alors si fort, que nous éprouvons le plus parfait dédain pour les préjugés ou les compromis qui viennent altérer l'idéal que nous nous en sommes formé. Allez donc parler à un jeune enthousiaste de vingt ans de ces préjugés et de ces compromis! Non seulement il refuse d'en tenir aucun compte, mais il refuse de les voir. De là cette logique implacable et candide, par où se distingue la jeunesse, quand elle a la très légitime ambition de penser.

Les faits lui importent peu, et c'est sur le terrain des sentiments et des idées qu'elle entend se tenir. Ici elle lâche la bride à ses plus nobles élans. Nulle considération pratique, nul intérêt ne l'arrête. Elle veut croire et elle croit, cela lui suffit. Ignorance superbe, enviable infatuation, où nous puisons de si faciles, mais de si puissantes satisfactions! Le respect de l'âge, des situations même le plus justement ac- quises, de l'expérience, de la science, de la liberté d'autrui, belles antiennes, en vérité, que tout cela! et dont nous ne pourrions, sans faiblesse, avoir le

moindre souci. Les droits de la pensée sont infinis, et
quand je pense juste, je n'ai à témoigner aucun égard
à ceux qui pensent faux. A vrai dire, à mes yeux, ce
ne sont même pas des penseurs, mais de purs imbéciles, abrutis par la routine, ou encore de vulgaires
coquins, avilis par leur mauvaise foi ! Cela est si vrai,
que le jeune homme ne reconnaît ni génie, ni talent,
à celui qui le contredit, s'appelât-il Chateaubriand, de
Maistre ou Montalembert. — Hélas ! fût-il, le pauvre
enfant, le plus médiocre, le plus insignifiant des êtres,
il n'hésitera guère, quand l'occasion s'en présentera,
à traiter Chateaubriand, de Maistre ou Montalembert
« de vieilles bêtes » ou de « vieilles croûtes ». Or, la
familiarité dont il use envers ces morts de marque, il
en usera, dans les mêmes termes ou à peu près, avec
les vivants qui lui tomberont sous la main, s'ils ont
l'audace, je ne dis pas de suspecter sa foi, mais simplement de discuter la rigueur des motifs sur lesquels
elle s'appuie. Ce besoin d'aimer et de croire, qui existe
toujours dans une âme jeune bien située, implique en
effet, le mépris et presque la haine de ceux qui ont
une autre croyance que la sienne. Or ces deux sentiments sont particulièrement propres à entretenir ce
penchant à la familiarité dont nous nous occupons.
Dire au premier venu, parce qu'il a exprimé une idée
où nous sommes à peu près d'accord : « Tu es mon

ami, tu es mon frère, embrassons-nous ! » ou dire à
son adversaire : « J'entends n'avoir rien de commun
avec un idiot tel que vous, » cela m'a tout l'air d'avoir
la même source et de mettre à nu, avec la même netteté, cette innocence de la jeunesse qui s'imagine
bonnement qu'il suffit d'avoir le désir de connaitre la
vérité pour la posséder.

Voilà certes une innocence respectable, et j'ai voulu
tout de suite en signaler les effets, pour faire voir
que cette familiarité dont nous sommes si volontiers
choqués peut parfois invoquer non seulement quelque
excuse, mais encore se justifier de façon à ne point
déconcerter la sympathie. Mais, chose assez singulière
et qui semble d'abord contradictoire, ce sont précisément ceux dont la familiarité s'est manifestée avec le
plus de spontanéité et d'abondance dans leur jeunesse,
qui se montrent, les ans venus, les plus rebelles à la
familiarité. La raison en est cependant assez simple :
la générosité, la noblesse des sentiments prédisposent,
nous l'avons dit, à cette expansion, tour à tour aimable et brutale, par où les jeunes gens se plaisent à
faire connaître leur avis. Or, plus une nature est élevée et délicate, et plus elle a de chances de souffrir,
d'être indignée, révoltée, écœurée par le spectacle des
misères, des lâchetés et des bassesses humaines. Avoir
cru à la justice, au désintéressement, et s'apercevoir

un beau matin que ni la justice ni le désintéressement
ne sont de ce monde, et ne plus même croire à l'humanité, cela n'est point pour dilater le cœur et lui
donner confiance.

Tous n'en deviennent point du coup égoïstes et méchants, mais il est impossible que dans l'âme des
meilleurs la déception n'apporte pas avec soi, sinon la
colère, du moins une sorte d'inquiétude hautaine.
Quoi! ce bel étudiant de vingt ans, aux cheveux blonds,
au regard énergique et tendre, qui ne parlait que de
mourir pour la République, se disait prêt à tous les
sacrifices, affirmait sa foi les larmes aux yeux, a trahi
la République, ne s'est jamais sacrifié à rien, n'avait
aucune foi, n'était qu'un souple et répugnant ambitieux! Quoi! cet autre qui semblait toujours perdu
dans son rêve, affectait un détachement supérieur,
jurait qu'il donnerait toutes les valeurs mobilières et
et immobilières de M. de Rothschild pour un sonnet
de M. Leconte de Lisle, a épousé un laideron ridicule,
et avec ce laideron dix ou douze millions que des
financiers véreux avaient volés sur les grands chemins ou à peu près! Et celui-ci n'a point fait mieux,
et celui-là a fait pis!

En vérité, voilà qui n'est point pour encourager
nos expansions et qui rendrait circonspects les cœurs
les plus naïfs. Là où naguère on s'enflammait, on se

recueille ; là où on affirmait, on hésite. Au lieu de
tendre la main, on la met dans sa poche. L'habitude de
tutoyer les gens à brûle-pourpoint se perd avec celle
de croire à leur vertu, à leur dignité, à leur probité.
Il n'y a donc plus de braves gens ? si, il y en a encore,
mais on les compte, et pour sûr la bonté n'est point la
règle. Quand on a découvert cela, adieu l'abandon,
adieu la familiarité ! On est sur ses gardes, on se compose un maintien, on s'observe, on est plus attentif,
plus fier, moins ouvert. Mais nous n'en avons pas fini,
et ce n'est point seulement le peu d'estime où nous
tenons le monde qui nous fait changer ainsi de façon
d'être, c'est encore le sentiment où sont les cœurs à
peu près honnêtes, qu'eux-mêmes ils ne sauraient
prétendre à la perfection. Ils jugent, mais on les juge,
et ils n'ont point l'orgueilleuse illusion de croire que
personne n'a le droit de les juger. Parmi les meilleurs,
quel est donc celui qui n'a point une ou plusieurs pec-
cadilles à se reprocher, et souvent de celles que la
société pardonne le moins ? Il en résulte que nous
nous montrons réservés à la fois et envers ceux dont
nous suspectons la conscience, et envers ceux que
nous avons des raisons de croire plus vertueux et irré-
prochables que nous. Et la vanité, la niaiserie humaine
avec laquelle il faut encore compter ! Tel personnage
titré, riche, député, sénateur, considérable enfin,

mais, tout compte fait, de pauvre intelligence, peut
très bien s'imaginer qu'on lui doit des marques infinies de déférence, et il y aurait plus d'humilité encore que d'audace à le vouloir détromper. C'est encore être fier, en certaines occasions, que de montrer
un respect, apparent tout au moins, du préjugé.

Ce sont là des scrupules que ne connaissent guère
les gens familiers. Ce n'est point la foi et l'enthousiasme de la jeunesse qui les font tels, mais bien une
disposition particulière de leur nature. Il est même
assez curieux de noter ceci, que l'homme vraiment
doué pour la familiarité, lui, deviendra d'autant plus
familier qu'il aura une habitude plus grande du
monde, et partant qu'il s'éloignera plus de la jeunesse. Je n'ose dire que dans ce cas la familiarité est
un vice, mais elle dénote certainement une nature
commune. Quoi de plus humble, en effet, que de s'imposer sans motif à ceux qui ne nous marquent ni
estime ni sympathie? Or, c'est là où tend et excelle
l'homme familier, car la familiarité n'est choquante
que lorsqu'elle s'exerce aux dépens des inconnus ou
des indifférents. Il est bien rare, en effet, de voir des
gens qui s'aiment tout de bon se reprocher la familiarité dont ils peuvent user les uns envers les autres.

L'idée même de familiarité implique celle d'usurpation, et nous ne sommes réellement dans notre tort,

en nous montrant familier, que lorsque dans une certaine mesure, si petite fût-elle, nous faisons une chose
que nous n'avons pas le droit de faire. Ce n'est point
un crime de parler au premier venu en l'appelant par
son nom tout court, de lui conter nos petites affaires,
de lui demander de nous dire les siennes, de chercher
à savoir s'il a une maîtresse ou n'en a pas, etc. ; mais
cela prouve, et le mépris où nous sommes de ses convenances propres, et le cas que nous faisons de nous-
même. Il faut en effet se juger bien intéressant, pour
avoir la hardiesse de convier ainsi à jouir des bienfaits de son intimité ceux qui, livrés à eux-mêmes,
n'auraient même point le désir de savoir notre nom.
Cette infatuation, dont on voit les signes dans les moin-
dres manifestations de la familiarité, est significative,
car elle se rencontre seulement dans les petites intelligences. On n'est pas de toute nécessité un imbécile
parce que l'on est familier, mais il est bien difficile
d'admettre qu'il ait beaucoup d'esprit, celui qui ne se
rend jamais compte de l'effet qu'il produit. Or, c'est
bien ce qui arrive à l'homme familier, puisqu'il
passe son temps à étonner, déconcerter, irriter les
gens, avec la conviction qu'il les charme et leur plaît.
Quoi qu'il en soit, s'il n'est pas toujours un simple
niais, il est à coup sûr dépourvu de tact et de toute
faculté d'observation. Eût-il même, par aventure, une

certaine grâce naturelle, qu'il ne saurait dissimuler longtemps la légèreté ou la pauvreté de sa cervelle. Cherchez bien, rappelez-vous tous les hommes dont la familiarité vous a importunés, et vous n'en trouverez pas un, qui ait donné des preuves de jugement et de véritable intelligence. Il semble donc que les excès ou même l'habitude de la familiarité supposent non seulement une certaine infériorité morale, mais aussi une certaine infériorité intellectuelle. A tous égards, c'est parmi les humbles, les médiocres, pour tout dire, qu'il faut chercher les gens familiers. Cela est vrai, mais il ne le serait point de dire que c'est parmi les méchants. L'homme familier, en effet, est presque toujours un homme gai, et si la gaieté ne prouve point invariablement la vertu, du moins on ne la conçoit guère s'alliant avec la méchanceté proprement dite.

Mais, hélas! il n'y a point que les méchants qui soient à redouter, et l'ennui est souvent plus difficile à éviter que le danger. Défendons-nous donc de notre mieux des entreprises des gens trop enclins à la familiarité. Il n'en est pas de mieux faits pour nous ennuyer.

L'HOMME DISTRAIT

Nous n'avons pas une trop mauvaise opinion de l'homme distrait, et nous le confondons volontiers avec l'étourdi. Ce ne sont pourtant pas les mêmes hommes. L'étourdi est une tête sans cervelle. Communément, il ne pense à rien. Le distrait peut être, lui, une très forte tête et même un penseur. Il n'y a pas non plus de raisons pour qu'il ne soit pas un homme ordinaire ou un sot. Dans le sens où nous l'entendons, la distraction est cette disposition par laquelle notre esprit révèle la difficulté qu'il a de s'appliquer aux choses présentes. Il arrive parfois à l'homme distrait d'être victime de sa propre distraction. C'est le cas de l'astrologue qui tombe dans un

puits. Le plus souvent, c'est aux dépens d'autrui que
nous sommes distraits. Cela ne signifie pas que la distraction est en soi coupable, mais cela nous donne au
moins l'envie de savoir s'il est indifférent d'être distrait ou non. Refuser son estime ou son affection à un
homme par ce seul motif qu'on le sait distrait serait
de la pure folie. Mais il ne sera pas sans intérêt de
rechercher si la distraction est compatible avec les
élans, le désintéressement absolu d'un cœur tout à fait
bon. Le mieux, pour s'en éclairer, c'est encore de voir
agir l'homme distrait et d'essayer de démêler quel est
son état moral dans l'instant où il est distrait.

Tenez ! voyez cet homme au regard profond et vague,
au front large et haut, qui d'un pas hésitant bat le
pavé des rues. Parfois il s'arrête, frôle les murs, se
met à considérer les devantures de boutiques d'un air
presque hébété. Le ciel est clair, sans un nuage, mais
il n'a point vu cela et a emporté son parapluie. Il
vient peut-être d'un enterrement et il a mis un pardes-
sus gris clair ; il vient peut-être d'un mariage et il a des
gants de filoselle noire. Peut-être ne vient-il ni de cet
enterrement ni de ce mariage, car le mariage avait lieu
le mardi, l'enterrement le mercredi, et le jour où notre
homme va ainsi par la ville est un lundi. En sortant
de chez lui, il croyait bien cependant que c'était un
mardi ou un mercredi. Un ami le rencontre, lui

donne le bonjour, et cet homme dont jamais une idée
banale n'a effleuré l'esprit dit à cet ami les choses les
plus banales. Il lui demande, mollement il est vrai,
des nouvelles de sa santé, veut savoir si l'hiver ne lui
a point été trop dur. Or l'autre est une sorte d'Hercule,
qui n'a jamais eu un rhume de cerveau, et ils ont dîné
ensemble l'avant-veille. Puis, avec un sourire très
doux, il ajoute : « Imaginez-vous qu'il m'arrive une
mésaventure des plus ennuyeuses ! J'ai cru que c'était
aujourd'hui mardi, et j'ai manqué un enterrement où
il était utile que je fusse ! Comment faire et que dire ?
Je dirai la vérité, mais on ne me croira pas; ces
histoires-là n'arrivent qu'à moi. » Et du même pas,
avec le même regard, il reprendra sa route, songeant
à tout autre chose qu'à ces histoires qui n'arrivent
qu'à lui. A quoi songe-t-il donc ? Ne riez pas, — car
ce distrait est une des gloires du pays, savant, philosophe, penseur, — il songe aux plus hautes questions
qui se posent à l'esprit humain. Il a le cœur généreux,
l'âme élevée, mais, ce qu'il aime avant tout et place
au-dessus de tout, c'est la vérité. Il la poursuit avec
l'ardeur la plus noble, sans chercher à savoir s'il en
retirera pour soi le moindre profit. Son désintéressement, en ce point, est sans limite, et c'est à peine
s'il a le désir de voir son nom associé aux grandes
choses qu'il fait. Nulle ambition étroite, nulle arrière-

pensée égoïste. C'est une vaste et pure intelligence
et qui ne se sent libre que sur les plus hauts som-
mets de la pensée. Il croit à son œuvre, il croit à
son génie, mais il dédaigne de rien faire pour imposer
au monde cette croyance. On jugera, on verra, maintenant ou plus tard. Il lui importe peu; son rêve le
plus orgueilleux est de pouvoir dire : Voilà la vérité !
et de le dire si bien et d'une façon si irrévocable, que
personne ne puisse se lever pour le nier. Il mesure la
grandeur de sa tâche. C'est pour cela que, sans cesse
il s'interroge, se contredit, s'adresse les plus pres-
santes sommations, se surveille, se méfie de soi,
avec ce redoublement de scrupules, cette fébrile
inquiétude de conscience que connaissent seules les
âmes supérieures.

Quoi! mais c'est donc un héros? Je ne dis pas non,
mais attendez.

Jusqu'à présent nous l'avons vu prendre son parapluie, ses gants, à tort et à travers, s'imaginer que tel
jour de la semaine était tel autre jour. Peccadille que
tout cela, car il est probable qu'il n'a point fait beaucoup plus souffrir la mariée en n'allant pas la saluer à la
sacristie, qu'il n'a fait souffrir le mort de son enterrement en ne le conduisant point jusqu'au Père-Lachaise.
J'y consens; mais supposons-le, dans une de ces
situations où la sensibilité et la tendresse sont plus

directement sollicitées. Un parent, un ami, sont tout
à coup terrassés par le malheur. L'enfant de celui-ci
est mort, ou la femme de celui-là le trahit. Éperdus,
en sanglots, fous de douleur, ils accourent, prennent
les mains de notre héros, lui montrent ce qu'ils souf-
frent, veulent être consolés. Que va-t-il faire ? Il est
généreux, il est bon, mais il est distrait. Tout de suite
il s'attendrira, dira des paroles douces et sensées,
s'efforcera de calmer la douleur de ceux qu'il aime,
trouvera de ces mots simples et profonds par où la
douleur est soulagée. Bien plus, il offrira ses services,
dira en toute sincérité : Mon temps vous appartient !
disposez de moi ! C'est là qu'il ne faut pas le prendre
au mot, car le voulût-il mille fois, son temps ne lui
appartient pas. Savez-vous à qui il appartient son
temps ? A la science, à la pensée. Rien d'ailleurs de
plus précieux que le temps. Une année, un jour, un
instant perdu sont perdus pour jamais. Ce distrait-là
le sait mieux que personne. Jugez-en : demeurez auprès de lui une heure, et les choses iront bien, deux
heures et elles iront peut-être un peu moins bien, mais
gardez-vous d'y rester trois heures, car à moins que
le chagrin ne vous aveugle tout à fait, vous ne tarderez
point à vous sentir importun. Il se pourra même, si
vous aimez pour tout de bon notre héros, et si vous
croyez être aimé de lui avec une égale force, que vous

vous demandiez si vous n'êtes point dupe des exigences
ou des illusions de votre cœur.

Encore un peu et votre affection pour lui sera inquiète et déçue. Il fait de son mieux cependant. Il vous
répète qu'il est là, prêt à vous secourir, il vous explique
comment il s'y prendra pour y réussir. Il demeure
compatissant, empressé, mais observez-le, écoutez-le,
ne perdez point de vue son beau regard, surveillez sa
façon de vous parler, de vous serrer les mains, et
vous verrez, à n'en pas douter, que sa pensée n'est
plus toute à l'objet dont vous l'entretenez. Il jettera un
coup d'œil furtif à la pendule, à ses paperasses, à ses
livres, à ses calculs que sais-je ? et, peu à peu, vous
apercevrez dans son attitude les signes de cette distraction dont les effets viennent contrarier ses dispositions les meilleures. Bon, très bon, pénétré des devoirs
de l'amitié, soit ! mais incapable de s'oublier tout
entier dans les effusions de l'amitié. Et ce problème
dont il était tout près de trouver la solution ? Et ces
prémisses dont il allait établir l'irréfutable rigueur ?
Que deviendrait tout cela, s'il entrait corps et âme,
dans les chagrins de ses amis, s'abandonnait à frémir,
à pleurer avec eux, partageait naïvement leur désespoir ?
Comme il comprend tout, il a le respect le plus attendri
de la douleur, mais qu'est-ce donc que la douleur d'un
individu dans l'immensité des choses créés ? Il ne se

la posé point, cette question, de propos délibéré, dans cet instant du moins, mais, qu'il y consente ou non, elle l'occupe. Si vous le pouvez, continuez à l'observer. Le voilà qui se répète; bien mieux, il se contredit. Tout à l'heure il vous a donné tel conseil, maintenant, il vous en donne un autre qui est le contraire du premier. Allons, tranchons le mot, il a toujours le désir de vous soulager, il vous plaint toujours; mais, regardez au fond de son cœur, — pas de doute, — à l'heure présente ce cœur n'est plus avec vous. Il dit bien : « Quel malheur! du courage! Nous surmonterons cela! » Mais il ne pense plus guère à cela, et, tout compte fait, ne serait point fâché de se remettre un peu au travail avant l'heure du dîner.

Mais, direz-vous, rien de plus légitime, et si nous éprouvons une peine éternelle, nous ne pouvons cependant pas, en bonne justice, demander à nos amis de souffrir éternellement avec nous! C'est bien certain, et il serait puéril de le contester. J'ai voulu seulement rappeler que l'homme le meilleur, quand il est distrait même par les plus hauts objets, ne se conforme plus à l'idéal que nous nous faisons du désintéressement et de la tendresse. Il ne cesse point d'être bon, certes, mais, pour élevées qu'elles soient, ses préoccupations, en somme, demeurent entachées d'un certain égoisme. Or, cet égoisme ne se rencontre point

dans les âmes tout à fait affectueuses, et dont le plus
impérieux besoin est d'aimer et d'être aimées. Ces
âmes-là sont rares. Il s'en trouve cependant; mais
il serait imprudent de les chercher parmi les gens
distraits.

Dans l'exemple que nous avons choisi, nous avons
supposé à l'homme distrait les plus pures vertus, et
cela ne nous a point empêchés de découvrir chez lui
des soucis étrangers à ceux qui nous viennent du cœur
seul. Cette parcelle d'égoïsme que nous sommes allés
chercher dans sa belle âme s'accroîtra nécessairement
dans les âmes plus ordinaires. Nous citerions, en
effet, bon nombre de gens qui, tout en restant de
braves gens, nous prouveraient que décidément la distraction habituelle implique un certain excès dans
l'amour de soi. Cela ne permettra jamais de dire :
« Cet homme est distrait, donc c'est un pur égoïste; »
mais il ne sera point absurde de s'en souvenir, quand
on voudra juger exactement du degré de générosité
d'un homme.

Il y a même ici un fait significatif à noter, c'est qu'il
est extrêmement rare qu'un homme distrait le soit
quand il s'agit de ses propres affaires. Parlez-lui des
vôtres ou de celles du voisin, il vous écoutera, ou du
moins feindra de vous écouter, avec les mines les
plus ahuries du monde. Mais changez de conversation,

intéressez-vous, ou, — pour le payer de la même
monnaie, — feignez de vous intéresser aux choses
qui le concernent et vous le verrez changer soudain
de visage, prendre un air joyeux et sérieux, montrer
la plus fiévreuse attention.

Vous n'avez point manqué de rencontrer ce gaill-
lard gracieux, aimable, éveillé, obligeant, sans cesse
en mouvement, et qui se fait presque gloire de toujours prendre le chapeau des autres pour le sien.
Il est musicien, peintre ou écrivain et n'a point le
cœur mauvais, il s'en faut. Un jour il monte au galop
l'escalier d'un ami pour prendre des nouvelles de sa
mère malade. Il est en nage. Il entre tout essoufflé. Il
refuse de s'asseoir. Il est trop pressé. On l'attend en
bas. Il a voulu savoir seulement où les choses en sont.
L'ami lui répond, insiste pour qu'il reste. Il insiste,
lui, avec véhémence, pour ne point rester. C'est impossible, tout à fait impossible. L'ami lui dit alors :
« J'ai vu quelqu'un qui m'a parlé longuement de ton
tableau, de ta marche tzigane ou de ton livre. » Il dit :
« Ah ! » s'assied et reste deux heures.

Celui-là non plus, il n'est pas très coupable, et il
y aurait autant de présomption que d'injustice à le
juger sévèrement. Qui donc, grand Dieu ! et parmi les
meilleurs, n'est point plus préoccupé de ses intérêts
que de ceux des autres? Et qui se sent assez sûr de

soi, pour affirmer qu'en pareille occurence, il montre-
rait plus d'attention ou d'empressement.

Retenons ceci, cependant, c'est que notre homme,
pressé quand il s'agissait d'écouter un ami malheureux,
cesse tout à coup d'être pressé dès l'instant où cet ami
lui parle de choses où sa propre vanité, son légitime
orgueil, — si vous voulez — est plus vivement sollicité
que son cœur. Dans ce cas, c'est par le sentiment de la
disproportion qui existe entre les douloureux soucis de
l'un et les préoccupations plus mesquines de l'autre,
que nous sommes choqués. Quand nous voulons nous
prononcer sur les torts de l'homme distrait, il est donc
indispensable d'être d'abord fixé sur la nature de l'objet
où son attention s'attache de préférence. Que celui-ci,
par exemple, soit tourmenté par un chagrin pareil au
chagrin dont souffre son ami, et du coup le voilà ab-
sous du péché de distraction. Gardons-nous d'ailleurs
d'une sévérité excessive. Rousseau, n'a-t-il pas dit :
« qu'il n'est point dans le cœur humain de se mettre
à la place des autres dans les choses que l'on exige
d'eux ».

La part de chacun de nous est particulièrement en
ce point, très difficile à faire. En nous plaignant des
distractions de nos amis, ne trahissons-nous pas nous-
mêmes un souci de nos propres affaires qui ressemble
beaucoup à celui dont nous faisons un reproche à ces

amis quand ils sont distraits ? Puis, qui donc pourrait
prendre l'engagement de n'être jamais distrait, de vivre
toujours dans les autres ? Où gît ce désintéressement
supérieur dont nous avons évoqué le modèle idéal ? Est-
il humain, est-il possible ? Certains cœurs, il est vrai,
sont plus ouverts à l'oubli de soi, plus avides d'affection que d'autres. Communément, on les en juge plus
grands. Il se peut qu'on n'ait point tort. En tout cas,
le but où ils tendent diffère radicalement de celui que
les lois mêmes de l'existence assignent à chacun de
nous, — à savoir de se tirer d'affaires comme il peut.

Il ne siérait donc pas de se fâcher contre l'homme
distrait avec une ardeur trop sérieuse. La distraction
ne ressemble en aucune manière à un vice, et il suffit,
pour la juger avec équité, de constater qu'elle ne
prend pas sa source dans les plus nobles parties de
notre âme. Elle est égoïste sans l'ombre de méchanceté ; mais, si peu que ce soit, elle est toujours égoïste.
C'est pour cette raison qu'elle déconcerte l'amitié ;
l'amitié, si belle et si sainte qu'elle a été chantée par
les plus sceptiques et a même forcé au respect le railleur et sombre génie d'un Schopenhauer. Vauvenargues, a dit : « Celui qui ne connaît pas le prix du
temps n'est pas né pour la gloire ». Rien de plus profondément vrai que cette simple parole. Le distrait
connaît, plus souvent qu'on ne croit, le prix du temp

et peut être né pour la gloire. Ne nous avisons pas au moins de lui en tenir rancune. Mais si, par aventure, nous attachons une importance très grande aux jouissances de l'amitié, soyons un peu sur nos gardes avec l'homme trop distrait. Il n'est pas, lui, exclusivement né pour l'amitié ; elle n'est pas, tout au moins, ce qui l'intéresse le plus.

LE GALANT HOMME

C'est un mot que nous employons volontiers et
sans trop y regarder. Nous le jugeons significatif et
simple. Il se pourrait néanmoins qu'il fût moins clair
et moins simple qu'il ne paraît. Il y a un moyen de
nous en assurer, c'est d'essayer de nous rendre compte
des caractères par où se distingue des autres hommes
le personnage dont nous disons tous les jours : « C'est
un galant homme ! Quel galant homme ! » Car nous
disons cela souvent, facilement et avec plaisir ! Et il
y a dans la façon dont nous le disons, comme un hommage à un ensemble de qualités aimables et solides,
faites pour commander la sympathie et l'estime.

Agir, parler, se conduire en galant homme, il n'est

pas utile pour cela d'avoir un grand esprit, ni même
beaucoup d'esprit, mais cela suppose que l'on a le respect de soi et qu'on est un honnête homme. Il serait difficile, en effet, d'imaginer un galant homme qui ne serait point honnête. Ici cependant, il nous faut tout de
suite faire cette remarque, que les préoccupations de
l'honnête homme ne sont pas toujours identiques à
celles du galant homme, et que si le premier ressemble au second par certains côtés importants, il en
diffère assez sensiblement par d'autres. Et d'abord,
celui-ci ne serait-il pas plus soucieux que celui-là de
la faveur de l'opinion ; ne peut-on même pas dire que
le désir de l'obtenir est un des traits essentiels du galant homme? Il entend certes, vivre en paix avec sa
conscience, mais il est surtout décidé à ne point froisser la conscience d'autrui : bien mieux, l'estime
publique semble lui être plus nécessaire encore que sa
propre estime. Il veut la mériter, cette estime du
monde, est bien résolu à ne rien tenter pour la surprendre, mais s'il peut se rendre ce témoignage qu'il
en est vraiment digne, son vœu le plus ardent sera
rempli. Il y a donc chez le galant homme un secret
désir de plaire, et si respectable qu'il demeure, ce
désir n'est peut être point tout à fait conforme à la
notion de ce désintéressement absolu et supérieur qui
inquiète les consciences vertueuses. Cela est si vrai que

l'on ne se représente guère le galant homme vivant
dans la solitude ou seulement en dehors du courant
des relations mondaines. Il est sincère, il est loyal, il
entend n'avoir à se repentir d'aucune action douteuse,
d'accord. Mais je ne répondrais point que, dès l'instant
où il ne se sentirait plus soumis au jugement du monde,
où il s'apercevrait qu'il n'est plus regardé, encouragé,
flatté, je ne répondrais point qu'il n'en fût du coup
désorienté, comme si une force indispensable à l'équilibre et à la sécurité de sa vie venait de se briser. Oh !
il n'est pas avide d'hommages bruyants ! ce n'est point
un de ces êtres encombrants qui, par tous les moyens
possibles, prétendent s'imposer à l'attention des gens.
Non, il tient seulement à se savoir apprécié et estimé ;
et, comme il fait ce qu'il faut pour cela, il éprouve un
sentiment d'instinctive révolte à la pensée que ses efforts les meilleurs pourraient passer inaperçus. Il s'incline devant l'opinion du monde. Pour elle, il se gêne,
peut-être consent même à quelque sacrifice. C'est bien
le moins, que le monde s'en aperçoive, l'en remercie
un peu, lui dise : « C'est bien ! »

S'il entre une certaine dose de coquetterie dans les
desseins du galant homme, ce n'en sont pas moins des
desseins fort honnêtes, et qu'une âme bien faite peut
seule former. Mais cette tendance du galant homme à
s'en remettre au jugement de l'opinion pour la con-

duite de sa vie doit être notée, car elle produit des résultats curieux. Il se présente des cas, en effet, où le
devoir, tel que nous l'enseigne le monde, non seulement n'est point celui que nous révèle notre conscience,
mais encore en est tout l'opposé. Je sais bien alors ce
que fera l'honnête homme ; ce sera presque toujours le
contraire de ce que fera le galant homme. Qui aura
tort ou raison? La question est subtile, et il n'est
point aisé de la résoudre d'une façon rigoureuse, car,
même lorsqu'elle se trompe, la morale sociale se
trompe rarement tout à fait. Son point de vue, par la
nature même des choses, est général, et on ne peut
guère lui demander de régler avec équité les exceptions. Or, ce sera précisément dans les circonstances
exceptionnelles que le conflit s'élèvera entre ces pres-
criptions et celles de notre conscience. Prenons un
exemple fourni par un sujet très vieux et connu :
l'amour.

La réalité et la fiction nous montrent que les désor-
dres engendrés par l'amour sont infinis, et ce sentiment aura toujours fort à faire, j'en ai peur, pour se
mettre en règle tout de bon avec la loi sociale. Non
seulement, en effet, l'obstacle ne l'arrête point, mais
encore l'attire et l'excite. Supposons donc un brave
homme qui, à la barbe de la société, se sera laissé
aller à satisfaire une de ces passions qu'elle réprouve.

Il a eu tort, mais son cas sera d'autant moins pendable
que sa passion sera plus impérieuse et l'objet de cette
passion plus intéressant. Concevez une femme, — il
s'en trouve, on l'assure, — qui, en dépit de sa faute,
ou mieux de ses fautes, ne soit pas radicalement dé-
gradée. Elle a été faible, elle a été coupable. Mais elle
a conservé de la bonté, et le respect de son amour
même, où elle puise le courage très difficile de vivre
dignement, bien que d'une existence irrégulière. Les
années s'écoulent, et son amant, ou son complice,
juge, non plus avec l'exaltation de sa tendresse, mais
avec le sang-froid de sa raison, que nulle n'a droit à
plus d'estime et de reconnaissance. Les faits sont pa-
tents. Depuis dix ans, quinze ans, vingt ans, elle a
prodigué les preuves de son abnégation, de sa fidélité, de son dévouement. Pour récompense, elle ne
recueille que les marques du mépris public. On lui
tourne le dos. Les bonnes, les portiers l'outragent.
L'austérité douloureuse de sa vie ne lui est comptée
pour rien. Le sort des prostituées de profession est pré-
férable au sien, car en général, les prostituées, quand
elles ne sont pas de pures bêtes brutes sont riches
sur leurs vieux jours, et la richesse donne, parfois,
l'apparence tout au moins de la considération. Or,
d'un mot, il peut, lui, changer cette intolérable situation. Il n'a qu'à dire : « Sois ma femme. » Eh bien !

ce mot, s'il est simplement un honnête homme, i
pourra le dire, mais s'il est un galant homme il ne le
dira probablement pas.

La nuance est sensible. Ces deux hommes sont sincères et partant honnêtes tous les deux, mais l'idéal
de l'un est plus sévère que celui de l'autre, car il implique une notion de la justice plus claire et un désintéressement plus complet. En effet, il ne saurait ici
être question d'entraînement, d'aveuglement, ou de
faiblesse. La conscience et la raison seules sont sollicitées ; la question est de savoir s'il faut, oui ou non, se
rendre à leur verdict. Pour le galant homme, le doute
n'est pas possible. Il ne saurait rester tel en bravant
les scrupules ou les préjugés ; — il s'interdit de distinguer les seconds des premiers, — de l'opinion. Or,
l'opinion sur ce point est unanime. Un galant homme
ne donne son nom qu'à une femme digne de lui. Et il
est entendu que le moindre manquement à l'honneur
rend à jamais une femme indigne d'un galant homme.

Soit ! et ce n'est pas ce point que nous examinons.
Retenons seulement ceci, que parfois l'honnête homme
peut être déterminé par des motifs supérieurs à ceux
auxquels se fait gloire d'obéir le galant homme. Mais
il y a plus. Non seulement ce dernier poursuit un but
moral moins beau, mais il a encore ce privilège de
pouvoir se passer, sans rien perdre de sa belle renom-

mée, de certaines vertus dont la pratique semble inséparable de l'honnêteté. Ce n'est pas assez dire, car il
est des vices qui, loin de compromettre le prestige du
galant homme, le rehaussent au contraire.

Ne se rencontre-t-il point des gens pour soutenir que
l'on n'est vraiment un galant homme qu'à la condition
d'être un beau joueur, un beau buveur et un grand
libertin! Libertin, voilà un bien gros mot, et j'en voudrais savoir un autre pour désigner ce goût des plaisirs
de l'amour, qui est certainement l'un des caractères
où l'on reconnaît le galant homme accompli. Certes, il
faut se garder de dire qu'on cesse d'être honnête par
le seul fait qu'on aimerait le jeu, le vin et les femmes;
mais celui qui aurait la volonté de réaliser dans sa
personne le type parfait de l'honnête homme ne
pourrait, sans contradiction ou sans défaillance, lâcher
la bride à ces diverses passions. On demande moins
au galant homme. Il peut, lui, jouer un jeu d'enfer,
mener à mal les femmes, boire tout son saoûl, et ne
rien perdre cependant de cette estime publique à
laquelle il attache tant de prix.

Nous n'en avons pas fini encore, et c'est jusque
dans les choses touchant à la probité que nous allons
découvrir de nouvelles traces de cette indulgence dont
on use pour juger les faits et gestes du galant homme.
Une certaine prodigalité ne lui messied pas, et un

10.

homme parcimonieux ou simplement économe aurait
beaucoup à se surveiller, s'il voulait figurer avec honneur parmi ceux dont le monde dit : « Quel galant
homme! quel parfait galant homme! » C'est au mieux,
et l'économie, nous le concédons, n'est pas en soi une
de ces vertus qui s'imposent d'emblée à la sympathie.
Avec l'amour de l'ordre, qui est respectable autant
qu'utile, elle révèle un sentiment très éveillé de nos
propres intérêts, dont les manifestations sont souvent
fort déplaisantes. Nous accordons cela, mais si le spectacle de la prodigalité est à l'ordinaire un aimable
spectacle, il importe cependant que nous ne soyons
pas prodigues aux dépens des autres. Jetez l'argent
par les fenêtres si bon vous semble, mais arrangez-
vous au moins pour que ce ne soit pas l'argent que
vous devez à votre tailleur ou à votre bottier! Soyez du
bel air, si vous y prenez plaisir, mais faites en sorte
que cela ne coûte pas trop cher à la bourse de vos
amis.

Ces recommandations contiennent, il nous semble,
des vérités bien élémentaires, et il n'est point besoin
d'être particulièrement fixé sur la notion du tien
et du mien pour n'en pas contester la justesse. Eh
bien! si le galant homme ne saurait constester en
principe cette justesse, il dédaignera très facilement,
dans la pratique, de lui rendre l'hommage qui lui est

dû. Il n'y mettra ni arrière-pensée ni parti pris, car alors il ne serait plus un galant homme, et passerait d'emblée dans les rangs des chevaliers d'industrie ; mais il se comportera de façon à faire voir qu'il ne lui plaît point d'accorder trop d'attention à des choses infimes et ennuyeuses. Or, ces choses infimes, qu'elles soient ennuyeuses ou non, tiennent une des premières places dans les préoccupations de l'honnête homme ; il s'y soumet, lui, avec une étroite docilité. Ici encore il montre donc une certaine supériorité sur le galant homme ; la conscience ne pouvant jamais être ni trop attentive ni trop scrupuleuse.

C'est sur un autre terrain que le galant homme reprendra l'avantage, et il faut l'y suivre pour s'expliquer la faveur dont il jouit et en mesurer toute l'étendue. Nous venons de relever bien des points où il ne vaut pas l'homme dont le but est simplement d'être honnête. Mais il est aussi une qualité, vraiment supérieure, d'un ordre pour ainsi dire esthétique, que l'on exige de lui, et dont à la rigueur, l'honnête homme peut manquer. Elle a un beau nom, cette qualité : elle s'appelle la générosité ! La générosité ! que cela dit et entraîne de choses, et que ne sommes-nous prêts à accorder à l'homme qui nous découvre simplement, ingénuement, la générosité de son cœur. Quelle confiance ! mieux que cela, quelle admiration et quelle reconnaissance nous nous sentons d'instinct pour l'être généreux, celui qui s'oublie soi-même, songe aux autres d'abord, met sa joie à les soulager, à les défendre! Pour sûr il est bon, pour sûr il est brave. Volontiers on se le représente toujours jeune, toujours beau, indépendant et fier, dans une attitude mâle et souriante avec un grand regard fier et où se lit avec le dédain de toute mesquinerie le respect des plus nobles chimères. Car, si humble fût-elle, une âme généreuse ne saurait jamais être tout à fait fermée à la poésie, et ne se conçoit pas sans un certain besoin d'idéal.

Le galant homme n'est pas toujours un héros, mais il nous séduit parce qu'il nous apparaît, par ce côté, comme supérieur aux autres hommes, même les meilleurs et les plus sages. On s'incline devant son désintéressement chevaleresque, car il semble plus précieux que la vertu même. Il peut avoir et il a souvent des vices. Mais il est vicieux avec tant de bonne grâce et d'élégance, qu'on est tenté de se demander s'il n'a pas, pour l'être, plus de droits que le commun des mortels, et s'il ne serait pas fâcheux, tout compte fait, qu'il ne le fût point! Il tient à faire dans le monde la plus belle figure possible. Il y réussit, et le monde lui sait gré de lui montrer d'aussi bonnes façons! Oh! ne nous y trompons point et méfions-nous! C'est un séducteur, et je ne suis pas bien sûr que dans notre démocratie il soit très prudent et très logique de faire une trop belle place à ces séducteurs-là. La démocratie, en effet, ne reconnaît point, et c'est là son honneur, de classes de citoyens, elle reconnaît simplement des citoyens. Or, jamais, jamais, remarquez-le bien, nous n'accordons ce nom de galant homme, même au plus digne et au plus méritant de nos concitoyens, si nous nous imaginons que, dans la hiérarchie sociale, il est notre inférieur. Rien ne fait mieux sentir combien il importe de distinguer le galant homme de l'honnête homme.

LES MARIAGES VILS

Nous n'aimons pas à nous sentir méprisés, et il ne nous est point agréable de nous savoir vils. L'un ne va pas toujours avec l'autre, et il est plus d'un cas où les scrupules mêmes de notre conscience nous exposent au mépris du monde. Dans les choses qui touchent à l'amour, par exemple, il y a des erreurs pour lesquelles l'opinion se montre beaucoup plus sévère que pour des actions absolument mauvaises et répugnantes. Ce qui la choque, en ce point, c'est avant tout l'irrégularité. Nous ne dirons point que le monde ait tort de demander aux gens de vivre selon ses lois, mais nous nous expliquons moins son indulgence pour certaines bassesses et son obstination à ne les point voir.

On fermera la porte de son salon, et l'on fera bien, à
un homme qui aura épousé une femme décidément
compromise, mais on l'ouvrira toute grande à celui
qui se sera avili par un de ces laids mariages dont on
dit sans arrière-pensée, qu'ils sont de « beaux mariages ».

Quand je parle « d'avilissement », je risque un très
gros mot, et ce mot saurait s'appliquer à tous les
braves gens qui se marient dans de bonnes conditions.
L'intéressant, ce serait de déterminer la mesure où
ces conditions peuvent être bonnes, sans faire suspecter l'honnêteté de l'heureux époux. On ne cesse
pas d'être un honnête homme parce que, sans être
riche soi-même, on épouse une femme qui l'est; mais
je sais tels gaillards que je défierais de justifier la dé-
termination qu'ils ont prise d'épouser telle riche héritière. Là où il n'y a point de bonne foi, il ne peut être
question d'honnêteté, et ils seraient fort embarrassés,
ceux-là, s'il leur fallait dire leur pensée, car on n'en
imagine point de moins avouable.

Le moyen, en effet, de dire : Je vais me comporter
avec cette jeune personne, comme si elle m'avait inspiré
les sentiments du plus ardent amour, et au fond, elle
ne m'inspire que de l'antipathie. Je la trouve trop
sèche ou trop grosse. Elle a l'œil bête, les mains os-
seuses, les cheveux rares, et j'aime les beaux yeux, les

mains potelées et les cheveux abondants. Je suis attiré
vers elle par cette seule pensée que lorsque je serai
son mari, j'aurai de l'argent, tandis que maintenant je
n'en ai pas. Non! un tel aveu n'est point aisé à faire,
et il n'a jamais été fait. Aussi bien, le rôle hypocrite où
se condamnent ceux qui apportent les préoccupations
du spéculateur dans une affaire où il semble que les
préférences de notre cœur doivent occuper la première
place, suffirait-il à rendre leur personnage odieux. Mais
les preuves de cette hypocrisie, fussent-elles mani-
festes, le monde affecte d'en être dupe, et s'interdit
de la démasquer. Le spectacle ne lui en déplaît même
pas, et quand par aventure il y fait allusion, c'est
avec des sourires bien légers, sans colère et sans dé-
goût. Hélas! on serait pourtant dégoûté à moins. L'ac-
quisition de l'argent des autres par ce moyen n'est-
elle pas en effet une des formes les plus répugnantes
de l'improbité ?

Car, enfin, si notre dessein est bien de nous enrichir
de cette façon, et si, pour le réaliser, nous sommes
prêts à tous les mensonges, cette résolution que nous
prenons offre une analogie frappante avec les calculs
des filous proprement dits. Avec cette différence
capitale, objectera-t-on, qu'ici il y a consentement, et
partant, il ne saurait y avoir vol. Mauvaise raison. Un
consentement, s'il n'est pas libre n'en est plus un, et

11

une jeune fille à qui l'on aurait déclaré qu'on la trouve désagréable et laide, ne serait guère disposée à devenir la femme de l'homme qui lui aurait fait cette déclaration. C'est là pousser les choses à l'extrême, mais quand on prétend se rendre compte de la valeur morale de certaines actions, force est bien de les suivre jusque dans leur dernière signification. Toutes les pauvres filles recherchées uniquement pour leur argent ne sont point des monstres, et les messieurs désireux de faire un beau mariage ne s'adressent pas toujours à des femmes tout à fait disgraciées. Je voudrais donc me borner à fixer quelques-uns des caractères de cette disposition où sont un grand nombre de personnes de faire leur fortune sous le couvert de l'hymen. Il y a entre le but qu'elles poursuivent et la façon dont elles usent pour l'atteindre une disparate si choquante, qu'en dépit de la tolérance ou de la complicité du monde elle paraît révéler une des plus honteuses défaillances du sens moral. Si cela est, l'examen de cette question est attrayant, car il est toujours curieux, le spectacle d'un homme pris en flagrant délit de bassesse, et qui cependant ne court pas le risque de perdre l'estime publique. Oui, spectacle curieux et dramatique! Ne nous montre-t-il point en effet un des aspects du conflit engagé entre la morale que nous prescrit notre conscience et la morale tout à la fois plus étroite et plus relâchée aux règles de laquelle le monde nous demande de nous soumettre ?

« Tâchez de faire un riche mariage ! Tirez-vous de là par un beau mariage ! » Que de fois avez-vous entendu des gens respectables donner ce conseil à de jeunes hommes qu'un beau mariage aurait placés d'emblée dans une situation avantageuse. Il est donc tout à fait admis, qu'un homme peut, sans déchoir, épouser une femme à laquelle il devra la sécurité et les agréments attachés à la fortune. Admis, soit ; mais cela est-il bien conforme à l'idée que nous nous faisons de la dignité de l'homme ? Et reste-t-il digne, celui qui, sans le secours de l'argent de sa femme, ne saurait comment se tirer d'affaire dans la vie, ne mangerait pas à sa faim, ne fumerait pas de cigares à son goût ? Substituez au mot de femme le mot maîtresse, et soudain vous avez un haut-le-corps et vous affirmez que la question n'en est pas une. Il n'est plus même besoin alors de parler de dignité, car nous nous trouvons, en face de l'abjection même. Dieu me garde d'y contredire. Cependant, à ne rien taire, je ne vois pas bien la différence radicale qui, en ce point, sépare l'amant du mari.

L'un est resté dans la règle, s'est soumis à la loi sociale, a voulu créer une famille... Il l'assure du moins. Mais êtes-vous certain que ce soit exclusivement le

respect de la règle, de la loi, le besoin de créer une
famille, qui l'ait poussé à se marier. Ne s'est-il pas
aussi déterminé par des raisons plus modestes? Prenons un exemple où le mariage d'argent se fait dans
des conditions qui n'ont rien de honteux. Un homme
veut acheter une étude de notaire ou d'avoué, et il lui
manque pour cela les quatre cinquièmes de la somme
voulue. A qui s'adressera-t-il? A la femme qu'il doit
épouser. Oh! dans ce cas, il ne se cachera pas; il dira
bonnement : « J'ai besoin de tant, il faut que ma
femme m'apporte tant. » Ce n'est ni un poète ni un
chevalier qui parlerait ainsi; mais ce langage n'est
pour déshonorer personne. Notre homme a travaillé,
il travaillera encore, et il se peut qu'en lui confiant
son argent celle qu'il épouse ait fait ce que l'on
appelle un bon placement. D'accord; mais, même
dans ce cas, n'apercevez-vous point que le souci de la
loi sociale, le désir de créer une famille, a été assez
secondaire? Ce que voulait avant tout notre notaire ou
notre avoué, c'était de l'argent, et rien ne nous autorise à affirmer que, s'il avait eu cet argent, il se serait
marié aussitôt, ni même qu'il se serait marié. Mais
où je commencerai à concevoir de l'inquiétude sur la
valeur de sa moralité, c'est s'il montre, quant au
choix de sa fiancée, un désintéressement trop grand.
Blonde, brune, piquante, majestueuse, jolie ou laide,

il lui importe peu. Ce qu'il lui faut, c'est la somme
nécessaire à l'achat de son étude. Le reste ne compte.
point. Il y a mieux : un laideron qui lui apporterait
un peu plus que cette somme lui sourirait plus qu'une
jolie fille, si celle-ci ne lui apportait que tout juste la
somme. Dès lors j'ai le droit de trouver que notre
avoué ou notre notaire, eût-il conduit en pompe sa
femme à la mairie et à la Madeleine — n'est pas beaucoup plus intéressant que.l'amant qui ne craint pas
d'accepter un appoint pécuniaire de sa maîtresse. Je
vais même plus loin, et si l'amour l'unit à cette maîtresse, je suis peut-être moins écœuré en regardant
ce qui se passe au fond de son cœur qu'en regardant
ce qui se passe au fond du cœur de l'autre. Leur dignité à tous les deux ne vaut pas cher; mais, celle du
fiancé reçoit une atteinte plus rude encore que celle
de l'amant. Le monde ne saurait entendre de cette
oreille-là; mais nous examinons précisément s'il n'est
pas certaines rencontres où les répugnances et la sévérité du monde ne prennent point leur source dans
des préjugés que la conscience ne ratifie pas. On voit
bien la chose?... L'un sans amour, bien mieux, avec
le mépris le plus cynique de l'amour demande à une
femme, qu'il ne connaît pas, de l'établir, de lui ouvrir la carrière; l'autre croit pouvoir s'autoriser de
l'amour même pour se comporter avec celle qu'il

aime comme avec un ami ou un parent. Chez celui-ci,
je sens un dédain de l'estime publique qui n'est certes
pas de bon augure, mais chez celui-là je découvre une
lacune morale .qui non plus ne m'inspire pas confiance.

Mais je n'ai pas voulu faire un parallèle entre les
misères, les lâchetés de l'amour irrégulier et les desseins intéressés qui dictent à la plupart des hommes
la résolution de se marier. J'ai tenu seulement à montrer que la différence n'est pas aussi grande qu'on
veut bien le dire dans la conduite de deux hommes
dont l'un consent à profiter de la fortune de sa maîtresse et l'autre entend devoir toute sa fortune à sa
femme.

Je sais même certains cas où la déchéance du second
apparaîtrait avec bien plus de netteté que celle du premier. Mais laissons cela, choisissons un exemple qui
nous fera voir mieux encore ce qu'il y a de décidément
vil dans les intentions du personnage dont nous nous
occupons. Tâchons de le surprendre à l'œuvre et sur
le fait : il a vingt-cinq ans, une certaine grâce et beaucoup d'aplomb ; avec cela ambitieux, dans le sens
mauvais où ce mot s'entend ; riche ou pauvre, mais
moins riche qu'il ne le voudrait ; toutes sortes d'appétits vulgaires, le besoin de jouir, le besoin de paraître,
d'être considérable ; bavard, quelquefois spirituel ;

souple, hautain avec les humbles, servile avec les
grands. Le voici dans le monde, et de son mieux il y
prépare son affaire. Il est jeune, ardent, sensuel même.
Mais il sait déjà, quand il le faut, avoir raison de sa
jeunesse et de son ardeur. Il y a là tout un troupeau
de jeunes filles. Elles ont seize ans, dix-huit ans,
vingt ans; celles-ci sont jolies, celles-là ne le sont
point; les unes sont riches, les autres pauvres. Laquelle
choisir? Il n'en choisit aucune, mais il est décidé à
s'y prendre de telle façon que parmi les riches il en
compromettra le plus grand nombre possible. Il se fera
empressé, langoureux, tragique. Il se croit séduisant,
il l'est, en use et en abuse. Avec cette brune à l'œil
éveillé et inquiet, il sera audacieux, brutal même.
Avec cette autre, blonde, frêle et mélancolique, il se
montrera discret et mélancolique. Il se gardera cependant d'une trop grande discrétion. Il veut en effet
être vu. Pour être vu, il n'est point de grimaces qu'il ne
soit prêt à faire. Aussi dit-on de lui : « Il compromet
toutes les jeunes filles ! » On ne le lui reproche pas trop
d'ailleurs. Il veut se marier, ses intentions sont pures.
En effet, sa résolution est bien prise et son but est
bien le mariage. Parfois on le juge peut-être un peu
léger, mais il demeure aux yeux du monde, en somme,
un très honnête garçon. Lui, il rit dans sa barbiche et
se dit : « Quand je les aurai toutes compromises, c'est

bien le diable s'il ne s'en trouve point une dans le tas,
pour se décider à me donner son argent. » Il se dit
cela très bas.

Mais voyez donc devant lui, à dîner ou au bal, voici
un autre gaillard d'une autre espèce, jeune aussi, galant aussi, compromettant aussi, et peut-être plus fat
encore. Regardez-le : il soupire, s'enflamme, s'émeut,
et cependant s'observe. Comme l'autre, il semble n'a-
voir qu'une chose en tête : plaire aux jeunes filles qui
sont là, les intéresser, les toucher. Oh! ses intentions
à lui ne sont guère avouables, car quoi qu'il arrive, il
est tout à fait décidé à ne se point marier. Que veut-il
donc? Il ne le sait trop lui-même, mais le certain, c'est
qu'il ne peut voir une jolie personne sans lui parler
d'amour. Il ne s'en cache pas : l'amour est la chose qui
l'amuse le plus au monde. Et, sincère et fourbe tout
ensemble, il s'ingénie de cent manières à satisfaire
son égoïste désir. Il est sensible, parfois même il est
tendre, mais c'est surtout aux suggestions de la vanité
qu'il obéit. Si une pauvre enfant lui a laissé entendre
qu'elle non plus elle ne le voit point avec indifférence,
si elle lui a donné son gant, une fleur, un peu de ses
cheveux, si elle lui a permis de boire dans son verre,
il s'estime le plus fortuné des hommes, et pousse même
quelquefois l'aplomb jusqu'à lui dire les larmes aux
yeux : « Voyez à quelle hauteur de désintéressement

s'élève mon amour; je n'ai même point la pensée de vous épouser!» Mais, s'écriera-t-on, c'est là une conduite déplorable. Je n'en disconviens pas, et je tombe d'accord que la morale ne trouve pas son compte dans ces façons; seulement je vous demanderai, à mon tour, quel est, en bonne conscience, celui de ces deux coupables qui vous inspire le plus de répulsion. Que blâmez-vous le plus fort, de la dangereuse légèreté du galant, du mauvais sujet, si vous voulez, ou de l'hypocrite cupidité du fiancé. Pour ma part, je ne saurais hésiter.

Il y a, en effet, entre l'action de l'un et celle de l'autre, la distance qui sépare une action douteuse d'une action ignoble. Les protestations intéressées, le manque de bonne foi du jeune fat, ne peuvent être jugées avec indulgence. Mais dans les grimaces, les coquetteries suspectes, les manœuvres frauduleuses du futur époux, ne sentez-vous pas je ne sais quoi de louche, qui semble le mettre tout naturellement au niveau des prostituées et des escrocs de profession?

Cependant c'est dans la façon dont il croit devoir se défendre qu'éclate peut-être le mieux la laideur des intentions de l'homme résolu à s'enrichir par son mariage. Se défendre! s'excuser! Il n'en est guère besoin, à vrai dire. Personne, en général, ne l'attaque.

11.

Mais il lui arrive parfois d'aller au-devant d'une critique possible.

Il a épousé une malheureuse fille, dépourvue de
tout charme. Il la voit laide, et il sent bien que tous
la verront laide. Cela le gêne un peu tout de même.
Alors il vous explique par le menu, avec des mines
austères et souriantes tour à tour, que l'amour vrai
n'est jamais inspiré par la beauté. Bien mieux, il se
laisse aller à la mépriser, cette beauté. Elle est bonne
tout au plus aux plaisirs de la galanterie : un amant
peut y attacher une importance passagère, un mari
doit la dédaigner. Ce qu'il demande à sa femme, ce
sont les qualités solides du cœur, car c'est avec son
cœur seul qu'il l'aime. Et il ajoute avec une nuauce
d'impatience et en rougissant un peu : « La beauté,
vous le savez bien, ne s'adresse qu'aux sens. »

Il peut rougir, car il ne saurait mentir avec plus d'im-
pudence, tromper les gens sur le véritable état de sa
conscience avec plus de cynisme! Non seulement, ce
n'est point là ce qu'il pense ou éprouve, mais c'en est
tout l'opposé. La beauté, loin d'exciter nos instincts inférieurs, éveille au contraire ce qu'il y a en nous de
plus élevé.

Si l'amour chaste est vraiment de ce monde, la
beauté seule peut le faire naître et nous nous montrons
d'autant plus respectueux et réservés envers la femme

aimée qu'elle est plus belle. En provoquant l'admiration, la beauté impose silence au désir, et sa perfection même écarte l'idée de la possession absolue. La passion inspirée par la vraie beauté commence souvent par l'extase et est volontiers rêveuse. Celle, au contraire, que nous concevons pour des êtres disgraciés et laids est presque toujours purement matérielle et devient vite dépravée. Notre homme, lui, n'a de passion d'aucune sorte. Mais, si privée d'attrait que soit celle dont il aspire à être le mari, il se console en se disant qu'après tout elle est une femme. Elle pourra, comme telle, satisfaire au moins, et tant bien que mal, ses appétits d'homme.

Cela lui suffit, et le point de vue bestial est le seul où il se puisse placer pour excuser à ses propres yeux la cupidité de ses desseins. La spéculation chez lui se complique donc d'une sorte de dépravation, et, dans le genre d'union qu'il poursuit, ce n'est pas, comme il l'affirme, des satisfactions morales qu'il s'attend à trouver mais bien l'assouvissement de ses besoins inférieurs.

Il ne saurait, on le voit; s'imaginer rien de plus dégradant que les mobiles auxquels il obéit. Il s'avilit autant que possible. Que lui importe, après tout, s'il ne souffre point de son avilissement? Le monde s'interdit de l'interroger sur ce point. Il lui fait même meilleur visage depuis qu'il le sait riche. Tout est donc pour le mieux, et notre homme aurait vraiment tort de ne point dormir en paix sur le bel oreiller payé par « madame ».

L'INFAME SÉDUCTEUR

Quand l'esprit, ou le bout du nez, ou la tournure d'un jeune homme ont plu assez fort à une jeune fille pour la faire choir « hors de la droite ligne », ce jeune homme, devient, du coup, un grand misérable. Les avis sur ce point ne sont guère partagés. L'action du jeune homme est réputée une des plus noires qui soient. Pour la juger, on se sert de mots très durs. « C'est un crime, c'est un vol ! » Les âmes exaltées font même remarquer que c'est le pire des vols. Voler la bourse d'un homme, cela passe encore. Mais voler l'honneur d'une femme ! Songez donc ! cela ne passe plus.

Et ce n'est pas seulement dans les menus propos

que les mortels échangent communément entre soi, que ces sévères sentiments se font jour, c'est encore dans le sanctuaire même de la justice. Cette fois la conséquence est directe. On la connaît. Les jeunes personnes qui viennent dire à leurs juges : « J'ai foulé aux pieds la pudeur en compagnie d'un joli garçon, mais au bout de quelques mois, il m'a montré qu'il ne voulait plus, lui, fouler aux pieds la pudeur en ma compagnie. Cela m'a souverainement déplu, et je le lui ai fait voir en lui envoyant des coups de revolver et des flots de vitriol par la figure... » Les jeunes personnes, qui tiennent ce langage déluré sont généralement félicitées, et il ne manque pas de voix autorisées pour flétrir l'infâme suborneur, dont l'attentat n'est point considéré comme assez puni, même s'il a eu plusieurs côtes brisées et les yeux crevés.

Séducteur, suborneur, infâme, tout cela est bien vite dit. Il se pourrait même que cela fût trop vite dit. La chose cependant mérite d'être jugée avec réflexion. Nous allons tâcher de le faire, sans nous occuper de savoir si les jurys ont tort ou raison d'acquitter les pécheresses qui se vengent si vertement de l'infidélité ou de la lassitude de leurs amants. Les jurys ne prononcent que sur des cas particuliers, et c'est le fait même de la séduction que nous nous proposons d'envisager sous quelques-uns de ses aspects.

Le sujet est scabreux. Mais, si nous le choisissons, c'est que nous croyons pouvoir le traiter avec convenance, tout en le traitant avec liberté.

Que veut-on dire au juste en disant qu'une jeune fille a été séduite? Communément, cela signifie qu'une jeune fille vertueuse cesse de l'être sous l'influence fatalement irrésistible d'une volonté plus forte que la sienne. Ce sens donné à la séduction suppose donc résolue une question capitale, à savoir que la jeune fille n'a pas de responsabilité. S'il en est ainsi, on ne saurait imaginer un rôle plus répugnant que celui du séducteur. Mais il serait difficile d'établir cette irresponsabilité par des preuves. A cet égard, la nature a donné à la femme comme à l'homme un instinct d'une force égale, et l'éducation seule le fait se manifester chez celle-là avec plus de réserve que chez celui-ci. Il n'est donc pas conforme à la réalité de représenter la jeune fille comme un être inconscient hors d'état de comprendre la valeur de ses actes. Elle sait, sur ce point, à quoi s'en tenir, et c'est pour cela que l'acception courante du mot « séduction » n'est point exacte. Il n'y a vraiment séduction que dans le cas où, la femme séduite a été abusée. Ce cas est rare, car, même en la supposant trompée, il reste toujours à la jeune fille, en ces sortes d'aventures, assez de possession d'elle-même pour l'empêcher, si elle le veut, de

faire des sottises. Qu'un amoureux fourbe promette le
mariage à celle qu'il est décidé à abandonner après sa
chute, voilà certes une infamie sur la réalité de laquelle aucun doute n'est permis. Il n'en demeure pas
moins que, si elle a le goût de l'honneur plus enraciné
dans l'âme que le secret et doux désir de choir, la
jeune fille pourra, encore cette fois, résister aux conseils de son traître amant. Cela ne sera pas facile,
mais cela est possible.

Car enfin, si ingénue fût-elle, quand elle n'est plus
une enfant, une femme n'ignore pas que les satisfactions de l'amour ne sauraient être honnêtement goû-
tées en dehors du mariage. Ce n'est pas au-dessus
des forces humaines de dire au fiancé le plus ardent :
« Un peu de patience. » Le grand Meyerbeer a mis
superbement ce point de morale en musique, et à
l'Opéra, où les choses ne se passent cependant pas
d'une façon trop farouche, la princesse Isabelle fait
entendre raison à Robert, duc de Normandie, avec une
rigueur d'où ne sont exclus ni le charme ni même la
passion. Elle l'aime pourtant, son Robert, mais,
comme elle a le cœur haut situé, elle entend l'aimer
sans rougir. Or la femme est fixée comme nous sur ce
qu'il faut faire pour ne point rougir. Le souci de sa
pudeur est le premier de ses soucis et elle sait qu'elle
ne doit point l'oublier aussi nettement que nous sa-

vons, nous, que nous ne devons être ni lâches ni par-
jures. Et, de fait, ne peut-on pas dire que, si le courage
est la pudeur de l'homme, la pudeur est le courage de
la femme ?

La pudeur ! c'est peut-être la haute idée qu'on se
fait de cet attribut essentiel de la femme, qui nous
rend si sévère envers l'homme assez favorisé pour en
obtenir, à son profit, le complet sacrifice. Cette sévérité est trop implacable pour ne pas être mêlée d'un
peu de jalousie, car une vierge, c'est certain, paraît
donner moins à son époux qu'une vierge ne donne à
son amant. En disant : cela est certain, j'entends
simplement : cela a l'apparence de la certitude. Avec
les grimaces de l'éducation française, on ne peut guère
en effet, connaître ce qu'il y a au fond du cœur d'une
jeune fille, et, partant, il est difficile de savoir exactement à quoi s'en tenir à cet égard. Il serait bien
perspicace, celui qui, sur la seule physionomie de
deux fillettes françaises de dix-huit ans, dirait : celle-
ci sera une brave femme, celle-là ne sera point une
brave femme, car ni l'une ni l'autre ne laissent de-
viner ce qu'elles sont. Elles ne parlent de rien, ne
paraissent avoir d'idée sur rien, ne jamais penser à
rien. Courbées au joug d'une règle uniforme et artificielle, on jurerait qu'elles ont pour idéal l'insigni-
fiance et la bêtise même. Voyez-les : même regard,

même sourire, même maintien niais et effarouché.
Celle qui, six mois après son mariage, courra les
fiacres et les garnis de l'adultère, baisse les yeux et
rougit comme cette autre dont l'âme austère et délicate demeurera à l'abri de la tentation et se briserait
plutôt que de faillir.

Il n'en est pas moins vrai que, pour les natures
perverses, — elles sont assez nombreuses, — l'abandon, même apparent, de la vertu, a un charme
dont la malsaine puissance est incontestable. Une
dévergondée de dix-sept ans fut-elle tout à fait résolue à vivre avec une immoralité parfaite, arrivera
facilement à persuader au complice de sa première
faute, qu'elle consent, pour lui, au plus grand des sacrifices! Et, en fait, il est permis à ce complice de
se considérer comme particulièrement heureux.
Ne semble-t-il pas avoir des raisons positives de
croire qu'il a obtenu plus que personne n'a obtenu et
n'obtiendra jamais?

Mais, dans cet exemple, le séducteur aura l'illusion du triomphe, et non pas le triomphe même.
Pour que ce triomphe, au sens où il l'entend, fût
complet, il lui faudrait avoir vaincu les résistances
d'un cœur vraiment vertueux. Or, nous le croyons,
un cœur vraiment vertueux saura toujours résister.
Cela revient à dire qu'en ces rencontres, il ne peut

être question, pour parler net, de réel sacrifice de la
vertu. En disant cela, je le sais, je choque de très
honnêtes esprits, et l'on ne manquera pas de s'écrier:
Quoi! vous n'admettez point que l'expérience d'un
débauché abuse de l'innocence d'une enfant de seize
ans? Quoi! ce mot de séduction, qui répond à tant
de méchants sentiments, qui évoque tant de souvenirs
touchants et tragiques, serait vide de sens? Quoi! vous
n'avez pas pitié d'une malheureuse femme que son
déshonneur va livrer à une vie de misère et de désordre? Et son nom souillé! Et, mieux que tout cela,
l'enfant, victime infortunée de la faiblesse de sa mère
et du crime de l'autre! Tout cela est cependant la conséquence de la séduction, et vous refusez de croire à
la séduction!...

Je crois peu, en effet, à la séduction, ou du moins,
je pense que les femmes séduites ne demandaient
qu'à être séduites. Mais, c'est de la portée morale
de la séduction en soi, que j'entends me rendre
compte, et je ne veux pas nier le caractère triste et poi-
gnant des malheurs que l'amour irrégulier entraîne
après soi. Il ne s'agit pas de décider si une femme qui
a succombé est plus à plaindre qu'à condamner, et
encore moins de décider si un homme peut, sans être
un coquin, abandonner et son enfant et la mère de cet
enfant. Ce n'est point la question. Je cherche sim-

plement à savoir si, en jugeant le fait de la séduction,
il est juste d'y attribuer à l'homme une part de responsabilité considérable et de décharger la femme
de toute responsabilité. Je ne trouve pas cela juste ;
mais, je crois avoir découvert la source d'une opinion
ou mieux d'un préjugé si répandu. C'est l'erreur fon-
damentale, où nous tombons en affirmant que la
femme a moins de penchant et de goût pour l'amour que
l'homme. Réfuter cette erreur n'est pas très facile, car
nous ignorons sur quoi elle se fonde. En général, il est
vrai, la femme attend les hommages de l'homme et
ne lui offre pas les siens la première. Mais cela ne
prouve pas grand'chose. Ce qu'il faudrait établir c'est
qu'elle peut se passer de ces hommages. Or, non seulement elle les recherche, mais elle marque avec la
plus vivante clarté qu'elle en a un besoin furieux.
S'ils viennent à lui manquer, voyez avec quelle inquiétude, avec quelle passion naïve, d'abord, puis
bientôt maladroite, elle les provoque et les appelle!
Essayez donc de dédaigner une coquette, et si humble,
si chétif fussiez-vous, vous pourrez juger de l'ardeur
enragée et piteuse qu'elle mettra, elle, l'orgueil et
l'égoïsme même, à vaincre ou à adoucir vos dédains.
Toutes les grimaces, elle les fera ; toutes les humi-
liations, elle les acceptera ; elle se fera lâche, petite,
sous le coup de fouet du désir où elle est de vous voir

comme les autres à ses pieds et de se moquer de vous
comme des autres. Rien ne la rebutera et, disons le
mot, rien ne la dégoûtera, tant qu'elle n'aura pas
obtenu ce qu'elle veut obtenir. La chose faite, elle
redeviendra froide et digne.

Toutes les femmes, dira-t-on, ne sont pas des co-
quettes. Soit! Mais, au fond de la plus belle âme de
femme, il y a un levain de coquetterie, et il n'en est
pas une parmi les plus sévères, qui prenne son parti
de passer tout à fait inaperçue. Demandez aux pauvres
laides, aux vieilles filles, et, si elles sont sincères,
elles vous répondront que le tourment de leur vie,
c'est de n'avoir jamais été distinguées, de n'avoir
jamais été aimées. Non la femme n'a pas moins besoin d'amour que nous. Chez certaines d'entre elles,
l'amour revêt peut-être une forme plus délicate, mais
c'est encore de l'amour, et d'ailleurs, plus la notion
que nous avons de ce sentiment est élevée, plus nous
avons le désir de le savoir compris et de le faire partager.

Il n'est donc pas admissible de soutenir que les
mauvais penchants de l'homme entraînent seuls la
chute de la femme. S'il y a, certes, un grand nombre
de libertins, il n'est pas douteux qu'il n'y ait au moins
un aussi grand nombre de femmes aimables. Je dis
« au moins » à dessein, car, sans tenir compte des

complaisances payées des filles proprement dites, on peut remarquer que les passions amoureuses ou galantes de l'homme trouvent à se satisfaire dans une très large proportion. Ceux qui, comme don Juan, ont le droit d'inscrire sur leur liste le nom de mille et trois victimes, sont rares, du moins je veux l'espérer. Mais vous n'êtes pas sans avoir reçu des confidences du genre de celles du Bordognon d'Augier. Ce Bordognon n'est ni beau, ni riche, ni brillant ; il laisse cependant entendre que, même auprès des filles des croisés, il n'a point connu le désagrément de soupirer en vain. Il ajoute d'ailleurs avec une belle bonhommie, que cela ne lui a point donné une trop haute idée de la vertu des femmes et de la fierté de l'aristocratie française. Et ce n'est pas un fat ridicule, il ne ment pas, Bordognon, il dit simplement les choses comme elles sont. Le monde pourrait l'imiter, ne point se payer de mots, voir la réalité comme elle est, et se souvenir de ce qu'il a vu. L'indignation est bonne ; mais quand elle ne répond pas à un sentiment vrai, elle glisse vite dans la déclamation, qui ne vaut guère.

Il est vrai de dire que, sans l'intervention de l'homme, la femme, dans l'ordre d'idées où nous sommes, tout au moins ne ferait pas de sottises ; mais il en est plus d'une, dont le rêve le plus cher est de

voir cette intervention se produire le plus tôt possible.
Chez elles, comme chez nous, la vertu est rare, et
celles qui succombent à la première attaque et à la
fleur de l'âge n'avaient sans doute pas une vocation
bien déterminée pour la vertu. Car, enfin, il a bien
fallu qu'elles fissent le premier pas, les aimables éga-
rées qui peuplent les deux mondes, et il serait téméraire d'avancer qu'elles ont toutes été victimes des
machinations ténébreuses de l'infâme séducteur, à
l'heure où elles ont fait ce premier pas. Quelques-
unes ont bien pu vraiment le faire, comme on dit,
pour le plaisir.

L'infamie du séducteur est d'ailleurs, on le voit,
plus facile à proclamer qu'à démontrer. Je l'ai reconnu
tout à l'heure, un homme qui, par le mensonge ou la
ruse, trompe une femme sur ses intentions réelles et
la pousse ainsi à faire ce qu'elle n'eût peut-être point
fait si elle avait su la vérité, cet homme, commet
une très vile action. Mais il est bien rare que les choses
se passent ainsi, car les femmes qui ont envie de
pécher autant que les hommes, quand l'heure du
péché a sonné, ne demandent généralement pas tant
d'explications.

Comme nous, elles cèdent à certains mobiles dont
la plupart, pour être très humains, n'en sont pas plus
beaux : la curiosité de l'imagination, celle des sens,

la vanité, le simple goût de l'inconnu, quelquefois
l'attrait même du mal et quelquefois aussi, il faut le
dire, les nobles entraînements de la tendresse. Nous
ne valons pas mieux qu'elles, mais particulièrement en
ces sortes d'histoires, elles ne valent pas mieux que
nous. Il reste donc très difficile de discerner, quand
un jeune homme et une jeune fille outragent la morale
de cette façon, quel est au juste celui qui avait la volonté la plus préméditée d'outrager la morale, et, pour
nous servir d'un gros mot, quel est le plus coupable.
Hélas ! ils sont coupables tous les deux, et à tous les
égards possibles, ils eussent beaucoup mieux fait de
se tenir tranquilles ! On dit, il est vrai : Mais c'est
l'homme qui a commencé ! Commencé ! commencé ! Il
y a bien des manières de commencer ; et je citerais
plus d'une fillette aux yeux bleus, délicieusement
sournois, qui, sans en avoir l'air, sait commencer le
mieux du monde et faire tout ce qu'il faut pour bien
engager les affaires.

Tout cela me paraît l'évidence même ; mais l'opinion persiste avec une énergie déréglée à accabler de
ses plus durs mépris le mauvais sujet, qui n'a point été
assez sage pour ne pas profiter des bonnes ou des
mauvaises dispositions d'une jeune évaporée.

Il est le dernier des êtres, tandis qu'elle demeure et
en dépit de sa chute, la plus intéressante des créa-

tures. Cela nous semble excessif et un peu contraire aux lois d'une bonne justice. Nous nous sommes efforcé de dire pourquoi, estimant qu'il n'est jamais très moral de s'indigner à faux. Et, de fait, la morale même n'est-elle point intéressée à ce que nous ne laissions pas entendre trop clairement aux jeunes personnes qu'elles ne sauraient avoir ni regret ni repentir de leurs fautes ou de leurs défaillances, puisque, l'homme y ayant tout fait, elles n'y sont, elles, pour rien ? Il serait peut-être plus honnête et à coup sûr plus prudent, de recommander aux jeunes filles et aux jeunes gens une égale sagesse.

CHAGRINS D'AMOUR

Ce sont d'affreux chagrins. Depuis que le monde existe, il s'intéresse avec passion aux chagrins, aux ravages, aux folies, aux crimes de l'amour. L'amour tient encore une plus grande place dans la vie des hommes que dans celle des bêtes. Cela s'explique. Le jour, en effet, où il n'y aurait plus d'amour, il n'y aurait plus ni hommes, ni bêtes, ni monde, et les hommes, en particulier, estiment à l'ordinaire le monde bon et la vie douce. Quelques esprits sombres ont, il est vrai, mis en doute la rigueur de cette opinion ; ils ont été jusqu'à présent assez peu écoutés, et le compte serait vite fait de ceux qui pensent que Dieu eut le diable au corps le matin où, de son autorité privée, il inter-

rompit « le repos sacré du néant ». L'amour se lie à
l'existence même des choses. Il n'est donc pas étonnant de nous voir attacher tant d'importance à ce qui
se passe dans le cœur des amoureux. La poésie, la tra-
gédie, la comédie même, ont vécu là-dessus, et si la
Providence s'avisait de supprimer l'amour dans la
littérature, elle porterait à celle-ci un grand coup. La
Providence n'y songe sans doute pas, et il s'écoulera
encore du temps avant qu'on renonce à nous faire frémir avec les amours de Phèdre ou d'Hermione, ou rire
avec celles de Pierrot et de Pierrette.

Pourtant, c'est surtout par ses côtés tragiques que
l'amour nous intéresse, car, nous en avons le pressentiment, rien ne saurait égaler la grandeur et l'intensité
des maux engendrés par l'amour. D'ailleurs, à défaut
de ce pressentiment, la réalité nous renseignerait à cet
égard avec toute la clarté possible.

Les suicides par amour sont en effet tellement nombreux, que, lorsqu'il s'en rencontre un dont la cause
est inconnue, les journaux ne manquent pas, à tout
hasard et au petit bonheur, de « l'attribuer à des chagrins d'amour ». Cette formule s'applique à la plupart
des cas, et l'on n'a point songé à en chercher une
autre. Il semble en vérité que la mort et l'amour soient
décidément faits pour s'entendre, et que nous ne
soyons jamais aussi près de haïr la vie que lorsque

nous sommes amoureux. Du reste, toute réserve faite
sur la valeur morale du suicide, il révèle, on ne saurait le nier, un état de désespoir intolérable. Nous
disons volontiers : « Plutôt mourir ! Plutôt endurer
mille fois la mort ! » Ces exclamations, en général, ne
tirent pas à conséquence; elles sont du domaine de la
pure rhétorique. En réalité, cela nous ennuie beaucoup de mourir, et pour accepter avec bonne grâce
cette nécessité du sort, il nous faut une certaine dose
de philosophie. Mais que penser de l'être, qui, de lui-
même, après en avoir délibéré, non seulement accepte
la mort, mais va au-devant d'elle, et dit : « Dans un
quart d'heure, dans cinq minutes, dans une seconde,
je vais savoir comment cela fait, quand on est mort! »
et qui, ayant dit cela, se met à s'ouvrir la gorge, ou à
faire sauter sa pauvre cervelle? Qu'en penser, si ce
n'est qu'à coup sûr, il préfère tout, — c'est bien le cas
de le dire, — à la vie, à cette triste vie qu'une loi naturelle, assez mal fondée en apparence, nous fait cependant aimer très fort. Or la passion de l'amour a été,
de son côté, si bien créée pour tourmenter les gens,
qu'il n'est guère de jour où quelque mortel, pour
échapper à ses horribles tourments, ne se décide à
aller faire connaissance avec ce fameux pays dont le
prince Hamlet dit avec plus de justesse que de profondeur : « Ce pays d'où nul voyageur n'a pu encore

12.

revenir. » Mais si tous les amants malheureux ne se
tuent point, si l'excès de leur malheur ne les pousse
point tous à cet acte sinistre et solennel du suicide,
il n'en demeure pas moins que celui qui souffre par
amour, souffre autant qu'il est possible de souffrir.

Quand on veut se prononcer sur de pareilles questions, il est indispensable de les aborder avec une
entière sincérité, et de ne point se payer de mots.
Pour essayer de connaître le fond des choses, il faut
avant tout regarder les choses en face, sans être arrêté ni par le préjugé ni par le respect humain. Or,
parmi les douleurs les plus légitimes, les plus sacrées,
en est-il une seule qui soit comparable à la douleur de
certains amants ? Peut-on citer beaucoup de fils, même
parmi les meilleurs, qui se soient tués parce qu'ils
avaient perdu leur mère ? Beaucoup de pères qui se
soient tués parce qu'ils avaient perdu leur fils ? Beaucoup d'amis, parce qu'ils avaient perdu leur ami ? Pour
ma part, je n'en connais pas, et, comme tout le monde,
je n'en aurais pas fini de compter les amants dont le
désespoir a été tel que, plutôt que de le supporter une
heure, un instant de plus, ils ont mieux aimé mourir.
Mais, négligeons ces exemples tragiques, — ils demeurent, en somme, des exceptions, — et tenons-
nous en au train ordinaire des choses. Qui n'a eu le
spectacle ou les confidences d'un homme ou d'une

femme dédaignés, abandonnés ou trahis? Qui n'a été
témoin de leurs angoisses, de leur affolement, de leur
rage ?

Prenons le jaloux. Il aime ; il n'est point un instant
de la nuit ou du jour où, avec une sorte d'extase, il ne
se complaise dans l'idée de son bonheur. Le bonheur
pour lui gît en ceci : il sera aimé comme il aime. Or
il voit, il entend celui ou celle qu'il aime dire à un
autre : « C'est toi, rien que toi, que j'aime au monde ;
tout ce qui n'est pas toi m'importune et m'ennuie. Les
autres, je les juge laids, inférieurs et ridicules. Toi
seul es beau, fort et supérieur. Celui qui me parlerait
d'amour et ne serait point toi me ferait rire et me ferait pitié. Je suis fier de t'aimer ainsi. Il me plaît de te
le dire et de me prosterner devant toi comme devant
Dieu même. » Ah! s'il voyait, s'il entendait cela, le
malheureux, il ferait une vilaine grimace ; mais si laide
fût-elle, cette grimace, elle ne trahirait que fort imparfaitement les tortures de son âme. Il y a sur ce
sujet, la jalousie, qui est la forme la plus effroyable
de l'amour, un conte indien d'une signification profonde et féroce. Vous vous le rappelez : le dieu Indra
accorde à un damné de revenir sur terre pour revoir
les traits de sa fiancée. Mais Indra, dont la mansuétude
n'est pas toujours égale, met à cela une condition : le
damné, son vœu une fois exaucé, reviendra sur l'heure

se livrer aux plus épouvantables supplices pour l'éternité ou à peu près. L'autre, bien qu'il fût au bout de sa peine, n'hésite pas, et part. Or, en arrivant sur terre, il voit bien sa fiancée, mais elle embrasse un autre homme et lui jure qu'elle n'a jamais aimé que lui. « Je te fais grâce, dit Indra : tu viens d'endurer en un instant un mal qui est plus grand que celui que te feraient connaître, pendant des milliers de siècles, les supplices les mieux compris. » Il se peut qu'Indra ait un peu exagéré, — les dieux sont si menteurs ! — mais il y a dans ses paroles une telle part de vérité, que l'on peut vraiment dire à ce dieu de l'air et des saisons : « Voilà qui est parlé ! » Hélas ! oui, les douleurs que l'amour nous inflige sont les plus grandes de toutes les douleurs, et je serais presque tenté de dire : Celui qui n'a point souffert par l'amour ne connaît point la vraie souffrance.

Il est assurément plus facile de rappeler cette loi cruelle que de la justifier. N'est-il pas révoltant de penser qu'un homme bon souffre plus — par exemple — de la trahison d'une maîtresse indigne ou capricieuse que de la mort d'une mère ? Encore une fois, ne criez pas au sacrilège. Cela est, et, si déconcertant ou triste que cela soit, ce n'est pas une raison de ne point le voir. Supposez, si vous voulez, que dans le même instant, un cœur sensible et généreux subisse ces deux épreuves. La

femme qu'il aime, — épouse ou maîtresse, il importe
peu, — le trompe. Il le découvre et apprend du même
coup la mort de sa mère. Interrogez-le, demandez-lui
laquelle des deux douleurs il échangerait pour l'autre.
Oh! je sais bien ce qu'il répondra! Il s'indignera
d'abord de la question même. Elle ne peut pas en être
une. Il est des choses respectables, il en est de misé-
rables. Entre le mal que lui fait l'action d'un être méchant et dégradé et la noble douleur causée par la mort
de l'être qu'il a le plus respecté au monde, toute com-
paraison est impossible. L'idée seule de cette compa-
raison lui fait monter le rouge au front. C'est bien,
laissez cette rougeur monter tout à son aise, puis in-
sistez, interrogez-le encore, pressez-le, dites-lui : « Je
ne te demande point ce que tu voudrais sentir; mais
bien ce que tu sens; je ne te demande point si ta douleur est honteuse ou noble, mais simplement ce qu'elle
est, jusqu'où elle va, et puisque tu souffres de deux façons je te demande laquelle est supportable et laquelle
ne l'est pas. » Pour le coup, s'il est de bonne foi, je sais
encore ce qu'il vous répondra, le malheureux, à voix
basse et les yeux baissés. Ce ne sera point très beau,
mais cela vous prouvera, si vous en doutiez, que les
plus affreux chagrins sont décidément ceux de l'amour,
du féroce et implacable amour.

Ce ne peut être, je le crains, contesté. Relevons ce-

pendant une chose qui y paraît contradictoire, à savoir
le peu de respect des hommes pour ces chagrins qu'ils
savent être si poignants. Il n'est rien, de plus respectable que la douleur, et les douleurs les plus grandes
sont naturellement les plus respectables. Néanmoins
tous, tant que nous sommes, les bons, les méchants,
les malins, les naïfs, nous répugnons à compatir aux
catastrophes dont l'amour est la cause. Un ami perd
quelqu'un des siens, est malade, blessé, ruiné, et
nous voici tout en l'air, avec des mines déconfites,
des serrements de mains dramatiques, des yeux de
carpe, des protestations, tout un flot de bonnes paroles.
« Ce pauvre enfant! ce pauvre garçon!» On lui donne
toutes les vertus! Ceux qui l'aiment tout de bon sont
troublés, bouleversés, ils pleurent aussi, s'offrent à rendre des services, en rendent. De partout s'élève une
clameur de sympathie et de pitié. Mais que le même
homme soit terrassé par un de ces coups terribles dont
nous parlions tout à l'heure, que sa vie soit brisée,
que les tourments fous que l'amour tient toujours et
sournoisement en réserve viennent fondre sur son
cœur, le lui arracher, le lui déchiqueter, que le délire
et la fièvre des suprêmes désespoirs lui brûle le cerveau, qu'il appelle sa mère, comme les femmes sous
le bistouri du chirurgien, qu'en deux nuits ses cheveux
blanchissent, que son visage se ride, que ses joues se

creusent, qu'il soit enfin le plus à plaindre, le plus
misérable des hommes, hélas! il ne trouvera cette fois
ni assistance, ni consolation. Ses vrais amis, certes,
le plaindront s'ils le voient pleurer, s'ils l'entendent
crier d'une voix étouffée par l'angoisse et avec des
yeux hagards : « J'endure un martyre tel que je ne
croyais point qu'un être vivant pût en endurer! » Oui,
ils le plaindront, mais, si bons soient-ils, ils le plaindront du bout des lèvres, et plus par convenance que
par conviction. Ils diront : « Cela se calmera! cela se
passera! » et iront très allègrement à leurs affaires.
Cela se calmera! Belle raison! Mais quelle douleur,
grands dieux, ne se calme pas! La maladie même, qui
est, elle aussi, une des formes les plus sinistres de la
misère humaine, ne finit-elle point par se calmer, à
l'instant où elle trouve sa solution naturelle dans la
mort? Mais si les amis ne sont pas vraiment touchés,
les autres seront plus qu'indifférents. Pour un peu,
nous dirions qu'ils seront heureux. En tout cas, ils
souriront, riront, s'amuseront du spectacle de cet
affreux mal d'amour, et, chose curieuse, ils feront tout
cela, alors même qu'eux aussi, ils l'auraient connu.
Oh! c'est bien ainsi, et il serait téméraire de demander
au monde, je ne dis point d'éprouver de la pitié pour
les chagrins d'amour, mais simplement de garder son
sérieux quand il les rencontre sur son chemin. En-

tendez-le. Il a des quolibets, des plaisanteries cruelles pour tous les cas possibles. L'amant respectueux est « l'amoureux transi »; le mari trompé, déshonoré, volé, s'appelle d'un nom que les personnes les plus graves ne prononcent jamais sans sourire. Et, nous le savons tous, cependant, l'amant dédaigné, le mari trompé, ce peut-être vous ou moi, aujourd'hui, demain, après-demain. Qui peut répondre d'être toujours aimé et même d'être toujours aimable? Cela ne fait rien; nous rions d'abord, et si notre tour vient de pleurer, nous pleurerons, mais cela ne nous corrigera point. Qu'une occasion nouvelle se présente de rire de ceux qui auront souffert comme nous, pleuré comme nous; et encore, et de plus belle, nous rirons.

Cette contradiction paraît très étrange. Elle s'explique cependant par l'idée même que le monde, se fait de l'amour. Il peut bien répéter qu'il n'est rien de plus beau, le croire même un peu, au fond le monde, d'une façon plus ou moins consciente, perçoit que cet amour si indispensable et si vanté n'a pas une source très noble. Il nous provoque assez souvent, il est vrai, aux actes héroïques, et nous savons certaines de ses manifestations où se révèle ce qu'il y a de plus haut dans le cœur humain : la tendresse, le dévouement, l'abnégation. Soit; mais il n'en demeure pas moins que l'amour, pris en soi, est toujours un sentiment intéressé. Si élevé, si pur que vous le supposiez, il tend à une fin essentiellement égoïste.

> Posant sur ta beauté mon respect comme un voile,
> Je t'aime sans désir comme on aime une étoile,
> Avec le sentiment qu'elle est à l'infini !

Je ne demande pas mieux que de croire le poète sur parole. Mais, en dépit de sa chasteté, le vœu qu'il exprime ainsi procurera, s'il est exaucé, à celui qui le forme, un plaisir qui, pour être délicat, n'en sera pas moins un plaisir très réel. L'absence de désir n'est pas tout à fait l'absence d'espoir, et il se rencontre plus d'une occasion où il est, dit-on, très charmant de savoir partagée sa passion, même si l'on a renoncé à la satisfaire tout de bon. L'amoureux du poète me fait l'effet d'être une assez belle âme, mais malgré son langage discret et sévère, je vois bien que c'est en somme son plaisir qu'il poursuit. Son plaisir ! voilà un mot qui pourrait bien éclairer la question. Le monde pressent, malgré toutes nos protestations de désintéressement, que c'est notre plaisir seul que nous recherchons dans l'amour ; et n'est-ce pas justement pour cela qu'il répugne à nous plaindre et à s'attendrir sur notre sort, dans les mésaventures où nous entraîne l'appât de ce plaisir-là ? Qui, en parlant de l'être aimé, oserait

13

donc dire sans hypocrisie : « Je l'aime pour lui ou pour elle. »

En amour, cela n'aurait point de sens, car c'est pour soi, rien que pour soi, qu'on y aime les gens. Le sacrifice non seulement y est rare, mais il y est inconcevable. On n'y saurait rêver, pour ceux que l'on aime, un bonheur que l'on ne partagerait pas avec eux. A ce point de vue seul, l'amour pourrait donc être considéré comme un sentiment inférieur, mais il y a encore d'autres raisons de croire qu'il n'est point si estimable et glorieux que nous nous plaisons à nous le représenter; celle-ci, par exemple, qu'il ne nous éclaire jamais sur la valeur morale des gens. Un bon fils, un frère dévoué et tendre, un ami sûr, ont bien des chances, d'être des hommes bons. En diriez-vous autant d'un homme dont vous ne sauriez rien, si ce n'est qu'il est un amant passionné ? Tel sacripant peut avoir au cœur la passion la plus implacable [1], et je citerais tel brave garçon qui, avec les

1. J'en citerai, comme exemple la profonde et touchante tendresse de Macbeth, pour sa femme. Il souffre d'être criminel, et, après le crime, ne cesse de se lamenter. Il se lamente à propos du meurtre de Duncan, de Banco, des enfants de Macduff. Or, c'est sa femme qui a poussé au crime ce faible et sympathique scélérat. Il le sait et cependant jamais une plainte, jamais un reproche ne s'échappe de ses lèvres. Jus-

plus précieuses qualités, n'a jamais connu l'amour que
de réputation. Puis, est-il un sentiment plus aveugle,
plus brutal, et où l'estime de soi et des autres tienne
moins de place ? La raison, la justice n'y ont aucune
part. On aime, parce que l'on aime, et l'on s'en vante.
Pourquoi ne pas se vanter de boire parce que l'on a
soif ? ou de manger parce que l'on a faim ?

Mais l'amour n'est point seulement irréfléchi,
égoïste, injuste, sans pitié, il est presque toujours
fourbe. Même dans les cas où il se montre aussi honnête qu'il peut l'être, il est rarement de tous points
loyal et droit. Nous en avons l'impression et cela nous
rend méfiants. Certes, tous les amoureux ne deviennent
point menteurs par le seul fait qu'ils aiment, mais il
est très peu d'amours où le mensonge ne se glisse
plus ou moins. On n'aime pas sans avoir le désir de
plaire, et quand on a le désir de plaire, il est bien
difficile de rester naturel, c'est-à-dire de ne pas mentir un peu. De là tous ces menus manéges, ces réti-
cences, ces faux prétextes, ces façons sournoises de se

qu'au bout il l'aime, cette femme qui, elle, est un pur monstre,
il l'aime de la même sorte passionnée et soumise. Quand elle
meurt, il peut à peine retenir ses sanglots, et pour ne pas dé-
faillir il a besoin de faire appel à son courage de soldat :
« Silence, Macbeth ! reste maître de toi ! Il ne faut pas que l'on
dise que tu pleures un jour de bataille. »

faire valoir, cette répugnance caractéristique à dire la vraie raison des choses, cette recherche perpétuelle de l'effet dont s'accommode mal l'honnête et simple franchise. Puis, il ne faut pas l'oublier, nous nous sommes mis en tête, avec plus de pudeur peut-être que de conviction, qu'il n'est point de véritable amour sans fidélité. Or, cette fidélité qui implique, chez la femme comme chez l'homme, l'idée d'une affection unique, est en fait très rare. Les exemples qu'on en cite ont un caractère quasi-miraculeux. Nous le savons, et, doutant de la fidélité, nous nous en autorisons, ce qui est arbitraire, à douter de l'amour.

Ce n'est pas tout. Nous avons encore à signaler une des causes importantes de notre froideur devant les douleurs produites par l'amour. Cette cause, dérive de notre égoïsme, de notre méchanceté même. Le spectacle de l'amour, en effet, qui dans la fiction nous captive si fort, dans la réalité, au contraire, nous irrite et nous blesse. Nous estimons simple d'être pour notre compte Don Juan, Fortunio ou Antony, mais nous ne tolérons guère que nos voisins prétendent aux mêmes rôles. Bien mieux, nous les trouvons téméraires et ridicules de s'y essayer, et nous avons besoin de nous surveiller beaucoup pour ne point le leur laisser voir. Jamais nous n'avouons nos sentiments à cet égard, mais en dépit des efforts de notre hypocrisie, ils se trahis-

sent journellement. Notre orgueil attache un prix
extraordinaire aux satisfactions que l'amour lui fait
connaître, et c'est pour cela que nous sommes si jaloux
de ceux qui les goûtent. Presque toujours nous les en
jugeons indignes : ils ne sont ni assez beaux, ni assez
spirituels, ni assez charmants. Si, par aventure, ils
nous font la confidence de leur bonheur, nous éprouvons soudain, fussent-ils nos amis, une sorte d'embarras fait d'impatience et d'envie. Certes un tel a du
cœur, de l'esprit, du mérite même, mais, en bonne
conscience, a-t-il rien de ce qu'il faut pour plaire ? Cet
autre est un bel homme. Soit! Mais quel imbécile !
quel pauvre imbécile! Il semble vraiment, qu'en ce
point, nous soyons lésés dans nos droits essentiels par
les hommages que reçoivent les autres. Nous leur en
voulons de leur chance, et nous nous réjouissons inté-
rieurement quand cette chance vient à tourner.

On le voit, l'insensibilité dont nous faisons preuve
lorsque nous sommes en présence des chagrins causés
par l'amour, si elle n'est pas très légitime, se trouve
du moins avoir plus d'une explication. Elle n'est pas à
louer cependant, car la douleur, si suspecte qu'en soit
la source, commande toujours le respect. En tous cas,
il conviendrait de s'entendre, et si l'on prétend rire des
souffrances des amants malheureux, de ne pas, à tout
bout de champ, proclamer l'amour supérieur et divin,

affirmer qu'il n'y a rien de meilleur au monde. L'amour n'est ni si supérieur, ni si divin, ni si bon que cela, mais il offre de réels agréments, et on peut dire plus simplement que, pour ceux qui savent en prendre et en laisser, il demeure une des choses amusantes de la vie.

LE JARDIN

C'est un traître. Oui, avec ses airs corrects et dé-
cents, le jardin est un traître. Il faut s'en méfier, car
mieux encore qu'aux jeux innocents, il se prête aux
jeux réputés les moins innocents. Il sied cependant, et
tout de suite, de ne point exagérer. Il favorise le péché,
mais il ne tient pas à encourager le crime. Il a plutôt
l'âme d'un mauvais sujet sans scrupule que d'un scélérat endurci. Il est immoral, mais généralement il
n'est point vil. Toutefois, ne l'oublions pas, sainte-
nitouche et perfide. Voyez-moi cette bonne mine, honnête et bourgeoise, ces allées sablées, ratissées, avec
leur bordure de vieux buis, luisant et trapu, ces mas-
sifs de lilas, de tamaris, de fusains, cette pelouse qui

étale au soleil toute sa verdure, avec la belle insouciance de l'enfant, ce modeste jet d'eau qui doucement
bruit dans le bassin ; comme tout cela semble fait pour
inspirer confiance. Eh bien ! ne vous y laissez point
prendre, car le jardin est par excellence le protecteur,
le défenseur habile et sournois de l'amour qui se
cache. L'amour qui se cache est généralement l'amour
défendu, et le jardin a pour cet amour-là des complaisances infinies. Il rend hardis les timides, élo-
quents les sots, et invite à l'indulgence ou à la générosité celles qui ont pris le mieux la résolution de
n'être ni indulgentes ni généreuses quand il y a danger
à l'être. Il est doucereux, aimable, insinuant, enga-
geant, donne des idées, quelquefois des conseils, mais,
— et cela le sauve, — il n'est pas compromettant.

Insistons sur ce point, il a son importance : le jardin ne compromet pas les gens. En cela, il ressemble
à ces personnes à la tenue austère, à la voix douce et
grave, qui remplissent avec tact et succès ce bel emploi, dont la Nuit, dans *Amphitryon*, dit qu'il n'a pas,
« un nom fort honnête ». La Nuit n'est pourtant pas bé-
gueule, et, en somme, elle finit par faire de très bonne
grâce ce que lui a demandé Mercure. Le jardin, lui,
n'attend pas l'ordre des dieux, et c'est de soi-même
qu'il invite les mortels à pécher. Il ne paraît point y
mettre de malice, mais il est ainsi fait que la fréquen-

tation nous en pousse tout naturellement à commettre de ces jolies sottises dont les conséquences sont par fois si dramatiques. Je suis loin d'accepter, en bloc et sans réserve, la théorie de M. Taine sur l'influence des milieux, et j'hésite à croire que les ifs du parc de Versailles soient vraiment la seule cause de la noble douleur d'Andromaque. Il y a cependant, personne ne l'a jamais contesté, une assez grande part de vérité dans cette théorie. Je ne l'ai, pour ma part, jamais mieux senti qu'en considérant la façon dont se comportent dans la vie ceux qui ont eu la bonne et dangereuse fortune de naître, de grandir, d'être élevés dans une habitation où il y avait un jardin.

Mais entendons-nous bien sur ce mot « jardin ». Je ne veux point désigner par là, ce petit puits de cinq ou six cents mètres de superficie où, dans les environs de Paris, on voit quatre pommiers dépérir d'ennui parallèlement à quatre poiriers. Il s'agit encore moins du parc. Le parc eut-il seulement six ou huit hectares, c'est la campagne, le dehors. Il n'est pas plus permis de s'égarer dans un parc que dans un bois. Une jeune fille qui dirait à sa maman où à son papa, à six heures du soir ou même à onze heures du matin : « Je vais faire un tour dans le parc avec mon cousin Lucien », courrait grand risque de se faire répondre : « Laisse donc ton cousin Lucien faire son tour tout

seul! » Mais dans l'honnête jardin, le jardin proprement dit, non seulement elle pourrait faire plusieurs
tours tout à son aise avec son cousin Lucien, mais elle
n'aurait pas même à en avertir papa ou maman. Qu'est-
ce donc que le jardin? C'est le salon, le boudoir, la
salle de billard prolongés, avec plus d'air, plus d'espace et certains petits coins mystérieux, qui n'ont
point l'air trop mystérieux.

Quel jardin de deux ou trois arpents n'a pas pour
le moins un bout de charmille, une allée du fond, un
ou deux berceaux, un *rond*, etc...? Je ne parle pas
du kiosque. Le kiosque, lui, est plus franc. Il a une
porte, des chaises, une table. C'est une pièce, et une
jeune fille et un jeune homme ne pourraient guère
plus s'y entretenir de leurs petites affaires, sans scan-
dale, que dans une chambre à coucher. Le kiosque
montre son jeu. On ne va pas dans le kiosque. La serre
est plus abordable; cependant il ne siérait pas non plus
d'en abuser.

Mais l'allée du fond, mais le *rond?* Pourquoi, je
vous le demande, n'y point aller? Quoi de plus innocent qu'une allée, qu'un petit *rond* formé par des
arbustes? Ils ne sont pas éloignés de cent mètres de
la maison, sont ouvert par les deux bouts, et papa,
maman, amis, invités, domestiques, peuvent y entrer
d'un moment à l'autre. Le berceau même n'est pas

suspect. Dans le jour, on s'y met à l'abri du soleil, et le soir on y va sans être vu.

Il y a plus. Le jardin est, par la force des choses, le lieu le plus charmant de l'habitation. On a choisi cette habitation précisément parce qu'il y avait un jardin, et on l'a surtout choisie pour que les enfants profitassent le plus largement possible de ce jardin. On les y envoie le matin, l'après-midi, hiver comme été. C'est là qu'ils se sentent le plus heureux, parce que c'est là qu'ils se savent le plus libres. Allez donc maintenant dire à une fillette de quinze ans ou à un collégien de dix-sept : « Désormais il est interdit d'aller au jardin ! » On ne le leur dit pas, et si on le leur disait ils ne le comprendraient pas et s'y soumet-traient difficilement. Or, c'est à ce moment que le jar-din va se faire le complice insidieux des desseins, où l'instinct de l'amour entraîne leurs jeunes âmes. Cela est fatal. Jugez plutôt.

Ce soir-là, il y a eu grand dîner à la maison. Le repas va finir. Tout le rez-de-chaussée est éclairé. Les torchères du vestibule, le lustre du salon, les lampes de la salle à manger, de la salle de billard viennent d'être allumés. Soirée chaude de juin ou de juillet. On a hâte de sortir de table. Sur la terrasse, le café est servi. On s'installe ; mais dans la bourgeoisie, à quinze, ou dix-huit, ou vingt ans même, on ne prend guère

de café. Les gens sérieux le disent eux-mêmes :
« Allons! belle jeunesse, allez vous promener! » La
belle jeunesse va se promener, et, parmi les gens sérieux, il s'en trouve à l'ordinaire pour risquer des
gaudrioles plus ou moins salées, selon le goût plus ou
moins tolérant des femmes qui sont là. Tout le monde
est content, vante le dîner, les vins, le jardin, la vue, etc.
Un fort marchand de dentelles, dont les facultés sont
surexcitées par le repas, croit devoir proclamer qu'il
ne digère jamais à son gré qu'en plein air. La maîtresse
de la maison surveille ses gens, offre du curaçao. Pendant ce temps-là, que fait la belle jeunesse? Elle se
promène, comme on lui a dit de faire. D'abord on part
ensemble du même pas, et l'on fait doucement le tour
du jardin. Les jeunes filles sont en robe claire, babil-
lent; mais il en est plus d'une dont la pensée est ailleurs qu'au babillage de ses compagnes. Les jeunes
gens, eux, font les crânes, racontent des histoires de
duel : un de leurs amis doit se battre la semaine prochaine. Une espèce d'inquiétude particulière tourmente
vaguement ce petit monde. Peu à peu, les rangs se
rompent, des groupes se forment. Évidemment, que
l'on s'en rende compte ou non, on a quelque chose à se
dire. Ce quelque chose est d'une nature intéressante,
plus intime que les propos échangés jusque-là. On
voudrait bien, mais on n'ose pas. Déjà au bal, au dîner,

on a été sur le point de se hasarder, mais une angoisse
vous a pris à la gorge. Ici on se sent plus rassuré ; ce
qui était impossible l'autre soir, il y a une heure, ne
l'est plus maintenant. Au moins, si on est ridicule, on
n'aura pas à supporter le regard méprisant ou railleur
de celle à qui on fera l'aveu de son amour. Dans un
jardin, ce n'est pas comme ailleurs, on n'est pas face
à face, mais côte à côte, puis il est bien plus commode
de parler en marchant, les yeux baissés vers le sable
des allées, qu'à table ou dans un quadrille, où il n'y
a guère moyen de dissimuler son trouble. Allons décidément, ici c'est faisable ; le cœur bat ferme, mais
on va se lancer tout de même. Les gens sérieux
rient toujours ; devant soi, derrière soi, à vingt mètres,
d'autres couples se promènent. En parlant à voix pré-
cipitée et basse, les bras ballants, les lèvres sèches,
avec des lambeaux de phrases de mélodrame qui vous
reviennent, on dit enfin son affaire. O merveille ! aucune trace de ces railleries, de ce dédain, de cette
indignation ou simplement de cette froideur dont on
redoutait si fort les effets ! On se sent encouragé ; au
tournant de la dernière allée, on a même saisi la main
de celle qui vous écoute. Bien mieux, tout à l'heure,
d'elle-même, elle a pris le sentier qui mène au berceau ou au rond. Et là... Oh ! là, parbleu ! soyez tranquille, — on n'a commis aucune action irrévocable-

ment mauvaise. On s'est dit, avec une grande agitation, des paroles enflammées et douces, et l'on s'est juré, dans une belle demi-douzaine de baisers, un amour éternel. Mais le malheur, c'est qu'en se jurant cela on a été sincère.

Je m'explique, nous avons à faire, on se le rappelle, à de tout jeunes gens. Notre amoureux, a dix-huit ans, et son amoureuse seize ou dix-sept. Tous les deux ils ont obéi à la loi de la nature qui veut méchamment, à mon gré, qu'à cet âge, les filles comme les garçons se mettent en quatre pour empêcher notre réjouissante espèce de périr. Mais ce n est pas de la mansuétude ou de la cruauté de la Providence qu'il s'agit, mais bien de savoir si cette première explosion de l'amour timide et chaste doit être considérée comme heureuse ou non.

En soi, elle n'est ni bonne ni mauvaise, et j'aurais fort à faire s'il me fallait juger immorale, la conduite de ces pauvres enfants. Les conséquences qu'elle entraîne sont plus intéressantes. Elles peuvent être, je le crois, très fâcheuses, et c'est pour cela que j'en veux à ce jésuite de jardin d'avoir tout fait pour les provoquer. Sur le fait même, inutile d'insister? Il est très commun, et chacun voit comment les choses tourneront. Un jeune homme ne se marie ni à dix-huit ans, ni à vingt ans, et on accorde généralement que

ceux qui se marient à vingt-cinq font une bêtise. Donc
pas de solution régulière. Quoi alors ? Notre amoureux va-t-il devenir l'amant de celle dont il ne peut ou
ne veut être le mari ? Pas davantage. Dans la bourgeoisie, la chute de la jeune fille est très rare, sans
doute par cette raison qu'elle y est, en fait, presque
toujours impossible. Le jardin même, en dépit de
ses mauvaises dispositions, ne saurait guère y aider.
Aveux, déclarations, serments, baisers plus ou
moins furtifs trouvent dans le jardin un complice empressé et sûr, mais il y aurait de l'imprudence à lui
demander plus qu'il ne peut donner. C'est seulement
l amour sentimental qu'il encourage et sert. L'amour
sentimental ! On en rit et on n'a pas tort, car, lui
aussi, il trompe son monde, et en général ne reste
pas longtemps conséquent avec soi-même. Cela ne
l'empêche pas d'avoir du bon. Il se pourrait même
que les troubles, les émois, les extases qu'il provoque
fussent la partie la meilleure de l'amour. Un des esprits originaux de ce temps a déclaré, un jour, qu'il
n'existe aucun plaisir au monde comparable à celui
que nous font goûter les commencements d'une aventure. S'il a dit vrai, combien plus intense et plus orgueilleux sera le plaisir de notre jeune amoureux de
tout à l'heure ! Je ne crois guère, à mon tour, qu'il
puisse s'imaginer de moments plus doux et enviables

que ceux qu'il a passés dans le berceau ou dans le *rond* du jardin. C'est bien un commencement d'aventure dont il s'agit, mais d'une aventure où l'idée du mal n'apparaît pas et où il n'y a même pas à s'interroger sur la possibilité de la déchéance de l'être que l'on aime ou que l'on croit aimer. La haute idée où l'on est de sa vertu vous fait attacher une inappréciable valeur à son amour, et je ne suis pas étonné d'avoir rencontré de jeunes rhétoriciens de dix-sept ans qui se redressaient sur leurs talons, s'imaginaient être au rang des dieux, parce que la veille, dans le jardin, une belle vierge leur avait dit de très près : « Je n'aimerai jamais que vous »! Ils pouvaient être fiers et se croire heureux. N'avaient-ils pas connu dans cet instant-là, et dans toute sa force, la joie la plus grande où aspire la vanité de l'homme. Cet aveu les avait transformés à leurs yeux. D'un gamin, n'avait-il point fait un homme, un homme supérieur aux autres, une façon de héros? Notre fatuité est éternelle, mais elle n'est jamais plus ardente et vivace que dans la première jeunesse. C'est même pour cette raison qu'il ne faut pas admirer sans réserve la candeur si vantée des jeunes gens. Ils croient au bien, il est vrai, plus facilement que ceux qui ne sont plus jeunes, mais en amour particulièrement, il entre dans l'ingénuité de leur foi beaucoup de cette impertur-

bable confiance en soi dont s'accommodent mal plus
tard les âmes vraiment belles. Ils ne doutent point de
la vertu de leur fiancée, de leur maîtresse ou de leur
femme parce qu'ils s'imaginent volontiers, j'y consens, que la vertu court les rues, mais il n'est pas
moins certain que l'idée seule de ce doute leur répugne comme une atteinte à leur supériorité même.
D'instinct, ils l'écartent, tant il leur est difficile d'admettre qu'un être aussi charmant, aussi accompli,
puisse ne plus être trouvé tel.

Cette disposition prépare le mieux du monde les
jeunes gens à savourer avec plénitude les satisfactions
plus ou moins saines que l'amour prodigue à notre
orgueil. Il n'en est guère, —il faut bien le dire, — de
mieux faite pour nous troubler l'esprit. Au collège,
vers la seconde et la rhétorique, vous n'avez point été
sans connaître et sans envier ces heureux seigneurs
qui racontaient, du ton le plus infatué et le plus naïf,
leurs amourettes avec les amies de leurs sœurs, leurs
cousines, etc... On les écoutait ébahi, on ne pouvait y
croire. On eût tout donné pour être à leur place. Ce
qu'ils disaient ne se voyait que dans les livres. Pour
avoir de pareilles aubaines, il fallait pour le moins
être chevalier, mousquetaire, hussard. On avait un
peu de méfiance. Ils étaient pressés de questions :
Comment cela était-il possible? Où cela se passait-il?

Neuf fois sur dix, ils répondaient : « Dans le jardin, parbleu ! » Et ils entraient dans les détails, nous faisaient voir par le menu, ce jardin, son sycomore, ses marronniers, ses vernis, puis l'allée du fond, la fameuse allée du fond, avec ses arbres de Judée, son banc, sa volière. Quelquefois, quand l'entretien se prolongeait, une voix, partait de la marquise : « Caroline, qu'est-ce que tu fais ? Rentre donc ! » Et Caroline, d'une voix tranquille, répondait : « Nous regardons les oiseaux ! Je rentre » ou simplement : « Me voilà ! me voilà ! J'étouffais au salon ». Que cela nous semblait beau, et comme le banc, le sycomore, le berceau, nous apparaissaient dans un rayonnement glorieux et magnifique ! Les héros de l'aventure, eux aussi, jugeaient que c'était une admirable aventure, si parfaitement admirable, qu'il leur devenait impossible de penser à autre chose. Adieu le discours latin ! adieu l'algèbre ! adieu l'application ! adieu le travail ! Ils avaient senti les exquises et énervantes ivresses de l'amour, et du coup, s'étaient dit ce mot si souvent et si volontiers répété : Il n'y a que cela de bon au monde ! Or je crois qu'il n'est rien de plus dangereux que d'accorder à l'amour une importance capitale dans notre vie, surtout quand nous sommes au début de la vie. Flaubert, dans l'*Éducation sentimentale*, a mis cette vérité en lumière avec une force singulière

Prenons l'amour au sérieux, si nous ne pouvons pas faire autrement, mais tâchons de ne point le laisser nous mener par le bout du nez, si nous ne voulons pas, et très vite, devenir incapables de tout effort viril. Qu'un garçon de vingt-cinq ans soit amoureux tout son saoûl, je n'y vois pas grand mal, car il doit être déjà plus ou moins fixé sur les nécessités positives de la vie. Il a une carrière, sait où il va, n'est point comme l'adolescent, complètement désarmé. Celui-ci, quand il n'a point de génie ou une grande énergie, est destiné fatalement à finir dans la peau d'un rêveur médiocre et inutile, s'il se laisse trop facilement aller à conter fleurette à Caroline dans les berceaux ou les ronds. Caroline s'en ira, se mariera. Une autre viendra, et Chérubin recommencera. Qu'il prenne garde, il pourra rester Chérubin toute sa vie, languir, souffrir, ne faire rien qui vaille. Non, dans l'intérêt du cœur, il ne faut pas commencer par aimer quand on a l'âme trop pure. Jeune, menez plutôt une de ces vies dont on dit qu'elles sont à tout casser, initiez-vous plutôt à l'amour par ses côtés inférieurs. Et plus tard, quand vos cheveux deviendront gris, quand votre ventre deviendra gros, cherchez, si cela vous amuse, une héritière sérieuse, et dont les parents, autant que possible, n'auront pas de jardin.

J'ai voulu lui dire ses vérités à ce jardin, mais cepen-

dant je me ferais scrupule de le calomnier. Il a des
torts, de graves torts, mais, je dois le reconnaître, son
influence est peut-être plus funeste encore sur les
jeunes gens que sur les jeunes filles. Au fond la femme
a, en général et malgré ses prétentions à la poésie,
des vues beaucoup plus positives que l'homme. En tout
cas, la jeune fille se rend parfaitement compte du caractère provisoire de son état de jeune fille. Avant tout,
elle aspire à en sortir, et toute entreprise, si chaste
fût-elle, dont le résultat ne doit pas être le mariage,
lui apparaît très vite comme un passe-temps sans
grande conséquence. Même sous la clématite du berceau, elle est rarement tout à fait franche, et un assez
mauvais instinct l'avertit que les serments, les baisers
et le reste ne sont que jeux et bagatelles. Sa vertu,
au sens convenu du mot, n'y court d'ailleurs aucun
danger. Puis une autre question, ici, surgit : est-il
bien nécessaire qu'une jeune fille arrive au mariage
sans rien connaître, de près ou de loin, des choses de
l'amour ? Est-il indispensable à la sécurité d'un époux,
que sa femme n'ait jamais dit à un autre qu'elle le
trouvait à son goût et même qu'elle l'aimait ? Les avis
sont partagés. Selon les personnes le plus au courant
de ces matières, l'ignorance, l'ingénuité radicale pourraient bien ne point être des garanties définitives. En
tout cas, on se plaît à citer nombre de belles personnes

qui, après avoir procédé aux plus larges distributions de mèches de cheveux en faveur de leurs cousins, amis d'enfance, valseurs, etc., ont cependant fait des mères de famille très suffisantes. Voilà qui est rassurant et c'est peut-être en songeant plutôt à nos fils qu'à nos filles, que nous nous consolerons de n'avoir pas de jardin.

LA CHASSE

Voici un homme singulier. Il n'a point précisément l'air d'une brute, mais il a l'air abruti. Son regard, inquiet et fixe comme celui des hallucinés, semble chercher, par-delà les objets visibles, on ne sait quel objet mystérieux. Il est en sueur, accélère ou ralentit sa marche, s'arrête, lève la tête avec une sorte d'intrépidité, ou bien, quelquefois, la laisse tomber sur sa poitrine, comme si le découragement le prenait. Il est jeune ou vieux ; mais en le voyant, on sent bien que son ardeur ne saurait être plus grande.

Par les champs, par les terres, par les taillis, il va, perdu dans son rêve. Quel rêve ? Un rêve assez stupide. Le soleil baisse ; dans deux heures il faudra rentrer,

Dans deux heures ce sera fini. Cette pensée l'irrite et
le peine. Il est cependant parti le plus tôt qu'il a pu;
mais à faire ce qu'il fait le temps passe si vite, qu'il
ne sait plus compter ni les jours ni les heures. C'est
un chasseur, et il met sa plus grande joie, comme son
plus grand honneur, à tuer de ses mains les bêtes qui
vivent dans la campagne. N'allez cependant pas le
croire méchant ou dur. Tout à l'heure même, pendant
que sa cuisinière coupait le cou à un pigeon, il a
tourné la tête et a pâli un peu. Ce n'est pas toujours
un homme bon, mais il peut arriver qu'il ait le cœur
tendre. Maintenant, de sa bonté ou de sa tendresse, il
n'est plus trace. Il est triste, se juge malheureux. Il
s'était dit : Je tuerai tant de bêtes! et il n'en a pas tué
du tout. Il souffre de cela, ne pense qu'à cela. Et ce
maudit soleil qui s'obstine à s'en aller! Quelquefois,
tout en marchant, il s'adresse au Très-Haut, le prie
d'intervenir; d'autres fois, au contraire, il accumule
les blasphèmes, accuse le vent, son chien, s'emporte
contre la méchanceté du gibier, et quand celui-ci se
met hors de sa portée l'insulte, lui dit : « A-t-on vu
ces brigands-là! » ou: « ces sales bêtes-là!» En toute
sincérité, il le hait, ce gibier, il le hait de ne se point
laisser tuer comme font les moutons ou les poulets. Il
tombe dans une contradiction flagrante, car, le jour où
le gibier se laisserait tuer ainsi, il dédaignerait cer-

tainement de le tuer. Il le sait, mais il n'en est pas moins exaspéré de sentir ses désirs les plus ardents insolemment contrariés par une volée de perdreaux. Depuis le matin il les poursuit. Parfois il a cru les atteindre. Mais non, ils ont toujours levé le camp trop tôt. Il s'est acharné à cette poursuite, s'est juré qu'il aurait le dernier mot, s'y est appliqué avec une véritable rage. C'est alors que ces jolies et inoffensives bêtes lui apparaissent comme un ennemi qu'il faut exterminer sans merci.

Nul cœur n'a jamais été mieux fermé à la pitié. La pitié! On a pitié des malheureux, et, encore une fois, le malheureux, c'est lui. L'être à plaindre, c'est lui. Il veut, il veut de toutes ses forces, et il ne peut pas. On dirait vraiment qu'une atteinte est portée à sa dignité d'homme. Aussi jusqu'au soir il luttera, marchera, aura, s'il le faut, et bien qu'il ne soit ni patient ni ardent, la patience des anges ou l'ardeur enflammée des démons. Parfois il perd la trace de ces perdreaux terribles et malins. Une haie, un pli de terrain les a dérobés à ses regards dans l'instant où ils ont donné ce coup d'aile par où ils montrent qu'ils sont fatigués de voler et vont se reposer. Dans quel champ sont-ils? Dans les luzernes, les trèfles, les haricots, les éteules, les betteraves? Il ne sait. Mais il va le savoir, car il est prêt à parcourir ces champs, un à un, en long, en

large, en tous sens, jusqu'à l'instant où il aura enfin
rejoint son perfide ennemi. Misère ! il ne trouve rien !
Alors une grande tristesse mélancolique emplit peu à
peu son cœur. C'est fini ! Fini non seulement pour
aujourd'hui, mais pour demain, pour l'année ! Quelque
chose l'en avertit, tous les jours ressembleront à celui-
ci. La veille encore, cependant, l'avant-veille, il avait
triomphé. Mais ce temps, dont quelques heures seulement le séparent, lui semble être un temps merveilleux, écoulé depuis des siècles et qui ne reviendra
plus. Il le sent, le malheur le tient et ne le lâchera
pas. Irrité, chagrin et morne, il se décide cependant
à songer enfin à la retraite, car le soleil a tout à fait
disparu. Il est honteux de lui, regrette d'être venu, se
dit qu'il fera mieux désormais de rester chez soi,
redoute le moment où il devra dire avec un sourire
forcé : Je n'ai rien tué. Et il pense aux autres. S'ils
allaient, eux, avoir réussi, quand il a, lui, si parfaitement échoué. Ce serait douloureux et ridicule. Douloureux est bien le mot. Déjà il souffre très durement
de cette pensée. Il les envie, les autres, par avance,
leur en veut, serait bien heureux qu'ils lui dissent
les premiers : Nous n'avons rien tué ! Cela, en vérité,
n'est guère avouable, il n'hésite pourtant pas à se
l'avouer. Mais, me direz-vous : Votre homme est simplement une assez vilaine brute. Non pas ! il se peut

qu'il ait de l'esprit, des talents, — je n'ose dire du
génie, — du cœur; il se peut que ce soit un homme
excellent et aimable. Seulement c'est un chasseur,
et, voulant voir le fond d'une âme de chasseur, j'ai
tenu de préférence à surprendre celui-ci, dans un
moment où il avait à se plaindre de la fortune.

Le moyen est connu, et, si nous désirons être renseignés sur le compte des gens, il est imprudent de
les juger quand ils sont heureux. Mais le personnage
dont nous venons de relever certains traits n'est pas
seulement un chasseur mécontent, c'est encore un
homme tourmenté par une impérieuse passion. Il ne
chasse point pour s'amuser, pour prendre l'air; il
chasse, parce qu'une force irrésistible le pousse à chasser. Qu'est-ce donc que cette force? Qu'est-ce donc
que cette passion? On en dit volontiers : C'est une
noble passion. Mais cela ne nous éclaire pas beaucoup.
Noble, je le crois bien, est entendu ici dans le sens
d'aristocratique, car le diable m'emporte s'il est possible de découvrir la moindre trace de noblesse morale dans l'acte de poursuivre et de tuer de pauvres
animaux sans défense. Tous les animaux chassés par
l'homme, ne sont pas sans défense; mais ce n'est point
précisément la passion de la chasse qui décide les gens
à affronter la mauvaise humeur d'un lion ou d'un
tigre. C'est bien plutôt un certain attrait du danger,

et l'attrait du danger est étranger à l'amour même de
la chasse. Il y a des chasseurs qui sont les plus braves
des hommes, soit ; mais ce n'est point leur courage qui
a déterminé leur vocation de chasseur. Cette vocation,
en effet, n'a rien d'incompatible avec la plus parfaite
couardise et est indépendante du degré de vaillance
de notre âme. Sa source gît dans la nécessité où ont
été les premiers hommes de chasser pour se nourrir,
et nous avons continué à faire par plaisir ce que dans
l'état sauvage nous avons fait par besoin. Il n'y a point
là, certes, de quoi rougir, mais non plus de quoi se
vanter. La pratique de la chasse est cependant considérée comme une chose bonne en soi, et le chasseur
est bien près de se reconnaître à lui-même une supériorité sur l'homme qui ne chasse pas. En montrant
tout à l'heure quelles préoccupations obsèdent l'esprit
du chasseur, je n'ai cependant pas eu l'occasion d'en
signaler une seule dont on puisse penser qu'elle fasse
honneur à personne.

Nous avons vu une sorte d'animal entêté, triste et
féroce, dont le seul souci est de donner la mort à
d'autres animaux plus faibles et plus gracieux que lui.
Il s'était, pour ce grand dessein, armé de pied en cap,
avait un chien, deux coups de feu tout prêts, tout un
attirail guerrier. Sérieux avec cela, très sérieux,
comme s'il exerçait le plus haut ministère. Et cepen-

dant, à prendre les choses pour ce qu'elles valent, quel
singulier mais petit spectacle il nous donnait là! Quelle
disproportion n'y avait-il pas entre les efforts, l'application, la sincérité de notre homme et le résultat où il
brûlait d'atteindre! Nous l'avons vu toutefois, ce
résultat n'est pas obtenu sans peines, et en dépit de
son énergie, de son obstination, lui il n'a pas réussi à
l'obtenir. De là sa colère, de là son chagrin, mais de là
aussi son ardeur. La chasse, en effet, n'est pas sans
offrir certaines difficultés, et bien que pour les vaincre
il soit inutile d'avoir rien de bon ni dans le cœur ni
dans l'esprit, ces difficultés tentent et irritent également l'orgueil des gens d'esprit, des bonnes gens et
des sots. Je sais tel poète qui sera moins fier d'avoir
fait un sonnet irréprochable qu'un coup double sur des
perdreaux. La vanité des artistes n'a aucune limite.
Cela s'explique, puisqu'elle est sans relâche surex-
citée. Eh bien! la vanité du chasseur est peut-être plus
intraitable encore. Il a tant de vanité, qu'il se cache
dans la crainte d'être pris en défaut. Je parle toujours,
bien entendu, du chasseur passionné, du vrai chasseur,
et non de l'amateur. Il entend être tenu pour le plus
grand, pour le premier, et c'est à cause de cela qu'il
se cache, tient à chasser seul. Il n'est pas toujours van-
tard, mais il ne veut pas être vu. D'ailleurs, quand il
lui arrive de ne point rester à la hauteur de sa re-

nommée, il a des excuses toutes prêtes, et dont il est dupe lui-même. Une fois c'est le soleil, une autre fois c'est son chien, une autre fois encore c'est la pièce même qui s'est mal enlevée, etc... S'il y avait là un voisin pour abattre cette pièce, à la barbe de notre chasseur, en dépit du soleil, du chien et du reste, il est clair que son excuse perdrait de sa valeur. Il le sent, et pour ne point s'exposer à une telle humiliation, il préfère être seul. Il donne d'autres raisons de son goût pour la solitude, elles ne sont pas sincères. Il a peur d'être distrait, de se laisser aller à causer, de déranger les autres... Chansons que tout cela! La vérité, c'est qu'il ne veut pas qu'au retour on puisse dire : « Mais un tel n'est pas un si bon tireur que cela! Par trois fois, je l'ai vu mal tirer. » Il existe, du moins on le dit, des chasseurs qui ne tirent jamais mal, et dont on ne citerait pas depuis vingt ans un coup de fusil inutile. Pour notre part, nous n'avons jamais eu la bonne fortune de rencontrer de ces tireurs-là, mais s'il en est vraiment de pareils nous gagerions que ce n'est pas la solitude qu'ils recherchent, mais bien au contraire la société, et la société la plus nombreuse. Ce n'est point seulement d'ailleurs notre orgueil par ses côtés inférieurs que la passion de la chasse aiguillonne, c'est encore et surtout notre paresse.

J'ai parlé des dangers de l'amour sentimental, quand

il vient troubler des âmes trop jeunes. Je serais bien près d'en dire autant de la chasse. Je n'en aurais pas fini s'il me fallait compter ceux dont la vie a été comme brisée parce qu'ils aimaient trop la chasse, ou mieux parce qu'ils l'aimaient tout de bon. Je sais des hommes qui étaient nés écrivains, peintres, orateurs, savants, avaient leur place marquée, si ce n'est parmi les forts, — le génie triomphe de tout, — du moins dans l'élite de la nation, et n'ont jamais rien donné que de vagues promesses, par cette seule raison qu'ils plaçaient au-dessus de tout ici-bas le bonheur de tuer une bécasse ou un canard sauvage. Les uns sont retournés à la campagne, n'ont plus rien fait du tout, ont passé leur temps à battre les bois, les plaines et les marais de leur canton, et, à ce métier, n'ont point tardé à deve-nir complètement bêtes. D'autres ont, pour la forme, essayé de lutter, sont restés à Paris, ont travaillé par intermittence. Peines légères et peines perdues. Quel-que chose les attirait là-bas, loin de Paris, en Cham-pagne, en Bourgogne, en Comté, en Bretagne, et, sans raison plausible, par amour de ce qui nous amuse, ils allaient, à chaque instant, retrouver ce quelque chose comme s'il se fût agi d'une maîtresse passionnément aimée. Ils ont fini par y perdre tout ce qui avait fait penser d'eux qu'ils n'étaient point doués pour être perdus dans la foule. D'autres encore sont

demeurés tant bien que mal sur la brèche, mais sans
y donner leur mesure. Ils ne sont point, eux, devenus
des sots, mais, ayant négligé de s'instruire à l'âge où
il est si facile de s'instruire, ils ne savent rien ou
presque rien. Tel étudiant qui, pendant ses trois mois
de vacances, aurait pu voyager, réfléchir, lire, n'a ni
voyagé, ni réfléchi, ni lu. Durant ces trois mois, il ne
s'est pas écoulé un jour, pas un seul, que de l'aube au
crépuscule, il n'ait tout entier consacré à cet intelligent
plaisir de la chasse. Il ne connaît rien de l'Italie, de
l'Allemagne, de l'Angleterre, et il n'en connaîtra jamais rien. On lui a parlé du Colisée, du palais Pitti;
mais la joie d'admirer le Colisée ou les merveilles du
palais Pitti est-elle donc comparable à celle qu'il
éprouve lorsque, sur le coup de quatre heures, il fait
lever sous l'arrêt de son chien la compagnie de perdreaux du « petit bois », cette fameuse compagnie
dont il s'est juré de consommer la perte totale à lui
tout seul? Il y arrivera, il en est sûr. Cependant il
s'inquiète, redoute des contre-temps; si demain,
après-demain, quelque fâcheux allait le prier à déjeuner ou à dîner? si une seule de ses journées allait être
perdue? Cela l'effraie, le tourmente; il en rêve, ne peut
penser à autre chose. Pauvre rêve, pauvres pensées,
pour un homme qui n'est pas un pur nigaud! Il n'en
est pas humilié; au contraire. Loin de croire qu'il perd

son temps, il est convaincu qu'il en fait ainsi l'emploi le plus judicieux et le plus noble. Il se trompe, car il n'est point de passion, sans en excepter l'amour, qui soit plus propre à éloigner et dégoûter de la vie laborieuse que la passion de la chasse.

Tous les chasseurs sont-ils donc vaniteux, paresseux, envieux, jaloux, sournois et cruels? Dieu me garde de le prétendre! Je m'efforce seulement d'établir que la passion de la chasse, lorsqu'elle est pleinement déchaînée, excite en nous certains instincts qu'il est difficile de classer parmi ceux dont nous nous honorons. D'ailleurs, voulant en signaler les caractères avec netteté, j'ai dû, selon mon habitude, juger cette passion sur ses manifestations les plus excessives.

J'ai accentué le trait, mais je crois ne l'avoir ni altéré ni exagéré. J'en appelle à la bonne foi même des fanatiques, car c'est d'eux seuls que je me suis occupé. Je ne les ai point ménagés et, pourtant, faut-il le dire? ils mériteraient peut-être plus d'indulgence que les autres, — ceux qui chassent par pure distraction, comme ils feraient une partie de billard ou d'écarté. Je suis bien forcé d'admettre la chasse, quand elle m'apparaît avec tous les signes de l'implacable passion; si on me la présente comme un plaisir, je ne la conçoid'ιsus du tout. Ainsi comprise

elle me semble être sans explication comme sans
excuse.

Nous avons vu tout à l'heure, dans quel lamentable
état pouvait être un chasseur naïf et sérieux. Cet état
nous a montré l'importance que ce chasseur attache à
des choses qui, en réalité, n'en ont aucune. Cela est
en soi assez extraordinaire, mais ce l'est bien plus
encore de s'amuser, doucement, sans émotion, sans
fièvre, à fusiller de malheureuses créatures inoffensives. Dans le premier cas, nous sommes la proie
d'une sorte de délire particulier, nous avons presque
perdu la possession de nous-mêmes ; un dieu bizarre
et fou semble nous mener où il veut ; en un mot, nous
sommes imparfaitement responsables. Mais dans le
second cas, rien de pareil. Notre sang-froid est entier,
nous sourions, nous causons, nous sommes tranquilles et gais. Si nous trouvons du gibier, tant
mieux ! si nous n'en trouvons pas, tant pis ! De toute
façon, nous ne consacrerons pas un long temps à le
chercher. Il y a mieux : nous ne sommes vraiment
contents que lorsque ce gibier est nombreux et vient,
par masses pressées, au-devant de nos coups. On l'a
amené là, on l'y a élevé, nourri, on l'y a préparé pour
notre agrément. A merveille ; c'est là ce que nous
demandons. Nous entendons certes prouver notre
adresse, mais il nous plaît pour cela d'être placé dans

les conditions les plus favorables. De chasse, il n'en
est plus question ; il s'agit simplement de tirer et de
tuer beaucoup. Les âpres ardeurs, les inquiétudes, les
angoisses, les découragements de celui qui, après de
longues heures, découvre et poursuit le gibier dont il
médite de s'emparer, nous sont inconnues, et nous
ne désirons point les connaître.

Le rôle que nous acceptons alors est en vérité bien
laid, et on ne peut guère le juger sans être amené à
s'interroger sur une question beaucoup plus vaste que
celle de la chasse. Je veux parler du prétendu droit que
nous nous attribuons sur les animaux. On a vaine-
ment essayé de le justifier, et de très grands esprits,
comme Descartes et Malebranche, y ont échoué, non
sans tomber dans les plus audacieuses absurdités.
Les chasseurs au cœur sensible ont l'habitude, à
cet égard, de se tirer d'affaire en rappelant que, si
nous ne mangions pas les perdreaux, les perdreaux
nous mangeraient. Soit ! c'est la fameuse loi provi-
dentielle de la destruction des espèces par les espèces. Je n'en sais pas de plus atroce, de plus scé-
lérate. Si le cerveau où l'idée en a germé est fait
comme le nôtre, il est bien difficile de ne le point
tenir pour le cerveau d'un horrible et féroce coquin.
Un poète nous a révélé que, le soir où il contempla
au firmament les sept clous d'or de la Grande-Ourse,

il sentit le doute pénétrer dans son âme d'adolescent :

> Ta précise lenteur et ta froide lumière
> Déconcertent la foi : c'est toi qui la première
> M'as fait examiner mes prières du soir.

Mon doute est né plus bourgeoisement et, je m'en
souviens, c'est le matin où j'ai vu un troupeau de
moutons se rendre à l'abattoir que je me suis demandé, moi aussi, pour la première fois, s'il est bien
sûr que le bon Dieu ait bon cœur. De toute façon, et
quoi que puisse m'en dire saint Hubert, je ne saurais
croire à l'origine divine de la chasse. Hélas ! cela ne
m'empêche point d'aimer la chasse à la folie.

VARIÉTÉS DE CHASSEURS

LE FASTUEUX

Le fastueux est presque toujours un bel homme, nerveux ou sanguin, agile ou robuste, mais bien portant; de plus, riche. Il peut indifféremment descendre des croisés ou de n'importe qui. La chasse n'est pas chez lui à l'état de passion dominante, et souvent même le goût qu'il en a ne mérite pas le nom de passion.

Le fastueux aime la chasse parce qu'il aime le bruit et l'éclat, et qu'en toutes choses il a le souci de faire dire de lui qu'il tient son rang.

La chasse occupe dans sa vie la même place qu'y oc-

cupent, à quelques degrés près, son tailleur, ses chevaux, ses châteaux, ses maîtresses et ses gens.

Le fastueux est ce qu'on appelle un homme qui se
respecte; et, dans son monde, un homme qui se respecte doit avoir une maîtresse éclatante, une meute
éclatante, un tailleur éclatant, une maison éclatante.

Le fastueux ne vit que dans l'effet qu'il produit sur
les badauds de toutes classes, et rien ne produit plus
d'effet que cinquante chiens, bien gorgés, du même
pied, — Poitou, Vendée ou Saintonge, — poussant
ferme et d'une seule voix, dans une forêt séculaire et
au son tour à tour strident et plaintif des trompes, un
dix-cors qui a pris un grand parti.

Le fastueux est rarement un homme de son temps.
Il vit sur la tradition, et il la respecte comme le mot
suprême de toute chose. Les préjugés les plus vains
l'ont pétri à leur guise, et il s'en vante. Il croira faire
merveille s'il fait manger vif un chevreuil par ses
chiens, mais se croirait déshonoré s'il *servait* un cerf
au fusil.

Le fastueux possède sur le bout du doigt toutes les
niaiseries débitées depuis des siècles sur la chasse par
les bons auteurs. Il met sa gloire à être aussi malin
que ses piqueurs et que ses limiers, et il y arrive facilement. Quand le fastueux voit dans le bois le pas
d'un sanglier et, sur l'examen de ce pas, dit d'un air

grave et compétent l'âge, la taille, le poids de la bête, les innocents sont émerveillés. Les innocents ont tort, car en quatre jours d'étude, les plus innocents parmi les innocents arriveraient au même résultat que le fastueux.

Le fastueux est toujours un peu cabotin, mais ce n'est pas toujours, comme on le croit généralement, un imbécile.

Il n'a qu'une manie incurable, celle de croire que ses bois, ses meutes, ses piqueurs et ses chevaux sont les plus beaux bois, les plus belles meutes, les plus beaux piqueurs, et les plus beaux chevaux du monde. Sur ce chapitre, il n'entendra jamais raison, et il se ferait tuer plutôt que de céder sur un seul de ces points. Le fastueux se ferait d'ailleurs tuer assez facilement pour un certain nombre d'autres choses, car le fastueux, à l'ordinaire, est brave.

Signe particulier : Aucune prétention comme tireur.

L'INNOCENT

La plupart du temps, l'innocent est un homme mûr qui, sur le tard et après s'être enrichi dans la médecine, l'industrie, la charcuterie, ou à la Bourse, se dit « qu'il voudrait bien être chasseur lui aussi à son tour ».

L'innocent a du ventre, des lunettes, et la nature ne l'a pas taillé pour les exercices violents. Il peut être farci de bêtise ou pétri d'esprit, mais il doit avoir au moins quarante mille livres de rentes. En dépit de sa lourdeur apparente, l'innocent est presque toujours Parisien. En cette qualité, il rit volontiers de tout, et même, le cas échéant, de son amour pour la chasse.

Singulier amour, et qu'il paie fort cher.

L'innocent, en effet, est ce gros monsieur que vous rencontrez les matins ou les soirs d'hiver dans les gares, un fusil de grand prix sur l'épaule, guêtré, botté, encombrant, et qui une fois par semaine, et

moyennant trois ou quatre mille francs par an, va mas-
sacrer à bout portant des chevreuils et des faisans que
de bruyants rabatteurs lui font lever dans les jambes.

L'innocent, ainsi que son nom l'indique, est comme
chasseur tout au moins une âme simple, et il ne veut
pas en faire accroire aux gens. Poussez-le un peu, et
vous lui ferez avouer qu'il va chasser comme d'autres
vont se promener. Affaire d'hygiène.

Contrairement au « fastueux » et à la plupart des
autres variétés de chasseurs, l'innocent n'a aucun
préjugé. Il tue un faisan posé, un lièvre au gîte, une
bécasse au creu d'eau, — sans remords. L'idée de
chercher le gibier ne lui vient jamais, et il entend
qu'on le lui amène.

L'innocent n'a pas d'imagination et marche le
moins possible. Il va son petit bonhomme de chemin,
s'installe sur la lisière du bois, et de là, pacifiquement,
fusille toutes les bêtes qui passent : il n'est pas ému,
mais cela lui fait plaisir, tout de même, d'avoir « passé
une bonne journée en plein air. »

L'innocent commence par tirer mal, arrive à tirer
passablement, et quelquefois tire bien.

LE FOLATRE

Moins riche que le fastueux, moins âgé que l'innocent, le folâtre ne chasse que par occasion.

Il aime la chasse moins pour elle-même que pour
les accessoires.

Bon pied, bon œil, le folâtre ne prise rien tant qu'un
bon déjeuner sur la coudrette ou à l'auberge. Il est galant avec la servante, lui dit : « friponne » ou « ma
petite mère », et ne dédaigne pas de lui donner un
coup de main, — en tout bien, tout honneur, quand
il n'y a pas moyen de faire autrement. Possède des re-
cettes, sait trousser un perdreau, fait les rôtis de bécasses, les omelettes au sang de lièvre, est souvent à
la cuisine ou à l'office, et, à cause de cela, se fait mépriser des domestiques.

Une des spécialités du folâtre, c'est de raconter au
dessert des histoires obscènes. Il en sait beaucoup et
les dit bien. Quand on lui dit : « Mais nous la connais-

sions ! » le folâtre se déconcerte, se pique, reste piqué cinq petites minutes et recommence. Imite les principaux artistes de Paris et les animaux sauvages ou privés les plus connus, et soigne beaucoup son costume.

Dans les soirées d'ouverture, c'est lui qui organise toutes les farces, — les bonnes comme les autres. Il croit encore au jet d'eau lancé par le trou de la serrure, aux orties fourrées dans le lit de l'invité, etc.

Si, par aventure, le folâtre a la voix juste, il devient redoutable, car il sait encore plus de chansons que d'histoires, et quand une fois il a commencé à chanter on ne le fait pas taire.

Un grave défaut : Il fait des calembours.

Une qualité sérieuse : Il prête son couteau.

L'INDIFFÉRENT

Chasse peu et bien. Chez lui, c'est affaire de principe. Par goût, il n'aurait pas été chasseur; mais, comme à l'ordinaire l'indifférent s'occupe de choses sérieuses, est professeur, magistrat, chimiste, conseiller d'État, on lui a facilement persuadé qu'il avait besoin d'exercice.

Il a dit : « C'est bien ! » et tranquillement il s'est mis à se faire chasseur.

L'indifférent est presque toujours un travailleur. Il a eu des prix au grand concours, a réussi dans le monde, et, s'il n'est pas député ou sénateur, c'est que la politique ne lui plaît pas.

Habitué à faire bien tout ce qu'il fait, l'indifférent apporte à la chasse ses facultés d'application.

N'ayant aucune passion, il mesure avec lucidité et justesse les difficultés de sa nouvelle tâche. Elles sont nombreuses, et cela ne l'effraie point. Il ne se presse pas, sait dire à vue d'œil et à un demi-pas près, quand la pièce est ou n'est pas à portée, ajuste avec fermeté, ne pense pas à autre chose et ne s'occupe pas de la question de savoir si un autre chasseur « est passé là avant lui ».

L'indifférent un beau jour s'est dit : « Il faut réussir dans les choses qu'on entreprend. » Et il a réussi à la chasse comme ailleurs.

L'indifférent n'a pas et n'aura jamais le feu sacré, mais c'est presque toujours un tireur hors ligne.

Appartient de droit à l'espèce des bons maris que trompent les femmes qui ne sont pas bonnes.

LE MÉLANCOLIQUE

Un chasseur d'un genre tout particulier : la passion l'a certainement touché, lui, mais cependant c'est moins la chasse même qu'il recherche que les nombreuses occasions de rêverie qu'elle lui procure.

Deux penchants l'on fait chasseur : l'amour de la nature et celui de la solitude. Mais ce mélancolique-là n'est pas seulement un rêveur : il est aussi un bohème. Il aime à aller devant lui, longtemps, tout droit, sans but défini, et il lui plaît de savoir, par le menu, la figure que font le vent ou le soleil, ou les nuages, ou le ciel, à l'aube, à l'aurore, au midi, à la nuit.

Comme chasseur, il est plein de manies. Il bat jusqu'à la dernière motte certains champs et de même en évite certains autres. Il a des préférences bizarres et sera moins fier, par exemple, de tuer une caille dans une luzerne, que dans une éteule de blé, ou encore s'obstinera pendant des années à *tenir* chaque jour et infructueusement le même coin de terre, par cette raison que c'est là qu'il a fait, quand il était jeune, « son premier coup double ».

Le mélancolique professe un culte étroit pour les souvenirs, et à cause de cela il ne chasse guère que dans certaines contrées déterminées, et où il a laissé quelque chose de lui-même. Il s'attendrit devant tel buisson, tel arbre, tel champ de pommes de terre. Quand il commence à vieillir, on le rencontre souvent, par la plaine, le regard inquiet et la paupière mouillée.

Le mélancolique est plein plein d'égards pour son chien et se reproche, jusqu'au bout, de faire du mal aux pauvres bêtes.

Avec les femmes, — capable de tout.

L'ENRAGÉ

L'enragé est une sorte d'animal dont l'espèce tend chaque jour à disparaître, ce qui est bien heureux.

On peut imaginer une aussi sotte bête; — plus sotte, — non!

L'enragé est jeune ou vieux. Tempérament nervoso-bilieux; jambes de cerf, tête d'idiot. Je vous le dis, grâce au progrès de la civilisation, sous peu il n'en sera plus question, et l'on montrera ses débris en disant : « Voilà ce qui reste du vrai chasseur fran-çais. »

L'enragé chasse au chien courant et au chien d'ar-rêt, mais il préfère de beaucoup le chien d'arrêt.

Et, de fait, l'enragé et son chien d'arrêt ne semblent faire qu'un. C'est à lui, en tous cas, qu'il réserve ses effusions les plus intimes, c'est à lui que son âme parle avec une liberté dont il serait vraiment difficile de donner une idée. Comment transcrire ces interrogations à la fois ineptes et tendres, ces appels paternels et fous? « Qu'est-ce qui est un vieux chien à son vieux maître ? Qu'est-ce qui est un vieux coureur, un bon ami, un amour d'ami ? Qu'est-ce qui est le plus beau ? — C'est Toto, c'est mon vieux Toto, ma vieille fille, ma vieille folle, mon gros Toto, mon petit Toto, etc., etc. »

Et cela dure ainsi des heures, sans que la raison outragée se décide à foudroyer le propriétaire de « Toto ».

Mais ce n'est pas seulement par son discours à son chien que l'enragé se recommande au mépris public.

Envieux, méfiant, jaloux et sournois, l'enragé, pour tuer un perdreau de plus que son voisin, est, sachez-le bien, prêt à tous les forfaits. Il se lèvera avant l'aube, ne rentrera qu'à la nuit noire. Ardent, patient, alerte, infatigable, abruti, il marchera des journées entières de sillon en sillon, l'œil fixe, la respiration haletante, possédé par on ne sait quel démon stupide.

L'enragé ne réfléchit pas, n'aime pas, ne se marie pas, absorbé qu'il est par cette pensée unique : « L'homme qui a tué six bécasses est supérieur à l'homme qui en a tué cinq. »

L'enragé ne porte que la blouse bleue, la vieille blouse bleue, le vieux sarrau bleu, — et il persiste, — en plaine tout au moins, à se servir du fusil à baguette, dont personne ne veut plus.

Peut être riche ou pauvre, mais possède générale ment de deux à vingt mille livres de rente.

L'enragé chasse toujours seul, « n'admet pas » les chasses réservées et regrette les diligences.

LE JUIF MODERNE

A PROPOS DE « L'ECCLÉSIASTE »
TRADUIT PAR ERNEST RENAN

On s'occupe beaucoup des Juifs en ce moment.
M. Renan, dans une page qui est une des plus exquises
qui soient tombées de sa plume, vient de les juger. Il
l'a fait, comme il fait toutes choses, de haut, avec ce
mélange de bienveillance onctueuse et perfide et de
désinvolture aristocratique qui est une des formes où
se complaît son souple et vaste esprit. Cela n'est pas
long, tient en quelques lignes. Tout Paris l'a lu, et les
Parisiens qui ont du goût et de la mémoire se sont dé-
pêchés de l'apprendre par cœur.

Ce portrait du juif moderne, qu'a fait M. Renan, se trouve être la reproduction du portrait d'un juif de l'ancien temps. Il se nommait Cohélet, était fils de David, roi de Jérusalem, et a écrit un petit livre singulier et charmant, *l'Ecclésiaste*, qui figure, on ne sait trop pourquoi, parmi les livres saints. Tout le monde connaît la philosophie enseignée par *l'Ecclésiaste* : c'est que tout est vanité. Au collège, vers la sixième, on nous enseignait déjà cette philosophie, et, sans rien y comprendre du tout, nous répétions à bouche que veux-tu : *Vanitas vanitatum !*

M. Renan, qui a certainement du penchant pour Cohélet, a voulu, dans la mesure du possible, nous le présenter en chair et en os avant de nous donner la traduction de son œuvre. Il a donc écrit une préface, une savante préface, où il est question de Cohélet, de sa façon de concevoir les choses, des tendances de son esprit, des aspirations de son âme, de son caractère, de sa personne. Qui était en réalité Cohélet? Si profonde que soit sa science, M. Renan n'est guère plus avancé à cet égard que vous ou moi. Seulement, cette science l'autorise à faire toutes sortes d'hypothèses que l'on peut trouver hardies, mais que les profanes du moins ne sauraient qualifier de téméraires. Après avoir dit son mot sur le *Livre de Job* et le *Cantique des Cantiques*, M. Renan nous entretient avec complai-

sance de *l'Ecclésiaste*. Rien de mieux, car, sans être
en état de nous prononcer sur la question de savoir si
l'Ecclésiaste apparaît vraiment comme un « petit écrit
de Voltaire » parmi les in-folio de la théologie, nous
trouvons entre ce livre étrange et les œuvres sombres
de la littérature juive, un contraste assez frappant pour
être curieux de connaître ce qu'en pense un savant et
un philosophe comme M. Renan.

Selon lui, Cohélet était un homme de talent, indulgent, raffiné, qui en toutes choses se méfiait des excès.
Il avait de la tolérance et peu de foi, recommandait
mollement de craindre Dieu, mais insistait pour que
l'on se gardât de la superstition comme de la peste.
S'il eût été député, il n'eût pas manqué de siéger au
centre gauche. C'eût été « un centre gauche » sans
arrière-pensée ni malice, dédaigneux des portefeuilles,
et se laissant bonnement aller au courant de sa modération naturelle. Bien qu'il eût été dans son temps un
« roi puissant, jouisseur, bâtisseur, livré aux femmes,
au vin », il ne tient en très haute estime ni le pouvoir
ni les femmes. Il dit même carrément de celles-ci :
« Ce sont des êtres absurdes, de mauvais génies ! » Il
se hâte d'ajouter, il est vrai, que l'on ne saurait s'en
passer tout à fait, et déclare que le célibataire est « un
niais ». En somme, il connaît la faiblesse humaine,
et ne perd point son temps à donner aux humains des

conseils trop difficiles à suivre. Il leur insinue bien
que le crime est une « folie », mais il ne leur dissimule
pas que la sagesse et la piété ne sont « nullement ré-
compensées ». Il est aimable et prudent, et il semble
plus préoccupé du désir de plaire qu'obsédé par le besoin de convaincre. S'il dit : « Enrichissez-vous par le
travail ! » il se dépêche d'ajouter : « Ne vous enrichissez
pas trop, car les gens trop riches ont mille soucis. » Il
nous invite cependant à disperser nos placements. On
ne sait pas ce qui peut arriver. Une affaire paraît bonne
aujourd'hui, demain elle peut être mauvaise. Mettons
donc notre argent dans sept ou huit affaires, de façon
à avoir la chance de gagner avec l'une ce que nous
pouvons perdre dans l'autre. Soyons un peu travail-
leurs, un peu égoïstes, ne nous tourmentons pas l'esprit pour pénétrer les desseins de Dieu qui sont impé-
nétrables ; ne nions pas cependant Dieu, car ce serait
nier le monde. Redoutons-le, mais poliment, et sans
lui en vouloir d'avoir si mal arrangé les choses ; d'ailleurs, si la vie n'a pas le sens commun, prenons-en
notre parti, et jouissons de la vie de notre mieux,
c'est-à-dire avec mesure et sagesse. Cette résignation,
du reste, n'empêche point Cohélet de trouver que la
sagesse même qu'il recommande est comme le reste,
« vanité et pâture de vent ».

Néanmoins M. Renan nous affirme que, comme

« tous les pessimistes de talent », Cohélet tout compte
fait, aime la vie. Je suis bien convaincu que Cohélet
avait du talent et même un grand talent, mais en dépit de l'affirmation de M. Renan, — à laquelle d'ailleurs il ne doit pas tenir beaucoup, — je me demande
si l'auteur de *l'Ecclésiaste* peut vraiment être rangé
parmi les pessimistes. Il a beau me dire sur tous les
tons son désenchantement, me répéter que tout ici-
bas est vanité et pâture de vent, je ne découvre en lui
aucune trace de cette conviction, qui est le fond même
de la doctrine pessimiste, à savoir que l'existence est
un mal et que l'origine, comme la fin de l'univers,
c'est la douleur. Cohélet nous dit bien : « Le monde
est plein d'injustice et d'obscurité ! » mais il nous dit
cela plutôt comme un homme qui doute que comme
un philosophe convaincu, que rien de bon ne saurait
jamais sortir du monde. Bien mieux, il nous laisse
entendre que la vie peut être douce et enviable si l'on
sait s'y contenter d'une certaine moyenne de jouissances bourgeoises. C'est là le fond de la sagesse de
Cohélet. Amusez-vous, soyez galants, ne soyez pas
débauchés ! Ayez de la prévoyance, de l'ordre et peu
d'ambition ! Ne courez pas les aventures, restez chez
vous avec votre femme, jouissez sur vos vieux jours
du fruit de votre travail !

En vérité, c'est un sceptique qui parle ainsi, mais

loin d'être un sceptique pessimiste, c'est bien plutôt
un sceptique optimiste. Il a renoncé, il est vrai, à comprendre le monde, mais il fait tout ce qu'il faut pour
passer sur cette terre les plus longs et les meilleurs
jours possibles. Il aime la vie, et ce n'est point seulement parce qu'il a du talent, mais bien parce qu'il la
juge bonne, et qu'il sait gré en somme « à Dieu » de
la lui avoir donnée. C'est même ici qu'apparaît un des
caractères les plus essentiels de la race de Cohélet,
laquelle est avant tout une race optimiste et positive.
Il lui a bien fallu, hélas! avoir confiance dans la
vie, pour résister aux effroyables chocs qu'elle a eu à
supporter, durant les épreuves que l'injustice et la
cruauté du sort lui ont infligées. La ténacité du juif est
proverbiale, mais elle n'est que l'expression de sa foi
dans l'avenir de sa race. Le mot foi, je le reconnais,
ne saurait guère être appliqué au cas de Cohélet; aussi
croyons-nous que si ses descendants lui avaient res-
semblé de tous points, ils ne feraient pas à l'heure
qu'il est une aussi belle figure dans le monde. Ils se
seraient depuis longtemps fondus avec les autres peu-
ples. Cohélet est parmi les siens une exception, par
son détachement d'artiste ou de dilettante; mais il est
bien juif par son attachement à la vie et sa claire perception des intérêts positifs.

Et c'est pour cela que, si merveilleux que soit l'art

de M. Renan, nous ne saurions tenir son portrait du juif moderne pour définitif. Il a dit : « Le juif moderne, c'est Cohélet ! » Eh bien ! non, le juif moderne n'est pas toujours Cohélet. Si le peuple juif existe encore, on peut dire que, dans sa masse, il diffère par des côtés importants de Cohélet. Certes il y a bien plus d'un juif de nos jours à qui s'appliqueront avec rigueur tous les traits si magistralement mis en relief par M. Renan ; mais je crois qu'il faudrait les chercher dans l'aristocratie juive, c'est-à-dire, en somme, dans une minorité. Parmi les juifs qui créent, travaillent, produisent, savants, artistes, hommes d'affaires, parmi ceux qui luttent, sont sur la brèche, on ne trouverait pas ce scepticisme, ce dédain de tout ce qui n'est pas la richesse. Oh ! certes, ils l'aiment la richesse ! mais il n'est pas tout à fait exact de dire qu'ils n'aiment que cela ; chez eux en effet une chose prime tout : c'est l'estime très particulière où ils tiennent leur race. Ils puisent dans ce sentiment assez étroit d'ailleurs, une des vertus par où ils se distinguent le plus nettement, et que l'auteur de la *Vie de Jésus*, a oublié de signaler : je veux parler de leur respect des liens de famille. Ici, en vérité, ils donnent le plus haut exemple, et dans les familles chrétiennes les mieux unies l'on ne pourrait rien citer qui approchât de la tendresse aveugle, du désintéres-

sement, dont font preuve entre eux les différents mem-
bres de la famille juive. Ils s'aiment vraiment, avec
une intensité, une naïveté, un abandon extraordinaires,
et c'est chez les juifs que j'ai rencontré l'expression la
plus parfaite du sentiment où le cœur humain montre
le mieux, selon moi, ce qu'il y a en lui de noblesse et
de bonté, à savoir l'amour-fraternel.

On dit volontiers dans le langage courant : Je l'aime
comme un frère... Ils s'aiment comme des frères... En
réalité, les frères qui s'aiment avec force et sincérité
sont rares. La raison en est sans doute que c'est dans
l'amour fraternel que l'égoïsme tient le moins de
place. Sans parler de l'amour proprement dit, qui, par
essence, implique le plus intraitable égoïsme, il est
clair que dans l'amour maternel ou dans la piété
filiale, l'égoïsme entre toujours pour quelque chose.
Nous aimons nos enfants parce qu'ils viennent de nous
et que nous nous imaginons revivre en eux, et nous
aimons nos parents par reconnaissance des soins dont
ils nous ont entourés. Ce sont là, certes, des façons
fort avouables d'être égoïste ; il n'en demeure pas
moins que ces deux sentiments sont naturellement em-
preints d'un certain égoïsme. Dans l'amour fraternel,
rien de pareil. Je ne dois rien à ma sœur ou à mon
frère, et ils ne me doivent rien, et quand je les aime,
c'est par le seul motif que mon cœur le veut ainsi.

C'est l'amitié, avec je ne sais quoi de plus spontané, de plus attendri, de plus inconscient, et il semble qu'il n'y ait que les âmes vraiment bonnes pour s'ouvrir toutes grandes à l'affection fraternelle. La raison y a peu de part : on aime pour aimer, sans qu'il soit besoin de se souvenir d'aucun bienfait ni d'espérer aucun profit. Quand par hasard je doute de la bonté de la nature humaine, j'ai besoin de me dire qu'il y a eu des frères qui se sont aimés, qui ont tout de bon partagé les misères d'ici-bas, et dont la mort de l'un a laissé dans le cœur de l'autre un mal qui ne s'est jamais guéri. Les amants, je le sais, font bien plus de bruit dans le monde, mais ils m'intéressent beaucoup moins. La fable de Philémon et Baucis est certainement très touchante. Je la trouverais bien plus touchante encore si Baucis était la sœur de Philémon.

Eh bien! l'amour fraternel, qui chez les autres hommes est une exception, est chez les juifs une règle presque générale. Non seulement on n'y rencontre pas de frères ennemis, mais on y aurait vite compté les frères indifférents. Je relève cela, parce que j'y vois une contradiction imprévue et intéressante avec cette passion de l'argent que M. Renan signale avec tant d'instance chez le juif, sans du reste la lui trop reprocher. Il est assez bizarre, en effet, que celui dont le

premier souci, en ce monde, est d'être riche, ne semble
même pas s'apercevoir que son patrimoine sera d'autant plus réduit que ses frères seront plus nombreux.
Car elle est nombreuse, à l'ordinaire, la famille juive,
et ce n'est pas un juif qui s'inclinera jamais devant
cette étrange proposition de Stuart-Mill : L'homme
qui met au monde un enfant, sans avoir la certitude
de l'élever, commet le plus grand des crimes. Le
« nommé Schopenhauer », comme on dit à la Comédie-
Française, est plus logique et va plus loin : il met
sur le même rang, en ce point, le mendiant et le
millionnaire. Mais le juif, dans sa sagesse, n'en va
pas chercher si long. Il trouve que la vie est un beau
don et il donne la vie, carrément, toutes les fois que
l'occasion s'en trouve, sans s'inquiéter de savoir si son
héritier sera riche ou pauvre. C'est encore à retenir,
cela, car ce n'est point tout à fait d'un homme qui ne
priserait rien en dehors de l'argent.

La vérité, cependant, c'est que le juif est avant tout
un esprit pratique. M. Renan, sur ce point, a fixé les
traits de son juif moderne avec une sûreté et une grâce
incomparables. Oh! ni la chimère, ni le rêve ne sont
l'affaire du juif. Mais on peut avoir l'esprit tourné vers
les choses positives et le cœur le plus généreux. Rêverie n'est pas du tout, comme on est porté à le croire,
synonyme de bonté. L'histoire est pleine de rêveurs

féroces. Ce n'est pas seulement la sagesse de Cohélet qui nous enseigne qu'il faut attacher une grande, sérieuse et même capitale importance à la réalité, mais encore toutes les sagesses possibles. A vouloir décrocher les astres, on perd son temps et sa peine. Et qui vous en a le moindre gré? Personne. Le juif le sait bien, et ne l'oublie guère. Voyez les plus grands artistes juifs, comme ils excellent à se tirer d'affaire, à poursuivre le succès par les plus humbles moyens, et, quand, il le faut, à laisser l'idéal dehors! Oh! certes, cela est bien sûr, comme le dit délicieusement M. Renan : Nul ascétisme stoïque ne fera quitter au juif la proie pour l'ombre! Cela ne l'empêche, d'ailleurs, ni d'être dévoué, ni d'être loyal, ni d'être désintéressé. Mais, il sera tout cela, à la condition qu'il en perçoive clairement l'utilité positive. Je ne veux pas dire, par là, bien entendu, qu'il ne sera dévoué, loyal ou désintéressé que s'il en doit retirer quelque profit personnel, mais bien, et cela est tout à fait différent, s'il doit en faire profiter les autres d'une façon effective. Quand il vous aime, il se sacrifiera pour vous le plus noblement du monde; mais il a, pour les bagatelles du sentiment le dédain le plus naïf et le plus profond. Il saura vous sauver si vous êtes en péril, mais il n'essaiera même pas de vous consoler. Il agira et parlera peu. Tout ce qui n'aboutit

16

pas à un résultat pratique lui semble oiseux et vain.
Ce peut être le meilleur et le plus sûr des amis,
c'est le plus détestable confident. Il connaît le prix du
temps et ne consacrera pas dix minutes à bayer aux
étoiles.

Bayer aux étoiles! M. Renan, tout grand savant qu'il
est, et au risque de déplaire à son ami Cohélet, est
bien capable de nous dire un de ces jours, que c'est là
une des plus nobles occupations de l'homme!

Mars 1882.

LE POLTRON

C'est une grosse injure, d'appeler quelqu'un « poltron » ! Pour un peu, nous aimerions mieux être appelé
lâche ! Lâche est un mot sérieux et qui trahit la colère
de son homme. Lâche est plus dramatique, mais il est
souvent moins sincère. Nous avons à nous plaindre
d'un ennemi ; nous sommes mécontents, furieux, em-
portés par notre ressentiment, nous disons : C'est un
lâche ! C'est un misérable ! Cela montre surtout que
nous sommes fâchés, mais tire moins à conséquence
que poltron. Un homme très calme, et même avec un
sourire moqueur, peut parfaitement appeler un de ses
semblables poltron. Le mot est gai, et par cela même
a, si j'osais risquer un autre mot qui, lui, n'est pas

gai, une portée plus objective. Oui, il nous arrive souvent, lorsque la colère nous égare, de dire des gens
qu'ils sont des lâches, des coquins, des scélérats, etc.
Mais nous révélons bien mieux notre mépris, quand,
nonchalamment et sans lui en vouloir, en prenant
notre café et en fumant notre cigare, nous disons d'un
homme qu'il est un poltron.

Poltron! Comme cela sonne mal aux oreilles! Que
de dédain, d'insolente raillerie, de hautaine pitié il y
a dans ce mot court et mou! La femme peut l'entendre,
et elle en rit. Petite poltronne! grosse poltronne! cela
est plaisant et n'est pour blesser personne. Mais petit
poltron! grand poltron! gros poltron! qui entendrait
cela sans chercher sa dague et son poignard? Souve-
nez-vous, et vous reconnaîtrez qu'il n'est pas une injure plus décidément humiliante. Elle emporte avec
soi l'idée d'une flétrissure par où l'on se sent à la fois
vil et ridicule. Je suis méprisé et risible! Ce ne doit
pas être facile de s'endormir en paix lorsqu'on s'est
dit cela, car le mépris ne nous est jamais aussi dur à
supporter que lorsqu'il est joyeux. Mais quelle idée
nous faisons-nous donc de ce poltron dont le personnage nous apparaît si honni? Il n'a ni tué ni volé, nous
ne sommes pas sûrs que ce soit un mauvais homme. Il
peut aimer sa femme, ses enfants, ne faire jamais de
mal aux pauvres bêtes. Que nous importe! nous le te-

nons pour un être bas et comique auquel nous rougi-
rions de ressembler. Le curieux, c'est que nous pouvons penser cela, tout en étant poltrons nous-mêmes.
Allons donc! Cela est. Mais encore, qu'est-ce donc que
le poltron?

En voici un. Ce n'est plus un enfant, mais c'est un
homme tout jeune. Il n'a point encore eu le temps
d'exercer sa volonté sur des objets trop difficiles. Au
collège, il lui fallait travailler plus qu'il n'en avait
envie, cela est vrai. Mais la punition, le pensum
étaient là qui l'attendaient. Il faisait un effort et arrivait à remplir sa tâche. Il était d'humeur douce et ne
cherchait point les batailles. En plus d'une occasion,
il fit mieux que de ne point chercher les batailles, il
les évita, poussé par un je ne sais quoi qui lui disait : A la bataille, on reçoit des coups ! et, bien qu'il
n'eût point reçu souvent de coups, il pressentait qu'il
est parfois très douloureux d'en recevoir. Il se posa
alors cette question : Est-ce que j'aurais peur? Mais
comme un bon élève a le devoir de ne point s'exposer à être pris dans les bagarres, il continua d'éviter les bagarres sans trop s'interroger sur les motifs
secrets auxquels il obéissait. Quand il fallut choisir
une carrière, il commença tout naturellement par
écarter la carrière militaire. On n'arrive à rien,
le régime de la caserne est abrutissant, cela est bon

16.

pour les jeunes gens très riches et peu intelligents, le joug de la discipline est bien dur pour une âme fière, etc. Au fond, la vraie raison qui lui faisait éprouver cette instinctive répugnance pour le métier des armes ressemblait, à s'y méprendre, à celle qui, au collège, l'avait empêché de donner des coups de poing et de s'exposer à en recevoir. Il ne se l'avoua point tout à fait, mais il en eut un pressentiment léger, qui le troubla un peu. Il était bel homme, avait une aimable tournure, et n'eût pas été fâché que les femmes s'en aperçussent. Or, il ne l'ignorait point, les femmes ne s'aperçoivent jamais tant des charmes d'un homme, que lorsqu'ils sont rehaussés par l'éclat d'un uniforme. Il aurait bien voulu de l'uniforme, mais il n'avait nulle envie du reste. Il se fit donc notaire, commerçant, ingénieur, avec une certaine arrière-pensée. Cette arrière-pensée, ne vient pas à tous les notaires, commerçants et ingénieurs, qui peuvent être les plus braves gens comme les gens les plus braves. Les professions d'ailleurs que je cite en exemple sont assez mal choisies, car il n'est point utile d'avoir de l'imagination pour y briller, et le poltron est, lui, presque toujours un homme de beaucoup d'imagination.

C'est même la faculté de se représenter vivement les objets, qui le rend si impressionnable et si peu dé-

sireux d'aller au-devant du danger. Il le voit, ce danger, et s'ingénie à en supputer toutes les conséquences.
L'état militaire est certes un bel état, le plus beau
de tous les états ! On y recueille honneur et gloire !
Le plus modeste sous-lieutenant y est, en certaines
rencontres, l'égal des princes du sang ! Tout cela est
tentant et exerce sur l'imagination d'un garçon de
vingt ans un grand prestige ! Seulement, dans cet état-
là, on risque de se faire briser les os, et notre homme,
qui n'a jamais eu un os brisé, se rend compte cependant avec une cruelle netteté de toutes les façons dont
s'y prend une balle de fusil ou de pistolet, un éclat
d'obus pour vous briser les os. Si encore on était tué
sur le coup, il serait peut-être plus ferme. Mais non,
on n'est point tué sur le coup. Il faut endurer les plus
affreuses tortures. Il a entendu dire qu'une blessure
dans les entrailles vous faisait connaître des douleurs
sans nom. Il pense souvent à cela. Puis le spectacle de
la bataille lui apparaît. Il y joue son rôle. Il voudrait
s'y montrer brave, y faire son devoir, car c'est un honnête homme après tout, et même un homme d'honneur. Mais, ce ne doit pas être facile. Malgré lui, il se
demande : Serai-je tué ? serai-je blessé ? Et comment serai-je blessé ? Oh ! cet aléa de la blessure, c'est
cela qui le tourmente le plus ! Où sera-t-il atteint ?
Si la balle allait lui fracasser la mâchoire, lui arra-

cher la langue. Si un obus allait lui couper les deux
jambes, etc... Et il se voit se traînant dans un fossé,
seul, mutilé, sanglant, misérable, perdu. Ces images
l'importunent et l'attristent. Mais quoi ! tous ne sont
pas tués à la guerre. Il y a même plus de chance d'être
épargné, car une armée, fût-elle complètement vain-
cue, n'est jamais réduite de moitié. Il le sait, mais il
sait aussi qu'il sera parmi les victimes. Si ce n'est
point la première fois, ce sera la seconde ou la troi-
sième. Pas de doute, et il ne peut point échapper au
sort funeste qui l'attend. En y songeant, il éprouve
déjà une sorte d'angoisse. Que sera-ce quand il sera
là ? S'il allait se sauver, se déshonorer ? Si on allait
voir qu'il a peur ? Il a peur déjà, pour sûr il aurait
peur alors. Et où se demande-t-il tout cela ? Dans sa
chambre d'étudiant, chez les siens, à la promenade,
au coin de son feu. Ces sortes de questions l'agitent.
D'autres ne se les posent pour ainsi dire jamais : il est,
lui, ainsi fait que sa pensée se porte de préférence sur
les dangers qu'il pourrait et pourra courir. Cette disposition est significative, car elle nous montre un des
caractères essentiels du poltron.

Nous avons supposé à celui-là de l'honneur pour
marquer tout de suite la différence qui sépare le poltron du lâche. Le poltron peut être un lâche, mais
alors son cas devient très simple. Il n'a aucune honte

de sa poltronnerie et ne se demande même pas si elle
peut lui faire du tort dans le monde. Il prend toutes
les mesures possibles pour se mettre à l'abri des moin-
dres traverses, mais ne souffre en aucune manière
de se savoir poltron. C'est là le poltron logique, et
l'espèce en est assez rare. Ce qui est intéressant chez
le poltron honnête homme et homme d'honneur, c'est
précisément le conflit qui éclate entre les suggestions
de sa poltronnerie et le désir où il est de ne point déchoir. La lâcheté est une déchéance, et la lâcheté est
la conséquence naturelle de la poltronnerie. Lâche,
il ne veut pas l'être, il ne le sera pas, il en répond, et
c'est pour cela qu'il a tant de peine à s'avouer à lui-
même qu'il est poltron. Il ressemble, en ce point, à
ces infortunés affligés de quelque mal terrible et qui
ont une répugnance insurmontable à prononcer le
nom de ce mal. Aussi bien la façon dont nous parlons
de la poltronnerie ne laisserait-elle point entendre
que nous la tenons pour une sorte d'infirmité plus ridicule encore que honteuse? C'est peut-être même
cela qui donne au mot de poltron un sens si durement injurieux. Rien ne nous humilie et ne nous blesse
davantage en effet que l'offense par où nous sentons
atteint en nous ce qui échappe aux efforts de notre volonté. On nous juge violents, méchants, vicieux même,
et nous savons en prendre notre parti. Mais nous ne

pardonnerons à personne de se moquer de notre laideur, de la vulgarité de notre personne et de nos façons. Or la volonté est souvent impuissante à avoir
raison de la poltronnerie. C'est là ce qui inquiète le
poltron, quand il entend ne point rougir de soi et mériter l'estime des autres.

Car, il ne l'ignore pas, rien en ce monde n'égale
le prestige dont jouissent les braves. Il connaît des
gens qui sont loin de le valoir, et cependant imposent
à tous une admiration voisine du respect. Ils ne sont
ni vertueux, ni très probes, ni bons. Ils les envie,
malgré cela. Il s'est aperçu, en effet, qu'ils semblent,
eux, n'avoir aucun souci de ces dangers dont l'ef-
frayante image le poursuit et l'obsède. Bien mieux, le
danger même les attire. Ils le disent, et à l'occasion
le prouvent. Ce sont des êtres insouciants et tranquilles. Ils songent peu à l'avenir et ont dans leur
destinée une telle confiance, qu'ils croient que le
malheur n'est point fait pour eux. Le poltron, au contraire, s'imagine volontiers qu'il est né pour être
malheureux, et en tout et partout il croit apercevoir
l'approche du malheur. L'autre, le vaillant, le brave,
ne se dissimule point, certes, qu'il peut mourir, souffrir, mais ce n'est point sur la mort ou la souffrance
qu'il passera son temps à méditer. Il est ardent, mais
ses préoccupations sont positives. Il vit surtout dans

le présent et veut en tirer le meilleur parti possible.
A quoi bon s'inquiéter de choses qui n'arriveront peut-
être jamais ? D'ailleurs ces choses, il ne se les représente pas. L'impression qu'il en a est vague, et il ne
se dit pas comme le poltron : Je serai tué, blessé
de telle manière, dans tel champ, à telle heure, etc. Il se
dit simplement : Il est possible que je sois tué, mais
comme il faut toujours mourir, j'aime encore mieux
mourir d'un coup de sabre ou d'un coup de canon que
de mourir de la colique ! Quand le jour est arrivé où
il peut recevoir le coup de sabre ou le coup de canon,
il n'est point, lui non plus, sans éprouver un certain
émoi. Émoi léger, et qui se dissipe sous le moindre
effort de son vouloir. C'est là ce qui déconcerte le poltron ! Il n'en revient pas, et ne peut croire qu'il suffise
de dire du bout des lèvres : « Je n'aurai point peur »,
pour ne pas avoir peur. Il passe son temps à dire cela,
et il a tout de même peur. Pourquoi ? Parce qu'il sait
ce qui l'attend, parce qu'il le voit dans toute son hor-
reur. Aussi est-il persuadé que le brave ne voit pas,
ne sait pas ce qui l'attend. D'où viennent cette ignorance, ce calme, cet admirable calme ? il se le demande, le malheureux poltron, mais il ne peut trouver
la réponse.

Alors il se perd dans toute sorte de raisonnements.
Il a du cœur, il veut marcher le front haut, être brave

lui aussi. Il n'est ni vil ni méprisable, seulement il ne
sait point être courageux, comme il voudrait, comme il
faut l'être. Qu'est-ce donc que le courage ? Le mépris
du danger ! Soit, mais pour mépriser le danger il est
nécessaire de se rendre au moins compte de la réalité
du danger. Beau mérite, en vérité, de braver la mort,
si l'on se croit immortel, et d'offrir sa poitrine aux
balles et aux baïonnettes, si on est convaincu d'être
invulnérable ! Il s'incline devant le courage, mais à
une condition, c'est qu'il lui soit bien prouvé que le
courage implique l'idée du sacrifice. Pour lui, il le
sent, s'il est jamais courageux, ce sera en domptant
ses instincts les plus naturels et les plus vivaces.
Pour le brave il n'en va pas de même. On dirait vraiment que chez lui, c'est un plaisir d'être courageux.
Mais si c'est vraiment un plaisir, il n'y a pas plus de
gloire à être courageux qu'à être gourmand, libertin,
ambitieux, joueur, etc... On fait, il est vrai, une distinction entre les mobiles de nos actions. Il y en a de
nobles, et il y en a qui ne sont pas nobles. Mais cette
distinction n'est-elle point arbitraire ? et peut-on rigoureusement soutenir qu'il est noble de faire ce qu'il
nous plaît de faire.

Bien mieux, n'est-il point certaines occasions où la
vaillance du plus vaillant se trouve subitement en défaut ? Tel perdra la tête, aura peur, pour dire le mot,

dans une émeute, qui aura fait la plus belle contenance
sous la fusillade de l'ennemi. Celui-ci se sera couvert de
gloire à la guerre et ne pourra sentir le froid de la
pince du dentiste lui effleurer les lèvres sans pâlir
comme une femme. Celui-là ne parviendra point à
vaincre l'expression d'effroi qu'il éprouve devant le
vide. Dans tous ces cas, la raison restera impuissante.
Insistons sur le dernier. Un homme qui a donné
maintes preuves de fermeté, d'audace et de sang-froid,
passe sur un pont. Un enfant vient de tomber à l'eau.
Il peut le sauver facilement, car il nage comme un
poisson, en a déjà sauvé d'autres. Il ne court d'ailleurs
aucun danger, il le sait, il en est sûr. A cet égard,
point de doute. Cependant il ne bougera, ne sautera
pas du pont dans l'eau! Pourquoi? Parce qu'il ne peut
point, parce qu'une force supérieure à celle dont dis-
pose sa volonté, le tient là, l'enchaîne, supprime en
lui toute notion des choses. C'est ce vide, cet affreux
vide qui l'épouvante! Il n'a pas encore le vertige, le
vertige est un phénomène physique. Mais, plutôt que
de se précipiter de cette hauteur de quinze mètres, il
préférerait la mort. D'où vient cela? Il ne sait, cependant cela est; et il n'y peut rien changer. Et d'où vient
aussi cette résolution de gens qui ont mieux aimé se
suicider que de courir les chances d'un duel?

Tout cela montre que les diverses questions que se
17

pose notre pauvre poltron aux abois ne sont point tout
à fait oiseuses. Elles demeurent même assez intéressantes, puisqu'elles peuvent nous éclairer sur la source
et la nature du courage. L'amour du danger reste
certes un des nobles attributs de l'homme! Mais s'il
me fallait, parmi les actions d'éclat, désigner les plus
méritantes, je commencerais par écarter celles qui
auraient été accomplies par des hommes naturellement épris du danger. La vertu ne vaut que si elle
est une victoire de notre volonté sur nos passions. Le
courage, qui est la forme virile de la vertu, ne peut
échapper à cette loi. La conséquence en est curieuse.
Il ne saurait, en effet, y avoir de courage là où d'abord
il n'y a point eu de peur, et pour être tout à fait courageux il faut donc avoir commencé par être tout à
fait poltron. Après avoir connu toutes les terreurs du
pauvre diable dont nous nous sommes occupé, et en
fin de compte arriver à se battre avec la superbe et
mâle coquetterie d'un Murat et d'un Skobeleff, ce serait incontestablement donner là les preuves les plus
éclatantes de son courage.

Or le courage s'est maintes fois prouvé de cette façon, et il est plus d'un héros né dans la peau d'un
poltron. Cela ne réhabilite pas le mot de poltron, et
nous n'avons pas tort de le tenir pour la plus intolérable injure. Mais il n'en est pas moins vrai que la pol-

tronnerie est extrêmement répandue parmi les hommes.
L'important, c'est de n'en pas laisser paraître les effets.
Les soldats, les hommes de guerre y excellent plus
vite que les autres hommes ; ils en sont réputés plus
glorieux et meilleurs. Cela est juste, et nous n'hono-
rerons jamais assez le courage militaire. Notre dignité,
en effet, n'y trouve-t-elle point une de ses plus hautes
affirmations, et n'est-ce point le courage militaire qui
représente le mieux le difficile triomphe de la volonté
sur la peur ?

LE MÉTIER MILITAIRE

A PROPOS DE « L'ABBÉ CONSTANTIN »
PAR LUDOVIC HALÉVY

M. Ludovic Halévy vient, dans un joli conte bleu, de rappeler au monde que l'on peut à la rigueur être une belle Américaine de dix-huit ans, avoir de nombreux millions et, ne manquer ni de cœur ni de bon sens. L'aventure, si elle n'est pas très nouvelle, est du moins assez rare. L'auteur de *l'Abbé Constantin* n'a donc pas eu tort de nous expliquer par le menu comment miss Bettina s'y est prise pour obtenir la main du lieutenant d'artillerie Jean Raynaud. Cette main n'est accordée à miss Bettina qu'après bien des négo-

ciations, mais l'histoire de ces négociations est si leste-
tement faite, que le lecteur n'a pas un instant la tentation de trouver, comme l'héroïne, que les choses
traînent en longueur, et qu'en sa qualité de troupier
le héros pourrait les mener plus tambour battant.
Nous parlons de héros : la vérité est que, dans *l'Abbé
Constantin*, tout le monde se comporte, sinon avec
héroïsme, du moins très honnêtement et de façon à
donner de soi la meilleure idée.

Il y a là, en effet, une demi-douzaine de braves
gens qui, sans avoir grand'chose ni à dire ni à faire,
s'ingénient de cent façons à montrer qu'ils ont de
l'esprit, de l'honneur, de la bonne grâce, du bon ton
et de la belle humeur. L'excellence de leur âme n'est
peut-être pas très conforme au train ordinaire des
choses, mais le spectacle n'en est point plus déplaisant. Il a même ceci pour soi, de nous reposer des
tentatives puériles, par où certains apôtres assez malins prétendent faire croire aux badauds que la mal-
propreté des tableaux et la grossièreté du langage
sont un signe de force. Puis, et c'est par ce côté surtout que *l'Abbé Constantin* est intéressant. M. Ludovic
Halévy, comme il l'avait déjà fait dans d'autres livres,
y met en scène, avec un parti pris d'hommage évident,
des soldats, des hommes qui, par goût, ont voulu, à
l'exclusion de toute autre, suivre la carrière des armes.

L'auteur, ne fait pas cela arbitrairement. Il ne s'est point borné à se dire : « J'ai besoin d'un fiancé décent pour ma jeune première ; j'aime autant le prendre dans l'artillerie que dans le barreau ou les ponts et chaussées. » Il obéit, certainement, à un mobile plus sérieux, et aux soins infinis qu'il prend pour nous faire comprendre pourquoi Jean Raynaud s'est fait artilleur, on sent le dessein prémédité, sinon d'un philosophe, tout au moins d'un patriote, et qui diffère des préoccupations ordinaires du romancier. M. Halévy, par aventure, ne se serait-il point mis en tête de persuader aux jeunes Français qu'il n'y a désormais pour eux qu'un métier digne, le métier de soldat ? Ou mieux, ne croirait-il pas lui-même qu'un peuple vaincu ne saurait prouver l'injustice de sa défaite qu'en employant toutes ses forces, avec une passion exclusive, à rendre impossible le retour de nouveaux désastres ? On serait assez porté à le croire, en lisant ses derniers ouvrages. Le désir arrêté d'exalter les militaires au détriment des autres hommes, semble s'y révéler à chaque page. En tout cas, M. Halévy a assez insisté sur ce point pour que les esprits que la question intéresse la considèrent comme posée.

D'ailleurs, n'est-il pas intéressant en soi, de rechercher si, depuis la guerre, la France démocratique et

républicaine a compris tous ses devoirs. Et ces devoirs
mêmes sont-ils bien tels qu'ils apparaissent au patriotisme du spirituel écrivain ? Une nation trahie par
la fortune des armes ne peut-elle espérer vraiment
de réparer ses malheurs qu'en s'absorbant tout entière
dans la volonté de tout sacrifier aux soucis de sa grandeur militaire?

Dans ces termes, c'est là un problème singulièrement vaste, et qui ne saurait être résolu du bout de la
plume, car il touche aux questions politiques les plus
aiguës. Mais, en demeurant au point de vue de notre
romancier, il n'est peut-être pas inutile d'examiner si
nous avons réellement besoin des conseils indirects
qu'il nous donne. Ce sont bien, en effet, de vrais conseils, car si M. Halévy, de sa voix parisienne et claire,
nous dit : « Soyons soldats ! soyons soldats ! En dehors
de l'infanterie, de la cavalerie et de l'artillerie, il n'y
a pas de salut pour nous ! » c'est sans doute qu'il
trouve que nous ne montrons plus assez de goût pour
l'infanterie, la cavalerie et l'artillerie. Il ne va probablement pas jusqu'à désirer que tous ses compatriotes,
sans exception, passent leur jeunesse, leur âge mûr
et leur vieillesse sous les drapeaux, mais il n'hésite
point à leur représenter la carrière militaire comme
la plus noble qui soit, celle où l'on fait la plus belle
figure et où on a le plus de chance de rencontrer sur

sa route de jeunes héritières accomplies. A cet égard,
M. Halévy est formel, et, tout en ayant l'air de badi-
ner, c'est bien une façon de thèse qu'il entend soutenir. Soit, et il ne nous déplaît point, convié par lui,
de voir ce que vaut cette thèse.

Et tout d'abord, reconnaissons-le, si peu neuve
qu'elle soit, M. Halévy n'a pas eu tort de la remettre
en honneur. Nous sommes, en effet, assez près de
croire avec lui que le Français n'a pas conservé tout
entier son enthousiasme pour les choses militaires.
Nous ne voulons point parler ici de ce penchant qui
nous portait à nous considérer comme le peuple le
plus charmant et le plus redoutable du monde. Même
aux plus beaux jours de notre prospérité, nous avons,
par là, prêté à rire. Depuis, nous avons été avertis
avec une assez douloureuse clarté pour nous être, fort
heureusement, corrigés de ce ridicule. Il ne s'agit
donc ni de notre vanité ni de notre humeur bravache,
mais bien d'un ensemble d'idées et de sentiments plus
profonds, d'où il paraît résulter que nous n'accordons plus au métier militaire un prestige tout à fait
souverain.

Oh ! certes, nous aimons et nous respectons notre
armée ! Nous proclamons volontiers, que désormais,
dans notre République, tout le monde est soldat ! Mais,
en réalité, un nombre trop considérable de Français

17.

ne demandent qu'à être soldats le moins possible. Si jamais le territoire était menacé, chacun, c'est sûr, se lèverait, mais jusque-là, on aime autant être parmi ceux qui ne se lèveront pas les premiers. On fait ses vingt-huit jours sans hésiter ; mais si le colonel vous demandait d'en faire vingt-neuf, l'on ne manquerait pas de pousser les hauts cris. Et ce ne sont pas seulement les mamans qui pleurnichent quand leurs fils s'en vont *faire* leur volontariat, ce sont les volontaires qui, eux aussi, trouvent le temps long. Tout cela n'altère pas, — on le dit du moins, — la pureté de notre patriotisme ; cependant tout cela montre que le pays n'éprouve plus aucun engouement pour l'état militaire.

D'où vient ce sentiment? et comment expliquer qu'un peuple réputé guerrier et même batailleur, marque tant de froideur pour des choses dont la pratique est indispensable si l'on ne veut point avoir l'air trop emprunté le jour de la bataille ? Sous un régime monarchique ou aristocratique, la répugnance des âmes fières à servir dans une armée aux ordres d'un maître ou au profit d'une caste, se comprend ; mais sous un régime républicain il n'est point d'état, où, précisément, les sentiments de fierté de l'homme soient mieux satisfaits que dans l'état militaire. Cet état n'implique-t-il pas une somme de sacrifices qui ne sauraient s'imaginer plus grands.

Tout ici-bas a sa raison d'être, y compris les préjugés, et ce n'est pas pour rien que l'origine de toutes
les aristocraties a été militaire. Depuis le commencement du monde, en effet, la chose qui paraît l'avoir
le plus ennuyé, celle à laquelle il s'est le moins facilement habitué, c'est encore l'idée de finir. Çakya-
Mouni, Schopenhauer et M. de Hartmann[1] ont eu beau
lui dire que l'existence est un mal, il y tient à cette
existence ; et quand elle va lui manquer, il fait, chacun
sait cela, les plus affreuses grimaces. Mais si quelques
hypocondres sont arrivés à éprouver un mépris sincère
pour la vie, il n'est personne, ni bêtes, ni gens, qui ait
jamais pris son parti de souffrir. J'en appelle simplement aux mortels de bonne foi qui ont eu la rage de
dents. Or, le propre du soldat, c'est d'être toujours
prêt, non seulement à souffrir la mort et la douleur,

1. Il est assez curieux de remarquer ici que M. de Hartmann
a, lui aussi, servi dans l'artillerie. Il était lieutenant en premier lorsque l'état de sa santé l'obligea à donner sa démission.
Bien portant, il fût sans aucun doute resté artilleur et n'en eût
pas moins écrit : *La Philosophie de l'Inconscient*. Cela est
significatif et bien fait pour donner à penser à ceux qui affec-
tent de croire que la carrière militaire doit forcément entraver
le libre développement des hautes facultés de l'intelligence. On
peut contester les conclusions de la doctrine pessimiste, mais
il est difficile de nier, qu'avec Herbert Spencer, l'ex-lieutenant
d'artillerie de la garde prussienne, soit la plus vaste intelligence
philosophique de notre temps.

mais encore à les affronter, et de faire cela comme
s'il accomplissait la besogne la plus réjouissante.
Il se trouve bon nombre d'honnêtes gens pour pro-
fesser, comme le dit M. Renan, «peu d'estime pour
la bravoure guerrière». Eh bien! en dépit de leur
honnêteté, j'avoue que ces gens-là m'ont toujours inspiré plus d'un doute sur le désintéressement et l'élé-
vation de leur âme. Le courage militaire ne suppose
malheureusement pas toutes les vertus, mais, dans
l'instant où les effets s'en produisent, il n'est pas excessif de le dire, le courage militaire hausse le guerrier à la taille des dieux. Une seule chose, le génie
s'impose aussi souverainement au respect et à l'admiration ; et encore, par un côté, ces deux attributs supérieurs de l'humanité ne se ressemblent-ils point?
Si le génie, en effet, exprime l'idéal, l'héroïsme ne
fait-il pas plus et mieux, puisqu'il le réalise?

Tout cela est connu, je ne dirai pas en France
plus qu'ailleurs, mais en France autant qu'ailleurs.
Cependant, à l'heure présente, le gros de la nation
aime mieux se faire avocat, préfet, ferblantier, député,
ambassadeur, fleuriste, boursier ou même journaliste
que se faire soldat. Certes, nous ne songeons pas à
méconnaître l'utilité des carrières civiles; elles aussi,
elles ont leur grandeur. Mais ce dédain ou cette tiédeur
de nos compatriotes pour le métier des armes, qui,

sous l'empire et au lendemain de Sébastopol et de Sol-
férino pouvaient se justifier, nous apparaissent, aujour-
d'hui, moins avouables. Ici nous nous rencontrons avec
M. Halévy, car nous croyons avec lui que le malheur
commande à un grand peuple des devoirs particulièrement sévères. Or, est-il un devoir plus impérieusement
indiqué que celui de conserver à ses descendants l'intégrité du territoire de la patrie? Sur ce point, tous sont
d'accord ; mais pourquoi faut-il que, lorsqu'il s'agit
de mettre en pratique une vérité aussi évidente, on se
heurte à tant de mollesse et d'hésitation?

Serait-ce donc que le préjugé démocratique contre
ce que l'on appelait les armées permanentes a survécu
au triomphe même de la démocratie? Si cela est, le
premier soin de notre jeune République doit être de
faire sur ce point son examen de conscience, et de proclamer qu'il n'est pas un bon républicain, celui-là qui
ne sent pas que le plus enviable honneur pour un
citoyen, c'est de défendre la République les armes à la
main. Et il ne faut point se payer de mots, dire que la
levée en masse, à laquelle chacun brûle de concourir,
— c'est entendu, — suffira à intimider les cohortes
des tyrans. Le moyen le plus sûr d'intimider les
cohortes des tyrans, c'est de leur opposer d'autres cohortes aussi aguerries, aussi disciplinées, aussi rom-
pues aux étroites exigences de l'esprit militaire. Il ne

serait pas moins puéril d'évoquer le spectre prétorien.
Quand un peuple libre se fait gloire d'être tout entier
sous les armes, il n'y a point de place pour les préto-
riens, car les entreprises criminelles de la dictature
militaire ne sont possibles, précisément, que là, ou par
lâcheté ou insouciance, une grande partie de la nation
se désintéresse de ses devoirs militaires. Ces assertions peuvent être difficilement contestées; aussi est-
on obligé, si l'on veut se rendre compte de notre empressement, trop modeste décidément pour la carrière
des armes, d'y chercher, d'autres motifs.

Je crois que, pour notre génération tout au moins,
nous avons un peu, à cet égard, hérité de la défiance
et de l'hostilité légitimes que les républicains ressen-
taient sous l'empire pour l'armée dont les chefs
avaient aidé à l'accomplissement du crime de dé-
cembre. A cette époque, il était facile et peu dangereux de mépriser les traîneurs de sabre, et de se
moquer des généraux Boum, M. Halévy en sait quelque chose. Le malheur nous a rendus plus indulgents,
mais il nous est, malgré nous peut-être, resté tout au
fond du cœur quelque chose des préventions et de la
mauvaise humeur d'alors. La mode était de le prendre
de haut avec les « sicaires » de Bonaparte, et non
seulement on reprochait à l'armée de s'être à jamais
déshonorée en servant les desseins du despotisme, mais

on laissait encore entendre qu'il fallait de toute nécessité être plus bête qu'une oie pour entrer, fût-ce le
premier, à l'École polytechnique ou à Saint-Cyr. Le
dernier des avocats ou des journalistes était, — cela
n'avait pas besoin d'être dit, — réputé infiniment plus
spirituel que l'état-major et le génie réunis. Ces en-
fantillages n'allaient certainement pas sans injustice,
mais ils avaient, dans une certaine mesure, leur raison d'être.

C'est si révoltant, si exaspérant de se sentir op-
primé dans ses droits les plus essentiels, que les
plus indépendants pouvaient en perdre l'esprit. Aujourd'hui, il n'y a plus rien de pareil, et nous avons
rendu à l'armée française, — qui est bien, comme
on l'a dit, la véritable élite de la nation, — le respect
et la reconnaissance que, même sous l'empire, et en
dépit de la funeste complaisance de certains de ses
chefs, elle n'avait point cessé de mériter. Nous l'aimons et nous l'acclamons. Nos dispositions à son égard
sont excellentes, soit; mais, en attendant, il ne se
trouve pas vingt sous-officiers français sur cent, pour
contracter un nouvel engagement. Or, en Prusse,
savez-vous combien il y a de sous-officiers sur cent qui
contractent un nouvel engagement? Eh bien! il y en
a cent. Si c'est un peu trop là-bas, ce n'est peut-
être pas tout à fait assez chez nous. Néanmoins le

lait est caractéristique, et il n'y a pas, je le crois
d'inconvénient à le rappeler.

Il est encore une raison plus délicate que l'on peut
invoquer, pour expliquer le peu de faveur dont ont joui
les militaires auprès des jeunes républicains exaltés
qui vivaient sous l'empire. Elle est, cette raison, d'un
ordre purement sentimental, et, à cet égard, il n'est
point déplacé de la mentionner dans l'examen d'une
question dont l'origine a été un roman d'amour. Je
veux parler de la préférence très persistante que les
femmes n'ont cessé de marquer pour ces mêmes militaires. En dehors des charmes physiques, il est deux
choses qui exercent sur la femme un attrait irrésistible : la force et, je ne dirai pas le talent, encore
moins le génie, mais ce qui en est quelquefois très
différent, — la réputation. Or, la force ne saurait mieux
être personnifiée que par le soldat, l'être dont le métier est de se battre et le but de vaincre. Un très grand
esprit nous disait, il y a quinze ans, avec cette bonhomie qui ne vient que tard chez les esprits ordinaires,
mais est volontiers précoce chez les grands esprits:
« Je craindrais plus, en amour, la rivalité d'un lieute-
tenant de hussards que celle d'un homme de génie ! »
Un jeune homme qui était là répliqua avec une sombre
ardeur : « Oui, si la femme que vous rechercheriez
était une brute ! » Nous étions jeunes et nous répé-

tâmes à l'envie : « Oui! si c'était une brute! » Une brute!... c'est bien vite dit, mais je voudrais bien savoir si ce sont les hautes facultés que nous prisons chez la femme, et si nous ne préférerions pas un joli nez en trompette et des yeux fripons au nez camard de telle commère qui porterait des lunettes, eût-elle d'ailleurs, à elle seule, l'esprit de Voltaire, la profondeur de Kant et la chance de Napoléon. Les femmes sont comme nous, et leurs choix se déterminent par des raisons où l'intelligence a, d'ordinaire, une assez faible part.

L'amour, d'ailleurs, est par excellence, affaire, sinon de sensations, du moins de sentiment, et j'avoue que je me rends très bien compte de l'instinct qui pousse une femme à préférer un beau militaire à un civil, même plus beau. D'ailleurs, que je m'en rende compte ou non, il existe, cet instinct, et se manifeste avec une vivacité toujours égale. Vous pouvez le regretter, mais vous ne sauriez le nier, car si je vous disais : « Que celui d'entre vous dont les amours ou les amourettes n'ont jamais été traversées par un dolman de hussard ou un casque de dragon lève la main »! vous seriez, je le crains, fort embarrassés. Mais ce goût obstiné des femmes pour les militaires n'est point si sot que nous autres civils nous avons intérêt à le faire croire. Les raisons qui font que le soldat est comme entouré d'une auréole de mâle poésie, ces raisons, dont nous avons tout à l'heure rappelé quelques unes, la femme, sans les analyser peut-être, les perçoit très nettement et c'est pour cela qu'elle est si volontiers faible avec les hommes de guerre. Cette faiblesse excite la jalousie des hommes de paix. Cela est naturel, mais n'est pas moins stérile. La rancune que nous gardons à ceux qui ont été plus favorisés en ces sortes de jeux n'avance pas en général nos affaires, et le jaloux n'excite même plus la pitié de celle qui l'a dédaigné. Le mieux serait donc de faire contre fortune bon cœur et de se résigner à aimer d'un amour plus efficace un état tant aimé des belles.

Aussi bien, la question demeure des plus sérieuses. Je dirai même que les femmes, si elles le veulent, peuvent s'y intéresser directement et rendre service au pays, tout en profitant de la chose pour leur compte. Car, enfin, je ne crois pas qu'il se trouve un patriote pour ne point gravement déplorer que, depuis dix ans, il ne se soit pas déclaré en France des vocations militaires plus ardentes et plus nombreuses. De plus, comme M. Raoul Frary l'a fait remarquer avec une si magistrale autorité dans son beau livre *le Péril national*, le malheur veut que la démocratie, qu'il faut aimer par-dessus tout, — n'est-elle point la plus parfaite expression politique de la justice?—ne soit pas toujours apte à comprendre les intérêts lointains. Il y a donc, de ce côté, peu à espérer de l'initiative du législateur. Un candidat à la députation, qui dirait à ses électeurs : « Je ferai mon possible pour faire augmenter de cinq ans la durée du service militaire » ! ne recueillerait même pas la voix de son domestique.

Mais là où le patriotisme honnête et maladroit d'un homme échouerait, le tact plus souple d'une femme peut réussir avec éclat. Pourquoi les femmes n'avoueraient-elles pas tout haut les secrètes préférences de leur cœur ? Elles ne sauraient, certes, résoudre la question en un clin d'œil ; mais le jour où toutes les jolies Françaises diraient à tous leur amoureux : « Il faut absolument, pour me toucher, être au premier rang de ceux qui sont toujours prêts à défendre la France », ce jour-là, nous en sommes sûrs la question aurait fait un grand pas.

Mars 1882.

TABLE

—

Imprimeries réunies, , Puteaux

www.ingramcontent.com/pod-product-compliance
Lightning Source LLC
Chambersburg PA
CBHW050158030726
47505CB00005B/1422

* 9 7 8 2 0 1 3 5 1 8 2 9 1 *